"最美奋斗者"丛书

军姿如山

李朝全 曹征平 主编

河北出版传媒集团

河北教育出版社

图书在版编目（CIP）数据

军姿如山 / 李朝全，曹征平主编 —— 石家庄：河北教育出版社，2021.3（2022.8 重印）

（"最美奋斗者"丛书）

ISBN 978-7-5545-6182-9

Ⅰ.①军… Ⅱ.①李…②曹…Ⅲ.①纪实文学－作品集－中国－当代 Ⅳ.①I25

中国版本图书馆CIP数据核字(2020)第233232号

"最美奋斗者"丛书

军姿如山
JUNZI RUSHAN

主　　编　李朝全　曹征平
出 版 人　董素山
责任编辑　郝建东　王艳荣
装帧设计　于　越　牛亚勋
插　　图　李　奥
出版发行　河北出版传媒集团
　　　　　河北教育出版社　http://www.hbep.com
　　　　　（石家庄市联盟路705号，050061）
印　　制　天津和萱印刷有限公司
开　　本　787mm×1092mm　1/16
印　　张　17.75
字　　数　199千字
版　　次　2021年3月第1版
印　　次　2022年8月第3次印刷
书　　号　ISBN 978-7-5545-6182-9
定　　价　68.00元

序 / 奋斗者最美

奋斗就是为了理想和目标而撸起袖子加油干。所有的奋斗都是为了实现理想抱负，其目的和追求是崇高的、正义的、向善的，于社会、国家、人类都是有利、有益、有助的，因此，它是顺应历史发展前行趋势的。奋斗，绝不是蝇营狗苟，也不是鼠目寸光，绝不是纯粹为个人谋求一己私利的，而必定是注目于高远的目标和未来。

为理想而奋斗需要埋头苦干，需要俯首甘为孺子牛的实干精神。奋斗就是辛勤劳作、播种耕耘、期待收获的一个过程。实现理想别无他途，唯有奋斗，唯有撸起袖子加油干。一个理想的社会应该能够让每个人都能人尽其能、才尽其用，发挥出个人最大的积极性、能动性和创造性。

奋斗需要锲而不舍、坚持不懈、久久为功、滴水穿石的精神。罗马城不可能一夜建成，理想不可能一蹴而就。通往理想的路途往往崎岖坎坷，甚至荆棘密布，因此，奋斗既需有披荆斩棘、开山架桥的勇气，更要有前赴后继、咬定青山不放松、千锤百炼浑不怕的意志和毅力，要能吃得了苦中苦，受得了挫折与磨难，勇于不断地从失败中站起，心中永葆理想的灯火，孜孜以求，持之以恒，生生不息，奋斗不已，不达目标，永不言弃。

奋斗者最幸福。生存的意义和生命的价值不在于索取、获得与享受，而在于创造、奉献与成功，在于为了实现理想而不懈地筑梦逐梦、奋斗不止，从而让生命焕发出光彩的过程。幸福的真谛在于为社会创造价值，同时实现自己的个人价值。这个过程也就是奋斗的过程。不经风雨，怎见彩虹？奋斗的过程中虽有百般辛酸苦累，更有成功的狂喜与欢乐。

奋斗者最美丽。奋斗者留给世界的永远是劳作的背影，是负重前行的身姿。美来自生活，来自生产与劳作。劳动创造美，劳动者最美。为了实现理想而不屈不挠、顽强拼搏、积极作为，这一过程就是为了将一个人生命的最大能量最充分地激发出来，使人始终保持昂扬向上、生机蓬勃的奋斗姿态。这也是一个人一生中最有光彩的高光时刻。奋斗者给予人的是一种力的美、一种雄壮的伟岸的美、一种崇高的美、一种凝结着真与善的美，它代表着人类积极向上的方向和力量。

奋斗者最伟大。劳动最光荣，奋斗者作为杰出的劳动者，为世界和人类不断地创造财富及价值，通过付出自己个人的心血汗水来推动文明进步和历史前行。他们无疑是正能量与主旋律的化身。奋斗者往往又是心怀祖国和人民、心系家国天下的一群人，他们同时又是爱国主义者，怀存爱国之心、报国之志，甘愿将自己的一切奉献给时代和人民。他们无疑最值得赞美和讴歌，也最值得书写与铭记，书写他们的辛勤付出，铭记他们的功绩和英名。

时代赋予了每个人依靠奋斗获得成功的机会。我们每个人都要争当奋斗者，勇敢地去追梦、筑梦、圆梦，持续不断加油干，努力去实现个人的梦想。一个民族、一个国家的进步发展，必须依靠这个民族和国家每个个体的共同奋斗。一个勇于奋斗、坚持奋斗、奋斗不息的民族永远是最有生机与活力的，拥有最有希望且可期待的美好未来。

2019 年，为隆重庆祝中华人民共和国成立 70 周年，经党中央批准，中央宣传部等部门在全国范围内开展了新中国"最美奋斗者"评选表彰活动。这些奋斗者都是中华人民共和国成立以来各地区、各行业、各领域涌现出来的先进人物。书写和宣传这些优秀的时代劳动者，旨在大力弘扬他们的崇高精神和价值追求，在全社会积极倡导一种主流的正面的价值观，激励广大干部群众以"最美奋斗者"为榜样，自觉地把自身的前途命运同国家和民族的前途命运紧密联系在一起，高举爱国主义伟大旗帜，培养爱国之情、砥砺强国之志、实践报国之行，始终做爱国主义精神的坚定践行者；大力弘扬"幸福源自奋斗、成功在于奉献、平凡造就伟大"的价值理念，把人民对美好生活的向往作为奋斗目标，撸起袖子干、挥洒汗水拼，始终做新时代长征路上的不懈奋斗者。

全国一共有 278 名个人和 22 个集体荣获"最美奋斗者"称号。我们从中精选了 80 位最美奋斗者的故事，将描写他们的文学作品汇编成册。同时依据内容将其分成 10 卷，每卷都取该卷内一篇作品的标题作为书名。这些作品，通过讲述精彩好故事，刻画出彩中国人，彰显不竭奋斗情。最美奋斗者是时代的一座座丰碑，更是人们学习的榜样与楷模。我们希望读者朋友能够从这些奋斗者身上，从他们的奋斗经历中获得激励与启迪，特别是青少年读者、党员干部能够从这些最美奋斗者身上汲取青春热血和奋斗激情，接受精神的熏陶与洗礼，成为一个个拥有高尚情操和远大抱负的人，终生都当一名真正的奋斗者。

在本丛书策划编辑过程中，河北教育出版社给予了高度的重视和大力的支持，优秀编辑付出了辛勤的劳作，书中收入作品的众多作者也给予了鼎力支持和帮助。在此，谨向作者和出版者致以衷心感谢！

李朝全

2020 年秋于北京

目 录
CONTENTS

军姿如山

◎ 徐剑 / 1

英雄和他背后的英雄

"钢铁战士"麦贤得的人生之路

◎ 杨黎光 / 21

永远的三十岁

◎ 黄传会 / 73

雪峰兀立

◎ 陈新 / 81

军魂激荡英雄气

◎ 薛君 / 113

第四极（节选）

中国"蛟龙"号挑战深海

◎ 许晨 / 127

红色文艺轻骑兵（节选）

乌兰牧骑纪事

◎ 阿勒得尔图 / 177

永不褪色

"南京路上好八连"纪实

◎ 杨绣丽 / 231

军姿如山

◎ 徐剑

一

稍息，立正！

张富清，抬头、挺胸、收腹，十指并拢，中指紧贴裤缝，眼睛平视前方，向前，这是你到中国人民解放军三五九旅七一八团二营六连的第一个军姿。记住了，永远要冲在最前面！

那是1948年的四月天，九十五岁的张富清清晰地记得，上点岁数的人都是这样，越久远越清晰。那时陕北塬上的野花遇春初绽，连长李文才英姿勃发地走了过来，立在他面前，像一座塔，拍了拍他的肩膀。张富清"啪"行了一个军礼，连长好！

我们是战友，也是同志……从那一刻开始，"同志"这个崭新的称呼住进了张富清的思想，改变了他的命运，改写了他的一生。

二

中秋节刚过，塬上的风便有了几丝秋意。

傍晚，张富清倚在村头石碾旁打盹，他实在是太困了。一场战斗刚打完，疲惫至极，休整的间隙，身子刚倚上石碾他就睡着了。

刚结束的澄城、郃阳之战，太惨烈了，张富清的 6 连战友大半壮烈牺牲。耳边有响动，睁开惺忪睡眼，一看周围好多陌生面孔，都是新补上来的战士。

连长李文才大声喊道，四班长！

张富清一跃而起，连长同志，什么任务？

今晚进攻永丰城，你的任务是担任第一突击队。李文才指着两位国字脸、身材魁梧的战士说，他们俩归你指挥，你们组成三人突击组，你任组长，趁着夜色摸进永丰城，炸掉敌人的碉堡。多年之后，我试探着询问张富清是否记得昔日那两位战友的名字，老人说：一个都不记得了。并肩战斗的战友还没来得及彼此熟悉，便倒在了解放全中国的路上。

明白！连长。张富清朗声答道。

富清，李文才叮嘱道，你有炸碉堡的经验，这我知道，打壶梯山，你任突击组长，攻下敌人碉堡，巩固了阵地，为连队发起总攻开辟了缺口，是好样的！但攻永丰城，敌人的火力网会更密集，你们一定要计划周全，选准突击口，给大部队开出一片攻击截面。

是！连长。坚决听党的话，保证完成任务！

还有，给我活着回来！

暮色四合，阒静的黄昏接近于死寂，那是一场恶战降临前反常的平静。玉米地里传来了蟋蟀无忧无虑的鸣叫，长一声，短一声，对即将上演的血雨腥风浑然不觉。天彻底黑了，夜色是最好的掩护。突击组每人背两个炸药包，胸前插满手榴弹，张富清一挥手，出发！

三名勇士匍匐向前，跨过壕沟，顺利抵达城墙处事先侦察好的敌人的视觉盲区，搭人梯爬上了城墙。张富清卧伏于堞垛之下，观察永丰城里的情形，碉堡林立，沟壑纵横。他迅速判断出最佳爆破点，果断分派好任务，然后三个人分头隐蔽，等待时机。

时间一分一秒逼近约定的时间，三人突击组分头从四米多高的城墙一跃而下。张富清落地的时候，一群敌人围了过来，他端起冲锋枪迅速扫射，一下子打倒了七八个。酣战中，他突然感到头皮像被大锤猛地砸了一下，一阵眩晕。顾不上细想，张富清一点点迁回靠近着敌人的碉堡和防线，穿过铁丝网，穿过路障，目标就在正前方。探照灯明晃晃的，碉堡里的说话声依稀可闻。张富清耐着性子，向前，向前，一寸一寸地向前，终于抵达了碉堡。他在黑暗中找了一个绝佳的爆破位置，用刺刀挖了一个土坑，先将八枚手榴弹放进去，然后把炸药包覆在其上。一切准备就绪，张富清旋开手榴弹的盖子，扯住事先拴在引线上的一根长长的布条，瞄准时机，看好地形，顺势往山坡下一滚，撤退的同时拉响了手榴弹，"轰隆"一声巨响，第一个碉堡被炸掉了。

第一个碉堡炸飞了，永丰城随即乱成一片。此刻，张富清却心存疑虑，他开始担心他的另外两位战友，按照约定，他们会同时起爆，但是此时他并没有听到其他的爆炸声。他像一匹孤狼，隐蔽在草丛中伺机行动。现在的任务是去解决第二个碉堡。刚才的爆炸吸引了更多敌人的火力。他们意识到了危险，却不敢贸然走出碉堡，只能从碉堡的射击孔向外漫无目标地疯狂扫射。子弹像蔽日的蝗虫漫天飞舞，一阵比一阵密集。张富清沉着冷静，他仔细观察着夜色中子弹的飞行弧线，为自己选定了一条安全的匍匐路线，悄悄地接近着目标。子弹在耳边呼啸而过，死神一次又一次与他擦肩而过，此时浮现在张富清心中的，只剩下他对连长的承诺："坚决听党的话，保证完成任务！"如有神助般，张富清安全潜行到第二个碉堡前，

军姿如山

5

如法炮制，"轰隆"一声过后，第二个碉堡又被他炸毁了。

碉堡被一个又一个地拔除，不明就里的敌人开始变得更加疯狂，他们用更加密集的火力织成了一张大网。张富清继续战斗，打退敌人数次反扑，坚持到天明。

拂晓时分，总攻开始了。大部队上来了，二营六连攻上来了，七连、八连也上来了，突击队炸毁碉堡，为总攻辟出了一条血路，永丰城头插上了鲜艳的红旗。枪声渐渐地平息，战场一片狼藉。张富清在人群中焦急地寻找，寻找熟悉的面孔，但是一个也没有！

连长呢？那个拍着自己的肩膀让他活着回来的连长呢？那是自己的入党介绍人，是第一个称自己"同志"的人！

突击队的战友呢？我听到了引爆的炸弹声，我们的任务完成了，你们在哪里？

张富清焦急地寻找着，可是他失望了，没有一张是他熟悉的脸孔。情急之下，他又陷入了昏迷。后来，团政治处的人告诉张富清，那天晚上，为了攻下永丰城，一夜伤亡了八个连长，连长牺牲了副连长代，副连长牺牲了一排长代，一排长牺牲了二排长代……永丰城，成为张富清心底永远的痛楚。

战功赫赫的张富清被一次又一次嘉奖、表彰："人民功臣""战斗英雄""军一等功""师一等功""团一等功"……无论是军功章还是奖状和证书，他都不认为那是属于他自己的，沉甸甸的军功章、烫金的证书本该属于那些曾经与他并肩浴血奋战却倒在黎明前夜的战友们，而他只是比战友们幸运，在枪林弹雨中活了下来。他甚至感到内疚，活下来的为什么是自己？而另外的战友却倒在了敌人的枪口之下？张富清的心疼啊，每一次被表彰、嘉奖，他都会想，和牺牲的战友相比，自己有什么资格张扬呢？转业到地方的时候，他取出学习时国家发的皮箱，把昔日的烽火岁月和赫赫战功一并封存。皮箱拎在手中如有千斤，张富清将箱子郑重其事地放在了家中最高的一个位置。他站在那里，以最标准的军姿向岁月献上一个敬礼，而后将记忆尘封，用一把锁头将那段血与火之歌锁了起来。

这一锁就是六十四年。

三

2018 年 12 月，新成立的来凤县退役军人事务管理局采集退役军人信息。

这天，张富清的小儿子张健全回家对父亲说，县里正在对退伍军人开展登记。张富清听后，什么话也没有说，沉默了半天，问，一定要采集吗？

当然，这是党中央国务院对退伍军人的关怀。

那好吧，就按党的指示办。张富清说，柜子上面有一个棕色的皮箱，你把它拿下来。

五十多岁的张健全一下子愣住了，以前他只是依稀知道父亲当过兵，但从来没有听父亲谈起过那段日子，难道父亲有什么秘密？这个积灰的皮箱里会有什么呢？张健全接过父亲手中的钥匙，打开了父亲尘封的记忆。

当天下午快下班的时候，他便带着父亲的包裹来到了来凤县退役军人事务管理局。包裹里是三枚奖章、一份西北野战军报功书、一本立功证书。立功证书上，一行钢笔字写着："张富清在解放战争中舍生忘死，荣获西北野战军军一等功一次，师一等功、二等功各一次，团一等功一次，两次荣获'战斗英雄'称号。"报功书这样写道："贵府张富清同志为民族与人民解放事业，光荣参加我西北野战军第二纵队三五九旅七一八团二营六连，任副排长。因在陕西永丰城战斗中勇敢杀敌，荣获特等功，实为贵府之光、我军之荣。特此驰报鸿禧。"负责信息录入的工作人员聂海波被其中一枚"人民功臣"奖章震惊了，作为工作人员他深知这枚奖章的分量。后来，聂海波对我说，他真的没有想到，在偏僻的来凤县城会有一位为共和国打江山立下汗马功劳的人民功臣，却甘愿平凡，沉默了六十多年，真的是一个传奇。

这一夜，张健全久久不能入睡。父亲皮箱里的东西深深震撼着他，他没想到自己的父亲竟然是一位英雄。英雄就在自己家里，英雄就是自己平凡的父亲。他觉得很惭愧，这么多年忙于工作，从来没有多陪陪老人家，听听老人讲过去的故事，父亲经历过血与火的淬炼，这么多年一直隐忍不言，内心该是多么的孤独与寂寞。张健全辗转难眠。

后来，一次张健全在单位和同事闲聊的时候，无意中说起父亲立功的事，巡查办主任邱克权知道后很受震动。他随即向来凤县委书记做了专题汇报，同样深受感动的县委书记当即表态要好好宣传，树为来凤典型。

2019年春节喜气洋洋地来了，大年初三，张健全与同学《湖北日报》新媒体中心副总编张儒海小聚。席间，他向老同学讲起了父亲皮箱里的军功章。张儒海敏锐地捕捉到了其中蕴含的新闻价值，但他也心存顾虑，老爷子连最亲的人都瞒了六十多年，能接受记者的采访吗？他央求老同学无论如何要说服老人接受采访，因为这不仅仅是宣传个人，更多的是宣传一种时代精神。

春节刚过，《湖北日报》《楚天都市报》的记者来了。深谙父亲性格的张健全有所顾虑，记者建议道，你就说是省里来人了，来了解当时的情况，请老英雄尽可能地将经历过的战斗故事都讲出来。不明就里的张富清终于开启了自己的记忆，这一天，张富清在日记里写道："配合信息采集的想法，我是一名九十五岁的普通党员、普通居民，不会给党和国家增加麻烦的，如果不出示证书，是对党、对组织的不忠！"

很快，张富清的事迹便见报了。张健全把故事报道给父亲看了，张富清看到报道后顿时不高兴了，责怪道，你不是说是省里来的人来了解情况吗？怎么成了媒体采访？再有媒体采访，他便怎么也不接受了。后来，一位记者的一席话打动了张富清，"你把你的故事讲出来，就是对社会做贡献，就是为党做贡献，绝不亚于当年上战场炸碉堡。"张富清这才打开心结。

西北三个战役结束后，二纵队挺进新疆。一路解放宁夏，解放兰州，与西北王马步芳、马鸿逵的军队决一死战。此时的张富清已经是二营六连的副排长了，他时刻牢记连长李文才说过的话，一定要保持人民解放军的军姿，听党的话。三五九旅在兰州城作为战略候补的突击队，打开了纵深的突击面，为后续的进攻开辟了道路。这期间，又有许多战友倒在了黎明前的血泊之中。

1949 年，中华人民共和国的国旗在天安门广场冉冉升起，毛泽东站在天安门城楼上，向世界、向东方，宣告中华人民共和国成立了！彼时，张富清和他三五九旅的战友，正跋涉在去往新疆的路上，穿越戈壁瀚海，翻越雪山峻岭，把五星红旗插上了帕米尔高原。南疆的匪患平息之后，已经是 1953 年的春天了。这一年，全国抽调了一百五十名，西北野战军抽调了数十名战斗骨干入朝作战，张富清再一次毫不犹豫地报名参加，从大西北星夜兼程前往大东北。抵达北京后，中央首长见他们十分疲惫，便说先原地休息，整顿一周。在这一周里，朝鲜战场战事缓和的消息传来，于是这一百五十名共和国的战斗精英转而去接受防空部队的培训，他们完成学业之际正值祖国百废待兴，需要大量干部支援地方建设之时，新的选择摆在了他们面前。

彼时的张富清有三个地方可以选择：留在城市、回陕西老家、响应号召到祖国最需要的地方去。他站在镜子前，整理自己的军装，就像第一次穿上一样：抬头、挺胸、收腹，十指并拢，中指紧贴裤缝，眼睛平视前方，他看着镜子里的自己，依旧如当初一样的笃定、坚毅。张富清的心中有了选择。

四

张富清回了一次老家，这是他从 1945 年离开后第一次回去。那一年，二哥作为家里唯一的壮劳力，被国民党抓走当了壮丁。张富清用自己换回了二哥，后来成了国民党胡宗南部队的挑夫、伙夫、马夫，当他在瓦子街战役中被"解放"后，没有选择领几块银圆回家，而是主动要求加入中国人民解放军，最终成长为一名坚定的共产党员。九年过去了，小脚母亲康健，二哥已经娶妻生子，三十岁的张富清却还没有成家。家乡一个叫孙玉兰的妇女主任，仰慕英雄，仰慕人民功臣，在媒婆的言说之下，愿与张富清共结秦晋之好。

彼时的张富清已经做出了选择。那一年，他和妻子坐轮船逆水而上前往鄂、湘、川交界的湖北恩施来凤县。他们整整坐了四天的船，到了宜昌，再到巴东，上岸，又坐了两天的车，沿着盘山公路缓缓而上，汽车马力不够，到了上坡的时候，所有人都得下车，一步一步地推，翻过一座又一座山，终于抵达了来凤县城。历史上的来凤曾经是个匪患横行的地方，从汉、唐到宋、元、明、清，此处都有土匪出没，且十分猖獗。经过四野部队三年多的清剿，已还老百姓一个安宁之地。

张富清被分配到城关镇担任粮管所所长。来凤是生产贡米之地，这里出产的大米品质特别好。粮管所负责向城里人供米，要用水磨碾米，生产的过程中米就会分细米、粗米和糙米。一天，一个单位的干部来买米，找到张富清张口就说要买细米。张富清说，没有细米，只有糙米。那位干部说，我就是要买细米。张富清说，粮管所只有这一种米，你要的细米我这里没有。无计可施的那位干部打电话给来凤县副县长，副县长的电话打到粮管所，让张富清把细米卖给这位干部。张富清说，我是按政策在执行，不能搞特殊化。副县长叹了一口气说，张富清啊张富清，你真是个榆木疙瘩！张富清依旧坚持自己的主张，对不起，副县长，我这里真的没有细米。副县长一气之下挂断了电话。听着"嘟嘟"的忙音，张富清陷入了深思，他把目光投向窗外，排队买粮的群众用口袋欢天喜地地装着糙米，他觉得自己没错，干部不能搞特殊，战争年代的优良作风在和平年代更不能丢弃。年底，他买回了两台打米机，让县城居民吃上了精米。

1959年，三十五岁的张富清在恩施地委党校学习了两年后，被派往三胡区担任分管供销、财贸、食品、粮油工作的副区长。他二话不说，带着妻子和孩子们就上任去了。彼时的共和国正经历着一场天灾人祸，大食堂、大炼钢铁的后遗症逐渐显露出来。整个国家陷入了大饥荒，那是属于一代人的饥饿记忆。就在这个时候，张富清突然接到了一封电报，是从他的老家陕西洋县发来的。母病，盼归。但山高路遥，这里与老家远隔千里，交通不便，往返需要一个月的时间。当时，区里办了一个财贸系统的培训班，他在负责，实在走不开，思忖良久，张富清决定留下来，他东拼西凑借了两百块钱寄回老家，附上一封长信，劝慰母亲安心治病，并一再保证等忙完这一阵子就回家看望她老人家。过了没多久，老家的电报又来了，母亲走了。那一晚，张富清向着家乡的方向长跪不起，他内疚啊，生他、养他、教他的小脚母亲走了，作为儿子不但没有床前尽孝，就连最后一面都没有见上。从这一天开始，自己就是没有娘的孩子了！张富清号啕大哭。他向着老家的方向磕了三个响头，妈，恕我不孝，恕儿不孝啊！

十年浩劫开始了，张富清未能幸免，第一批被打倒批斗。一家人从三胡区委大院搬出来，一家人挤在一个四面漏风、摇摇欲坠的小木屋里，旁边是个铁匠铺。外面大雨屋里小雨，雨水滴到屋里，一踩一脚泥，干了就留下一地大大小小的土包。遇上大雨，屋里直接流成小溪，妻子孙玉兰挖条排水沟，把水引流到河里。在张富清大儿子张建国的记忆里，最可怕的不是下雨天，而是刮风，稍大点的风，木棚子"家"就被吹得晃晃悠悠，随时都有可能被风卷走。冬天的凄风冷雨，夏天的电闪雷鸣、蚊虫叮咬，一家人蜗居在小木棚里煎熬着，一年又一年。张富清被扣发了工资，只有基本的生活

最美
奋斗者

费，一个月只有二十三斤半的粮食供应。他挨过整，受过打骂，他什么也没说，只觉得心疼。

张富清的两个儿子张建国、张健全在回忆起三胡区岁月时说，那里留给他们更多的是屈辱。哥俩清楚地记得，有一天，他们两个坐在自家门前，同班的小男孩一边骂一边朝他俩扔石头，少不更事的兄弟俩便捡起石头反击。正在这时，三胡区的一个造反派头头路过，看到孩子们打架，责骂张家小哥俩是狗崽子想翻天。张富清家的小黑狗看到小主人被人呵斥，便冲着那人"汪汪"狂吠。那人被狗吓了一跳，顿时勃然大怒，喊着张富清的名字骂道：如果你不杀了这条狗，我就整死你的崽！张富清含着眼泪，握着绳索走近小黑狗，瘦骨嶙峋的狗睁着黑亮清澈的眼睛，静静看着张富清，不逃也不叫。这只小狗在别人眼中也许只是一只普通的看门狗，但只有张富清一家人知道这只狗存在的分量，它是大女儿最好的玩伴。此刻，小黑狗的眼神无辜而又幽怨，它不知道自己错在哪里，它心甘情愿地领受来自主人的惩罚。在妻子、儿女的哭喊声中，在那位霸蛮的干部的咒骂声中，张富清亲手吊死了自己收养的小黑狗。这位曾经浴血沙场的人民英雄在那一刻是多么的虚弱，多么的无能为力，他保护不了家人，甚至连一条狗都保护不了。他握紧了拳头，青筋暴突，俄顷又松开了手，他觉得世道不会永远如此，一定能够守得云开见月明。

不久，张富清再一次被放逐，这次是一个更加偏远的小村庄。他白天做苦工，夜里就睡在牛圈上方，木板上垫一层薄薄的稻草，与跳蚤臭虫蚊子睡在一起。一次，妻子孙玉兰让儿子去给他送衣服，儿子走了一天，终于到了父亲下放的地方。天黑了，儿子只能第二天回家，那天晚上，儿子被跳蚤臭虫蚊子叮咬得一夜没睡，回到家里，儿子边哭边将父亲的境遇告诉妈妈，孙玉兰心疼得直掉眼泪。儿子一边抽泣一边转述着张富清对家人的叮嘱：日子不会一直这样的，一定会好起来的，要相信党，相信国家。

1975年，五十一岁的张富清恢复工作，调往酉水上游古镇卯洞公社任革委会副主任。那是一个春和景明的日子，张富清带着他们的四个孩子坐着拖拉机，一路翻山越岭，沿着酉水走过绿水镇，走过漫水乡，终于到了卯洞。年过半百的张富清以时不我待、只争朝夕的劲头全情投入到工作中，他带领乡亲们修路、开荒植树、办畜牧场，他要把丢失的十年找回来。以前的高洞区没有公路，只有一条修了近十年却未曾修好的路基，那是高洞与外界沟通的唯一的道路。张富清带领施工队伍沿着酉水的支流，步行走到了指挥部，和民工一起吃住在悬崖峭壁之上，同吃同住同劳动。修路中遇到很多难题，张富清与大家一起抢大锤、打炮眼、开山放炮，和大家一起手挖肩抬。两年多的时间，他既当指挥员，又当战斗员，使海拔一千多米的高洞终于通了公路。四年后，张富清工作调整离开的那天早上，十里八乡的乡亲们翻山越岭赶来送他，这是人民给予一名真正的共产党员的最高礼遇。

1979年，张富清被调回到来凤县城，先后担任县外贸局副局长，建设银行来凤支行主持工作的副行长，直到光荣离休。

五

2019 年的人间三月，来凤县城春风吹得很欢。《湖北日报》《楚天都市报》相继报道了张富清的英雄故事，在荆楚大地犹如一声春雷，震惊四方。从九省通衢的武汉，从溯江而上的荆门荆州宜昌，传到了恩施，传到了来凤县城。人们惊奇地发现，原来英雄从未远去，英雄就在你我他的身边。

新华社的记者来了，《解放军报》的记者来了，中央电视台的摄制组来了，一百多家媒体蜂拥而来，但外界的喧哗与骚动，并没有真正影响张富清的生活。

张富清的儿子张健全对我说，父亲、母亲、姐姐，他们三个人，就像是一个铁三角，谁也离不开谁。妈妈是爸爸的耳朵，爸爸是妈妈的脑袋，姐姐是爸爸妈妈的力量。他们就像一个命运的共同体，爱情、亲情浓浓地交织在一起，同生共命。每天清晨，孙玉兰给张富清和大女儿每人煮一碗清水面，大女儿给父母各泡一碗油茶汤。早饭过后，三人一起下楼，穿过马路，父亲居中，手扶四轮支撑架，母亲居左，手挽丈夫，大女儿在右，紧倚爸爸，衰老残缺的身影，蹒跚而行，去距离家不到五百米的超市闲逛，采买一天三口人的蔬菜、水果和副食品。这样的日子，已经循环往复了许多年。

张富清的大女儿叫张建珍，从小是一个乖巧的孩子，长得和母亲有几分相似，白皙的皮肤，双眼皮，大大的眼睛。这是张富清和孙玉兰的第一个女儿，他们把她视为掌上明珠，呵护备至。天有不测风云，人有旦夕祸福。建珍上小学三年级那年，突发高烧，烧到四十度，当时张富清正在外出检查商贸、粮油的路上，家里只有孙玉兰一个人。两天后，张富清回到家，女儿已经错过最佳治疗期，命保住了，但留下了永远的后遗症，聪慧可爱的女儿变得痴痴傻傻，智力停留在孩提，经常犯病，癔症一发作瘫倒在地，口吐白沫，牙齿紧闭，须赶紧用一根筷子撬开牙齿，令其咬住，不伤舌头。男儿有泪不轻弹，只是未到伤心时，身为父亲的张富清面对着病床之上的女儿，愧疚的泪水汩汩而下。当年，他愧对了母亲，这一次又愧对了女儿。他不是一个好儿子！更不是一个好父亲！后来，张富清想尽一切可能，替女儿求医问药，皆以失望告终。妻子孙玉兰安慰他，认命吧！只要咱俩不死，咱就养着她。张富清悲泪纵横，说，那咱们三个就白头到老吧！

那一年，八十八岁的张富清在省城第一人民医院外科昏迷三天后醒来了。他摸了摸自己的左腿，裤管空空，醒来后的张富清说的第一句是：没跟你妈说吧？没有，小儿子张健全老老实实地回答道。张富清缓了缓神，继续说，那就别告诉她了，你姐姐咋样？姐姐挺好的，就是天天趴在窗台上看楼下的人，一直缠着妈妈问你什么时候能回家去。听到这里，张富清赶紧打发儿子去问医生，他什么时候可以进行义肢训练。

张健全双眼噙泪，爸，你刚做了这么大的手术，要好好休养，您别心急好不好！

不行，张富清摇头，我得站起来，我从家里走着出来的，我就要走着回去，我答应过你妈和你姐，她们在家等我呢！

那是 2012 年夏天，张富清的左腿脓肿发炎，疼痛难挨。又过了些日子，突然流出了黄黄的脓液，人也开始发烧。儿子张建国、张健全带他去来凤县第一人民医院就诊，医生说是膝关节发炎，白色链球菌感染。治疗方案是在关节两边打洞，从膝盖穿过一个引流管，每天用盐水冲，但病变的滑膜都被冲出来了，仍然不见好转。后来转至州医院就诊，州医院也只有这个冲洗的办法，最后转到了湖北省人民医院骨科，低烧变成了高烧，病危通知书连着下了三次。骨科医生给出的最终治疗意见是截肢。孩子们慎重地商议之后，决定告诉父亲真相。不截肢会有生命危险，截肢就还会有生存的机会。

我同意截肢。听完儿女们的一席话，张富清没有一丝的犹豫。

手术之后第七天，伤口还没有愈合。张富清便下了地，用独腿练习行走。不久接驳义肢，他住进义肢厂里。石膏打模取样，义肢做好了，在护士和家人们的帮助下，张富清套上义肢站了起来。新长出的嫩肉在接驳腔里摩擦，剧烈的疼痛折磨着张富清的每一根神经，汗水瞬间湿透了衣衫。他以超出常人的意志坚持着、忍耐着，没有发出一声呻吟。彼时的张富清心里有一个信念：我要站起来，我不能倒下！

在武汉住了两个多月院，劫后余生的张富清回家了。回到一水连三省的来凤县，老妻和大女儿站在楼下等他，看到儿子将张富清抱下车来，左腿裤管空空，孙玉兰一时之间接受不了，几乎晕厥倒地。她抚摸着老伴的残肢，哭道，你这是咋了呀！张富清淡然一笑，别哭了，缺了一条腿，捡回来一条命。你这一条腿怎么走路啊，不能走路，以后怎么陪我和女儿上街买菜！老伴，你放宽心，我很快就会站起来了！

疼吗？女儿轻声问爸爸。有点疼，建珍给爸爸吹吹吧，你一吹就不疼了！

有时候女儿摔倒在地，摔疼了，张富清给她吹吹疼的地方，一边吹一边哄她：建珍乖，吹吹就不疼了！

爸爸乖，建珍给你吹吹，吹吹就不疼了！女儿学习昔日父亲的样子，虔诚而又努力。泪水模糊了张富清的双眼。乖女儿，爸爸不疼了！

回到家后的第二天，张富清就开始锻炼站起来。每天清晨，他戴上十多斤的义肢练习行走。新生的嫩肉一次次被磨破，血水透过衣服渗出来。跌倒了，爬起来；再跌倒，再爬起来，头撞在了卧室的墙上，血溅墙角，包扎一下，接着走。义肢太硬，硌得新长嫩肉的伤痕爆裂，流血，结痂，再流血，他手一摸，钻心地痛。站不稳，扶着墙，留下了一个个血手印。到了第八个月，张富清终于可以正常行走了。张富清兑现了自己的诺言，他重新站起来了，腰板挺拔笔直，用挺拔的军姿拥抱着岁月。他站起来的第一天，就像健康时一样进厨房忙活开了，给老妻和女儿做了一碗他最擅长的刀削面，将厨房灶台擦拭得干干净净，一尘不染。在妻子和孩子们心中，张富清永远是座屹立不倒的大山。

六

在中国建设银行来凤支行行长李甘霖的眼中，张富清老前辈也是一座山，就像恩施的武陵山，雄奇壮丽，静寂无语。2017年春天，李甘霖走马上任时只有三十一岁。那年七一前夕，行里要开展一次主题党日活动，他便亲自给离退休的每一个老党员打电话，希望他们能来单位参加组织生活。其实，李甘霖心里没底，他不知道会有多少老党员能来。当他打通张富清的电话，得到的回答最令他欣慰，张富清说，李行长，你放心，我会准时来的。

那天下午，张富清戴好义肢，换了一身新衣，在老妻孙玉兰的陪伴下如约前往参加活动。他已经好几年没有来建设银行的大楼了，既陌生又熟悉，作为支行的筹建者，他对单位有着极深的感情。三层楼高的会议室，一层十八级台阶，三层便是五十四级。九十三岁的张富清，在八十二岁的妻子孙玉兰的搀扶下，扶着楼梯扶手，一步一步，一个台阶一个台阶往上走，走几步歇一歇。银行青年员工刘涛在上楼的时候遇到了步履蹒跚的两位老人，他停下来，说，大爷，我背您吧。谢谢小伙子，我能行！张富清拭了拭额头上的汗水，拒绝了刘涛的善意。大爷，您是来办业务的吗？刘涛不认识张富清，不知道这位衣着朴素的老人就是昔日的老行长。我来参加党员活动日！张富清笑了笑，继续执着地一步一个台阶地赶路。刘涛有点吃惊，便不再言语，只是紧随其后，准备随时施予援手。三层楼，五十四级台阶，张富清足足走了二十分钟。其间刘涛曾三次询问是否需要帮助，都被张富清婉言谢绝。

等到了三楼，张富清满头大汗，衣服也被汗水浸透了。站在会议室迎候的李甘霖既震撼，又内疚。他新来乍到，并不知道张富清已经九十三岁高龄，更不知道老人一条腿已截肢。那天党员活动日只来了包括张富清在内的两位老党员，来只有一个理由，不来则有一万个理由。目前建行登记在册健在的老党员当中，张富清是年纪最大的一位。活动结束时已是傍晚，李甘霖走到张富清跟前，说，老行长，对不起，我不知道您老的身体状况，让您受累了，真是过意不去！张富清说，这有什么，没事的，党员活动日，我是共产党员不能缺席。李甘霖马步一蹲，老行长，我送您下去！张富清摆摆手，不用，我既然可以走着上来，就可以走着下去。

那天，李甘霖目送着张富清的背影一步步远去，那背影高大挺拔，像一座高山，让人不由自主地心生敬仰。高山仰止，景行行止。虽不能至，心向往之。同样深受感动的还有刘涛，他对李甘霖说，李行长，我要写入党申请书，我要成为像老行长这样的党员。

如今，老英雄张富清九十五岁了，牙齿都掉光了，但是当坐在他面前聆听他的传奇时，却丝毫不觉得他是一位老人家。他的笑容明媚，像一个高龄"少年"，阳光纯粹。如果事先不知道他经受的一切苦厄，定会想当然地认为他一直生活安逸，人间逍遥游。大爱无言、大音希声、大象无形，建功立业却深藏功名，崇尚荣誉，却不张扬荣誉，承受常人所不能承受的痛苦，这就是我们的时代楷模张富清。

张富清的故事在华夏大地持续传颂，消息传到了他的老部队新疆军区某红军团。部队很快就与来凤县武装部取得了联系。

2019年3月2日，来凤县武装部为张富清准备了一套老军装。看着熟悉的"解放黄"，老人难掩激动的心情。他换好衣服，戴上军帽，从容熟练地整理军容，从帽檐、领章、口袋、军衣下摆、腰带，顺序而下，直至十指贴裤缝，整整齐齐，不留一丝褶皱。

一个小时之后，老部队来人了。一条独腿擎天而立的张富清，"唰"地敬了一个军礼，这是时隔六十四年的一个军礼，也是他展示给时代的英姿，永远的军姿。

最美 奋斗者

英雄和他背后的英雄

"钢铁战士"麦贤得的人生之路

◎ 杨黎光

"钢铁战士"麦贤得，一位几乎贯穿新中国发展史、迄今唯一一位受到历任共和国领袖接见的战斗英雄，他的名字曾因进入中小学课本而影响过千千万万的青少年。发生于1965年8月6日的"八·六"海战，头部中弹的麦贤得以惊人的毅力和意志坚持战斗，他的事迹曾感动了无数国人。近半个世纪过去，负伤的麦贤得后来命运怎样，他如何度过这漫长的生命历程？

　　广东的汕头，是个历史悠久的沿海城市。位于广东省的东部，濒临南海，别名鮀城。鮀，这个字，在电脑五笔输入法中是找不到的，经过翻查地方志才得知：鮀，是古代一种生活在淡水中的吹沙小鱼。拿一种吹沙小鱼作为一个地方的别名，可见这座城市的人文内敛低调。而如今，这个鮀字，也只用在汕头这座城市的地名上，难怪五笔输入法中，已经没有了这个字。

　　我创作的长篇报告文学《大国商帮》一书，曾追溯过广东的历史。先秦以前，现如今的广东地区属南越，在这儿主要生活着百越族。"百越"之称谓源于古代中原人对南方沿海一带古越部族的泛称，之所以称为"百越"，是说他们不是一个民族。因这些古越部族众多纷杂，因此中原人对其不甚了解，故《吕氏春秋》上统称这些越族诸部为"百越"，其他，文献上也有"百粤""诸越"等称谓。古代的"越"与"粤"是通假字。

　　公元前222年，秦始皇统一六国后，派大将屠睢率领50万秦军攻打岭南。由于从中原至岭南中间隔着五岭（越城岭、都庞岭、萌渚岭、骑田岭、大庾岭），山高路远，交通极为不便，粮草军需供应跟不上，直至公元前214年，秦军才基本征服"百越"。随后，秦始皇在岭南地区，设"桂林、象、南海"3个郡，今广东省的大部分地区属南海郡，现在的汕头地区属南海郡的揭阳县。

如今的汕头境内有韩江、榕江、练江三江入海，这也许是产生吹沙小鱼——鲙出现的自然环境。其中韩江最长，干流达470公里，由梅江和汀江汇合而成，流经汕头注入南海。江水和雨季的洪水带来的泥沙，万千年来逐渐形成了滨海冲积地，唐末宋初已成聚落即有先民居住。宋宣和三年（1121年）重置揭阳县时属其辖区。清代雍乾年间，迁到这里居住的人口日益增多，除了捕鱼、耕田之外，还利用海水晒盐。盐，历来都是一个有着高利润的商品，因此吸引各地盐贩到此贩盐运销。盐，也是政府重要税收来源，后清政府在此设站征收盐税，简称"汕头"。汕，其字本意为：群鱼游水的样子。可能是指这儿三江入海，鱼游水貌，又是一个内敛的地名。这是汕头之名的由来。1861年正式开放汕头为商埠，汕头因此繁荣起来，成为一个重要的港口。

现如今的汕头已经发展成为一座现代化的港口城市、中国最早开放的经济特区之一，其常住人口已达500多万。

2019年元月23日春节前夕，我来到了汕头，在产生吹沙小鱼悆然汕汕的地方，来寻找一位英雄，他的名字叫：麦贤得。

凡20世纪五六十年代出生的人，对麦贤得这个名字恐怕都不会陌生，因为当年他作为以"钢铁战士"而闻名全国的著名战斗英雄，曾经进入过我们的中小学课本。现如今五十多年过去了，这位曾经影响了千千万万中国青年的战斗英雄，他还好吗？

在海军某部政治工作部曾和好主任的陪同下，我们走进了汕头老城区里一条并不太宽的巷子里，巷子的深处就是麦贤得的家。

麦贤得满面笑容地从一幢老旧的一楼院子里走出来迎接我们，他给我的第一印象，是一位身材高大的北方汉子，身高竟有一米七八，而且尽管已经进入老年，又多年被巨大的伤痛折磨，但其腰板仍然笔直，不失一名军人的风貌。

这时，我的脑海里不由得产生了一个画面，当年他作为一名炮艇的机电兵，是如何在炮火中，头部中弹，脑浆溢出，仍摸黑穿行于狭窄的机舱里，将已经停机的一台发动机修复发动，让炮艇重新恢复动力，从而击沉了敌舰，并因此成为一名英雄？！

要说清楚这一切，不得不从"八·六"海战说起……

"八·六"海战

如今，人们如果不走进中国军事博物馆，知道"八·六"海战的人，可能不多了，就是这场海战，造就了英雄麦贤得。

"八·六"海战发生于1965年8月6日，是与败退台湾的国民党海军在福建东山岛附近，打的一场中华人民共和国成立以后最大的海战，后以我方完胜结束战斗。这场海战，于后来1974年元月跟当时的南越海军，在西沙海域打的那场"西沙海战"其规模和影响，都是中华人民共和国成立后发生的重要海战。

"八·六"海战发生的原因是，蒋介石败退台湾以后，所谓"光复"大陆之心一直未死。自 1962 年起，蒋介石错误地估判国际国内形势，猖狂地叫嚣"反攻大陆"。但一系列侵犯骚扰大陆的军事行动，被严阵以待的大陆军民粉碎，之后台湾国民党当局便改为以小股武装力量窜扰大陆。可是，不管是向内地空投的武装特务，还是从海上实施的渗透偷袭，以及以"两栖突击"的特种突击队的行动，都连连失败。

1963 年下半年开始，台湾国民党军采取新的策略：组建"海上袭击队"，即所谓的"海狼队"。以"海狼艇"在海上袭击人民解放军的舰艇和大陆在渔场作业的渔民渔船，其目的是企图在海上打出一条通道，并搜集情报和进行所谓的"心战"活动。但是，很快"海狼队"的行动，遭到了我海军的沉重打击。许多"海狼队"在海上连人带船，有来无回，有的被我俘获，有的被打沉葬身海底。

到 1965 年，台湾国民党军掀起的袭扰大陆活动，已经进入第四个年头了。在利用小型船艇进行的小股袭扰活动，被我连续挫败以后，蒋介石为鼓舞士气，扩大在国际上的影响，从 1965 年下半年开始，台湾国民党军动用大型海军战斗舰艇，在海上对我进行袭扰行动。

对台湾国民党军在战术上的变化，从中央军委到当时的海军司令部和南海舰队，都作了一定的准备，想寻找战机，狠狠教训一下不自量力的国民党军。

因此，"八·六"海战，是经毛泽东主席和周恩来总理亲自批准开打的。

1965 年 8 月 5 日凌晨，台湾国民党海军巡防第二舰队的旗舰——大型猎潜舰"剑门"号和小型猎潜舰"章江"号，由位于台湾高雄的左营军港悄悄驶出。左营军港，是台湾海军舰艇主要驻地，

20 世纪 60 年代起，为美台"联合"海军基地。关于此次"剑门"号与"章江"号离港侵扰大陆的任务，有两种说法，一是说输送武装特务到福建的闽南地区偷偷登陆，对大陆进行破坏；一是说寻机在海上袭击我方舰艇，对大陆渔场渔民进行骚扰，收集情报，进行所谓的"心战"。我个人认为，后者的可能性更大一点，输送武装特务到闽南地区偷偷登陆，不会动用这种大型舰只，因为目标太大。后来我海军击沉两舰后，在海上抓了不少落水的俘虏，全部押回了汕头海军基地，这些俘虏基本上都是国民党海军舰艇上的士兵和军官，没有听说有武装特务。

这两艘台湾国民党军舰，离开左营军港不久，就被我人民海军发现。关于如何发现这两艘军舰的，也有两种说法，一种很含糊，"军舰离开左营军港不久，我方就得到情报"；还有一种说法，敌舰是被我方雷达发现的。后一种说法不精确，因为当时我军的雷达还没有那么先进，只会到了海上一定的区域，才会被雷达发现。如果台湾左营军港的舰艇一出去，就会被我方发现，那国民党军也太没有安全保障了。

以下"八·六"海战战况的描述，参考了两位重量级当事人的回忆，一位是吴瑞林。吴瑞林原是 42 军军长，参加完抗美援朝回国后，转入海军，于 1955 年被授予中将军衔，后来担任了海军常务副司令员。"八·六"海战发生时，他当时是南海舰队司令员，直接指挥了这场海战。一位叫孔照年。孔照年当时是汕头水警区副司令员。当南海舰队司令部把迎击敌舰的任务下达给汕头水警区的时候，当时的汕头水警区司令员和政委都开会去了，不在水警区。只有孔照年和参谋长王锦在，孔照年和王锦都直接上艇出海现场指挥了这场战斗。吴瑞林和孔照年后来都有回忆录记述这场海战经历，所以资料十分权威。

据有关资料记载，1965年8月5日6时10分，我南海舰队的雷达就发现了已经到达福建东山古雷头和广东南澳交界处海域的国民党军的这两艘军舰，并立即报告了南海舰队司令部。电报很快就到了吴瑞林的手上，其时吴瑞林就在司令部里。他接到电报后，一点也不感到意外。因为，不久前，已经接到当时中央军委总参谋部的通报，台湾国民党当局近期可能在东南沿海有一场大的行动，要南海舰队做好作战准备。

吴瑞林立即召开了司令部会议，制定了"放至近岸、协同突击、一一击破"的作战方案，上报总参谋部得到了批准。

吴瑞林立即给汕头水警区司令部下达了作战命令，命令汕头水警区护卫艇41大队的护卫艇4艘、快艇11大队的鱼雷艇6艘，组成突击编队迎敌，指挥员是汕头水警区副司令员孔照年和参谋长王锦。同时向中央军委总参谋部、海军司令部、广州军区司令部上报了实施情况。

当晚，当时的总参谋长罗瑞卿向周恩来总理作了报告，周恩来总理立即向毛泽东主席报告。毛泽东主席指示：狠狠教训一下蒋介石。

8月5日下午5时45分，南海舰队汕头水警区司令部接到命令，派战艇编队出海。当时在家的副司令员孔照年决定亲自上艇带队出战，参谋长王锦也随孔照年上了快艇，协同指挥战斗。当时决定由6艘鱼雷快艇和4艘高速护卫艇组成第一梯队，于23时，形成作战编队到达离东山岛很近的南澳前湾待命。

恰在此时，敌舰出现于福建省东山岛兄弟屿海域东南方向约3.5海里处。

东山岛，位于福建省南部沿海，是福建省的第二大岛，东晋以前曾与汕头地区同隶属于南海郡的揭阳县，现属于福建省漳州市的东山县，它介于福建省厦门市和广东省汕头市之间，东濒台湾海峡。东山岛的东南面是我国重要的闽南渔场和粤东渔场的交汇处，是海上渔民作业比较多的地方，所以，也是台湾国民党海军选取经常骚扰和进行"心战"的地方。

台湾国民党海军的"剑门"号，原是美国海军的舰艇，于1965年4月才驶抵台湾，交付给国民党海军。其满载排水量1250吨，航速每小时18海里。舰上装备有76.2毫米炮2门，40毫米炮4门，雷达1部。"章江"号原是美国海军的猎潜舰，1954年6月移交给台湾海军，满载排水量450吨，最大航速每小时20海里。舰上装备有76.2毫米炮1门，40毫米炮1门，25毫米炮5门，76.2火箭（组）1座，深水炸弹投射器4座，雷达1部。

而我海军参战的舰艇，主要是小型高速护卫艇和鱼雷快艇。

高速护卫艇长只有38.78米，排水量121.4吨。最大航速每小时30海里，战斗定员36人。它的武器为设在首尾的2座61式双联37毫米炮，中部两舷的2座61式双链25毫米炮，带8枚深水炸弹及烟幕释放器，并可携带6枚锚-1型水雷。

当时我海军的鱼雷快艇主要为两种型号：P-4级鱼雷快艇和P-6级鱼雷快艇。P-4级鱼雷快艇，以铝合金为艇体，艇长19.3米，宽3.7米，吃水1米；B型艇排水量20.74吨；K型艇排水量21吨，总功率2400马力，最高航速为每小时42海里，配备为2具457毫米鱼雷发射管，鱼雷自重918千克。

P-6级鱼雷快艇属木制艇壳滑行型艇体，长25.4米，宽6.2米，吃水1.24米，满载排水量66.5吨，最高航速为每小时43海里，艇员15人。配备有533毫米鱼雷发射管两具，用来发射53-39型直航鱼雷，艇的首尾各设置1座25毫米双管炮，尾部还可以携带小型深水炸弹。鱼雷快艇上装有"秃头"平面搜索雷达一部。P-6级鱼雷快艇的攻击威力和自卫能力比P-4级艇大，艇上的25毫米双管舰炮，可在攻击前压制敌舰火力，攻击后掩护撤退，提高了战斗的灵活性。

显然国民党海军的两艘军舰与我方的战艇相比都是庞然大物。但，我方艇小航速快，灵活机动性强，战艇数量多，加上又采取的是"夜战、近战、集群作战"的战术，有群狼围大象的优势。这在后来的海战中创造出的战绩，被周恩来总理称为"小艇打大舰"。毛泽东主席的称赞更形象，叫"蚂蚁啃骨头"。

据现场指挥员孔照年后来的回忆：8月5日21时至24时，参战各编队舰艇分别到达指定海区。其中鱼雷快艇编队因通讯方式落后，未能及时赶到交战地点。8月6日凌晨1时42分，双方开始接触交火。国民党海军的"剑门"号和"章江"号两舰，凭借其火炮射程远，首先向我护卫艇开炮。孔照年下令"准备射击"，结果突击编队各艇一是求战心切，一是高度紧张，有舰长误将"准备射击"口令听成"开始射击"，当即借敌炮射击火光向敌舰猛烈炮击。这样引起了"羊群效应"，各艇立即朝着敌舰猛烈开火，由于不在有效射程内，发挥不了我方近战的优势，孔照年不得不又下发了"停止射击"的口令予以制止，并命令艇队展开战斗队形逐渐近敌，以实施近战集群作战战术。

当孔照年所乘指挥艇已经看清敌舰桅杆时，这才下令各艇一齐炮击。突击编队此时连续发动了两次突击和抵近射击，明显地压制了敌舰的炮火，并将敌两舰打分开了。

"剑门"号上有国民党海军第二巡防舰队司令胡嘉恒,他是少将军衔,是此次来犯的国民党海军最高指挥官,是由蒋介石亲自点名来压阵指挥这次行动的。"剑门"号舰长王蕴山一看来了这么多快艇,即向胡嘉恒司令报告,胡嘉恒命令一边还击,一边向东规避,同时呼叫"章江"号一同规避。

而"章江"号却被4艘高速护卫艇紧紧咬住不能动弹,我海军护卫艇从500米处开始与敌同航向射击,一直打到100米以内敌舰的眼皮底下,最近的离敌舰只有50米,充分利用敌舰的射击死角,掩护自己攻击敌舰。这时,"章江"号的甲板中弹起火,它开始边还击边后撤,想脱离接触逃走。我海军突击编队的598艇、601艇、611艇和后来追上来的588艇,加速冲击堵截,紧紧咬住。

战斗十分激烈,炮火把整个东山岛以东海域都映红了,由于是深夜,隆隆的炮声,甚至让汕头海湾都能隐隐听见。

激战中,我601艇中了4发炮弹,有一颗炮弹就落在指挥台上爆炸,一块弹片打进了年轻的艇长吴广维的头部,吴广维一头栽倒在指挥台上,再也没有起来,吴广维不幸牺牲了。这时,正在一旁跟艇实习的中队长王瑞昌,立即接过指挥权,指挥继续战斗。王瑞昌并不是601艇的干部,他只是在艇上实习,可他在关键时刻发挥了一个良好的我海军基层干部的素质,及时接过指挥权,使601艇能够继续战斗。

而"漳江"号利用这个时机,想加速逃走。孔照年指挥各艇紧紧咬住,战斗空前的紧张,炮声中,孔照年的嗓子都喊哑了。

正在这紧张的时候,611艇却突然减速了。

什么原因?

何 为 英 雄

611 艇是跟随孔照年出海的第一梯队的四艘高速护卫艇之一，也就是麦贤得所在的炮艇，艇长叫崔福俊，此刻正在指挥台上，嗓子都哑了，两眼一片血红，此刻正紧紧地咬着"漳江"号不放。"漳江"号在拼命反击，打来的炮弹在艇旁掀起一片冲天水柱，爆炸后的弹片撞击在钢铁的甲板上，"叮叮当当"地响成一片，威胁着我们战士的生命。我护卫艇利用速度上的优势，冒着炮火拼命靠近敌舰，因为靠得越近，敌舰的射击死角就越大，对我艇就越有利。但从远处逐渐靠近时，必然有一段对敌舰炮火有利的距离，在这个距离里也是最危险的时候。在追击的过程中，"漳江"号也越发疯狂，回击炮火更加猛烈。这时，"咣！咣！"两发炮弹打到了611艇的甲板上，机电军事长杨映松中弹牺牲。艇长崔福俊不让护卫艇减速，继续追击。又"咣！咣！咣！"三发炮弹打来，一发就打在了驾驶台上，两发竟然打进了机舱。驾驶台上的航海兵陈炳仁一头栽倒在地，艇长崔福俊腿部受伤，血从裤子里渗了出来。可他这时顾不得自己，只感觉到机舱里的轰鸣声减弱了，611艇失去了部分动力，速度一下慢了下来。崔福俊大声对身边的副指导员周桂全喊："快，快到机舱里去看看，发生了什么事？"

周桂全转身立即下到机舱，机舱里一片漆黑。

原来，刚才的炮弹把发电机给打坏了，机舱里失去了照明，战士们照明用的是手电筒。611号这款护卫艇，一共有四部主机，当头两发炮弹落在甲板上爆炸后，后机舱的一部主机停转了。此时，麦贤得在前机舱岗位上，前机舱班长黄汝省见快艇动力在减弱，就拉了拉身边的麦贤得，因机舱轰响声太大，外面炮弹的爆炸声也此起彼伏，讲话听不清，所以黄汝省班长就用手电筒射向后机舱。麦贤得立即明白后机舱一部主机出故障了，班长要他过去看看。麦贤得拿着手电筒，穿过一个仅有40厘米宽的圆形舱洞，到了后机舱，用手电筒一照，看见后舱班长罗向文正弯腰在紧张地排除故障，麦贤得赶紧过来协助。正在这时，两发炮弹打进了机舱，两声巨响，弹片横飞，罗向文一头栽倒在地……

爆炸后的一块高温弹片，烙铁一样扎进了麦贤得的头颅。这块弹片，后来经过医生检查，发现从右额骨穿进，深入麦贤得的颅内二寸，最后插进左侧的额叶。当即，流出的脑脊液和血，一下就糊住了麦贤得的眼睛，他什么也看不见了，倒在地上昏迷了过去。

受了轻伤的后舱轮机兵陈文乙大叫一声，但在炮火中谁也听不见。他只得上前扶起罗向文，摸出一个急救包，包住了罗向文流血的头，然后将他放在舱板上，又转身去包扎昏迷中的麦贤得。

就在这时，副指导员周桂全沿着舷梯下来了，正适应着机舱里的黑暗时，陈文乙急忙举起了手电筒。周桂全看到如此惨烈的情景，一句话也说不出，他急忙从陈文乙手中接过急救包，让陈文乙赶快去抢修停转的主机，自己来包扎麦贤得流血不止的头颅。

此时战斗仍在激烈进行中，周桂全只得将包扎好的麦贤得轻轻地放在地上，找了一件军大衣给他盖上，让陈文乙抓紧修理机器，自己就去了前机舱看看情况。

这时，打到前机舱的那颗炮弹爆炸后，一部主机也停了。

麦贤得从昏迷中蒙蒙地醒来了，此时他躺在血与汗水中。为写此文，我查阅了大量的资料，发现资料上都忽略了一个重要的问题：温度。8月的南海上，就是夜间气温也不低，又在狭窄的机舱里，每一部主机都是发烫的，散出的高温让本来就不怎么通风的机舱闷热无比。采访中，我进过这样的舰艇机舱，就是在今天现代化程度越来越高的舰艇轮机舱里，也是十分闷热的，所以说，当兵艰苦。当时战斗中的611艇机舱的温度，一定不在40℃以下，所以，躺在地上的麦贤得，一定是在血与汗水中。

醒来的麦贤得，职业的敏感，使他依稀感到前机舱的轰鸣声好像也减弱了，那里是他的岗位。难道是刚才的炮弹打坏了机器？他突然感到，舰艇航速明显变慢了。麦贤得艰难地从地上爬起来，他觉得自己不能在这儿躺着，战斗仍然在激烈地进行中，因为炮声仍然隆隆，舰艇需要动力。他要去前机舱，他的岗位在那儿，现在岗位一定需要他。他用手支撑起自己沉重的身躯，在黑暗中向前机舱摸去。

以上的情景，都是人们后来合理的推理，因为，脑部严重受伤的麦贤得后来完全想不起当时的情况，但是他确实是艰难地从后机舱到了前机舱。我最大的好奇就是本文开头所想到的，他那一米七八的高大身躯，在漆黑的机舱里，在严重的脑外伤下，在血和脑浆糊住了眼睛的情况下，他是如何从后机舱钻过中间那只有40厘米宽、60厘米高的窄窄机舱洞，到达前机舱的。并且……这里的"并且"好像只是一个轻轻的转折词，可在当时的机舱里，麦贤得是用生命来演绎的，因为他随时可能倒下，也可能倒下了再也起不来了。

到达前舱的麦贤得，发现两部主机中的一部果然停机了，班长黄汝省倒在血泊中昏迷过去了，周桂全副指导员和陈文乙正在帮他包扎。后来在医院的抢救过程中，医生发现，在前舱爆炸的那颗炮弹，在黄汝省班长的身上，留下了大小72块弹片，所幸没有打中头部。

此时，战斗正在激酣之中，战艇动力减弱，就如同搏斗之中的人，一下没有了气力。作为战士的麦贤得，尽管头部受伤，仍然明白这意味着什么。他必须要尽快找出原因，并排除它，让战艇获得力量。

平时苦练基本功的麦贤得，就是在脑部受到如此严重外伤的情况下，他也从逐渐减弱的机器轰鸣声中判断出，可能是哪处气阀或油阀的螺丝震松了，不是漏气就是哪儿漏油。可是，那么多的气阀，那么多的螺丝，那么多的管道，哪一处松动了呢？

这时，机舱里一片漆黑，什么也看不见，虽有手电筒，可血和脑浆又糊住了麦贤得的眼睛，他只能用手去摸查。

过硬的基本功，这时发挥出了惊人的能力。麦贤得平时就是蒙住自己的眼睛，在机舱里千百遍地摸探每一个螺丝和阀门的位置，每一条管道的走向，并熟记于心。今天，就是在几十条管道，上千颗螺丝中，把那颗震松动了的螺丝摸出来了，并且，又是一次并且，只用了很短的时间。因为，在如此紧张的战斗中，如果时间一长，战机就失去了。

麦贤得又在黑暗中找出扳手，把震松了的螺丝拧紧。终于机器慢慢地恢复了它的动力，可麦贤得又从机器虚浮的轰鸣声中，感受到制动器坏了，发动机马力上不来，舰艇就仍然恢复不了高速度。他，又用手摸了过去，果然，爆炸的震动使波箱移位了。此时，因流血过多，伤势太重，麦贤得非常虚脱，他已经没有力气再把波箱复位了，只得将整个身子扑到波箱上，双手死死地压住杠杆，终于，终于主机有力地震动起来了，战舰迅速恢复了航速。

高大的麦贤得，就是以这个雕塑般的姿势，扑在波箱上死死地压住杠杆，一直坚持到战斗结束。

此时驾驶台上的航海兵一声欢呼：艇长，马力恢复了！崔福俊一阵欣喜，立即下令："全速前进！"

恢复了航速的611艇，立即向"漳江"号扑去，很快就咬上了"漳江"号，追到最近的距离都不到50米。这时，炮艇几乎都不用瞄准了，艇上所有的主炮，猛烈地朝敌舰发射。"漳江"号甲板上，起火了。"漳江"号见逃不脱身，就掉转舰头，加速朝我方快艇狠狠地冲来，企图利用其舰身大，钢板厚，撞沉我快艇。

这时，紧紧咬住"漳江"号的601艇、558艇和598艇，赶紧避让。611艇也几乎与"漳江"号擦身而过，它与敌舰处于平行状态。这给611艇创造了一个机会，因为此刻611艇前后的三门火炮都处在了最佳射击角度。艇长崔福俊抓紧这个有利战机，下令："减速！朝敌舰指挥台开炮！"

瞬间，三门火炮齐发，敌舰指挥台上中弹立即腾起浓烟，"漳江"号指挥中心烈火腾空而起熊熊燃烧起来。不一会儿，指挥台竟然烧塌了，敌舰失去了指挥。其他快艇也是弹不虚发，我方鱼雷快艇迅速找到有利位置，朝"漳江"号发射鱼雷。只听到两声巨响，"漳江"号爆炸起火，终于于3时33分沉没于东山岛东南方向约24.7海里处。

击沉"漳江"号后，孔照年想乘胜追击，准备率编队余下的战艇追赶还没有逃远的"剑门"号。这时，"剑门"号与"漳江"号分开后，并没有走远，一直在西南3海里外转悠观察，当时舰上的国民党海军少将胡嘉恒，一直在犹豫，走，怕回去不好向蒋介石交代；

打，又实在害怕我方的鱼雷快艇。此时，它就被我海军雷达锁定了。

就在这时，南海舰队指挥部给孔照年发来一份电报："继续追歼'剑门'号，另有第二梯队9艘鱼雷快艇前来支援。"原来一直在南海舰队司令部里的吴瑞林，得知"漳江"号已经被打沉的消息后，决定组织力量追歼"剑门"号。

这正中孔照年的下怀，他立即组织战艇追击。我方快艇充分利用航速快的优势，很快就追上了"剑门"号，立即实施围攻。这时，我方第一梯队鱼雷快艇已经施放完鱼雷返航，虽各护卫艇集中火力猛烈射击，但毕竟是"小艇打大舰"，无法对"剑门"号进行致命一击。正在这时第二梯队的鱼雷快艇，以每小时42海里的速度到达指定战斗区域。

孔照年见第二梯队的鱼雷快艇已经到达，立即命令正在交火的各护卫艇让出有利攻击位置，掩护到来的鱼雷快艇集中火力施放鱼雷。5时20分，鱼雷快艇在接近敌舰2至3链的距离，集中施放鱼雷，有3条鱼雷命中目标，"剑门"号受到致命一击，随即爆炸，接着燃起大火。"剑门"号上的官兵包括舰长王蕴山，纷纷跳海逃命，后被我方救起。据王蕴山交代，国民党海军少将司令胡嘉恒，在指挥台中弹爆炸后死亡，随着逐渐沉没的"剑门"号葬身海底了。"八·六"海战至此取得完全的胜利。

此次战斗，自孔照年率艇队出航到返回汕头水警区，历时12小时45分，与敌舰战斗持续3小时43分，取得了中华人民共和国成立后人民海军最大的一次海上歼灭战的胜利，并在海上俘获了"剑门"号舰长王蕴山以下34名国民党海军官兵，我军官兵牺牲4人，负伤28人。

这次海战，对台湾的国民党军政各系统产生了巨大的震动，据台湾媒体报道，国民党海军损失了两艘军舰上的百名官兵，得以逃回台湾的仅仅 5 人。蒋介石极为震怒，于 8 月 30 日下令撤掉了当时的国民党海军总司令刘广凯。

吴瑞林将军在其后来的回忆录中写道：作为歼敌最多，战果最大的海战，而载入新中国海军的史册。毛泽东批示："仗打得好，电报也写得好。"中央领导同志亲切接见舰队英模代表；蒋介石震怒，（国民党）海军总司令被撤，台湾军舰未敢再犯；国际舆论关注，评论迭起。这就是著名的"八·六"海战。新中国最大的海战。

搏 斗 死 神

让我们把目光转向 611 艇，让我们再次进入那个窄小的机舱，因为脑浆溢出的麦贤得还在他的岗位上。

611 护卫艇在击沉敌舰"漳江"号的战斗中，一共中了 17 发炮弹，舰艇人员伤亡很大，当大家还在目睹着燃起熊熊烈火缓缓下沉的"漳江"号时，周桂全副指导员神色凝重地从机舱里爬了上来，向崔福俊报告说："艇长，轮机班伤亡严重，前后舱班长和战士麦贤得都负了重伤，只剩下一名机电兵。两部主机受损停转。"

崔福俊艇长听说后，立即下到机舱查看。机舱里仍是一片黑暗，他拿着手电筒照射着一步一步往前走，不禁大吃一惊。后机舱班长罗向文躺在地上，头上包着的纱布全是血，他上前一看，手电筒的光照下，罗向文的嘴巴蠕动着，像是想说什么，但又没有说出来。崔福俊上前握了握他的手，然后将那件军衣把他盖好，说："躺着，躺着。我们胜利了。"然后又向前舱钻去。在前舱，大队参谋长和机电业务长李光宗，正在抢修已经停车的一部主机。在机舱的一角，他看到地上躺着班长黄汝省，衣服支离破碎，浑身是血，他急忙上前摸了摸黄汝省的鼻子，还有气……

麦贤得呢？

崔福俊用手电在机舱里寻找，在那部仍在轰鸣着的主机操纵台上，他看到一个高大的战士，血人一样卧在那儿。头上包扎着的绷带，已经被鲜血浸透，殷红的血从绷带里渗透出来，顺着额头、眼睛、鼻子、面庞、脖子往下流，流着的血已经凝固了，糊住了他的眼睛，使他睁不开。此时，他就是闭着双目的。他那样专注，那样认真，那样一丝不苟，整个身子压住了波箱，双手紧握着杠杆，保证了主机的运转，一切都在那一刻静止成了一个永恒的画面。

崔福俊眼睛湿润了，他上前轻轻地拍了拍麦贤得的肩膀，大声喊道："小麦，小麦——伤得重吗？战斗结束了，我们胜利了，你休息一会儿吧！"

麦贤得没有反应，仍然保持着他那坚守岗位的姿势。

这时，一直在紧张忙着修理机器的陈文乙跑了过来，一把将麦贤得抱住，不禁哭出声来，大声喊道："小麦，小麦，你快躺下，战斗结束了！"

崔福俊终于忍不住流出了眼泪，他上前和陈文乙一道，把一点反应都没有的麦贤得，轻轻地放到地上，脱下自己身上的衣服给他盖上。他要把这样的好战士带回去，要救活他们。于是，他立即朝驾驶舱跑去。

崔福俊向孔照年副司令员报告了611艇损伤情况，孔照年知道

611艇已经无法再参加追击"剑门"号的战斗了，命令他们返航。

几乎是"千疮百孔"的611艇，在发电机被打坏，两部主机停机的情况下，带着牺牲烈士的遗体和身负重伤的战士们，艰难的返航。由于失去了部分动力，虽然是比较早退出战场的，却是最后一个返回汕头军港。

战斗是结束了，战果也非常辉煌，胜利的喜讯通过广播像春风一样吹遍了大地。一列长长的国民党兵俘虏，被我海军战士押送着，经过码头，穿过那欢呼声中的人山人海，让我们至今仍然可以想象出那经典的画面。

战争是什么？我，一个作家的理解，战争就是爆炸后的钢铁与人的搏斗。参与战争的人无论胜者与失败者，付出的代价都是血肉之躯。所以，我们最终要反对战争，希望和平。

这次参与战斗的汕头水警区战艇，当场牺牲了的有601艇艇长吴广维、611艇的军事长杨映松，身负重伤的有611艇的麦贤得、黄汝省、陈炳仁，另外，全大队有近28人受伤。

当时的汕头有地区医院、市立第一医院和市立第二医院。我海军受伤者全部被安置在汕头市立第一医院，国民党兵伤员安置在市立第二医院，地区医院作为备用应急。

一个地级市的医院，一下接收了这么多的外伤伤员，整个医院都被动员起来了，病房不够，轻伤伤员甚至被安置在病房的走廊上。重伤伤员为了便于随时抢救，被安置在离手术室最近的妇产科病房里。当时整个汕头地方领导都全力以赴地投入到了抢救伤员的工作中，消息通过广播报纸公布以后，汕头的老百姓自发地来到医院，排着长队要给伤员献血。

而此刻，麦贤得就在这儿，可他什么也不知道，陷在昏迷中。

可是很快又传来一个坏消息，腹部受重伤的战友陈炳仁，因感染气性坏疽细菌，抢救无效牺牲了。气性坏疽细菌传染速度很快，现在满院都是外伤伤员，为了防止其他伤员被感染，所有伤员又被紧急转移到汕头地区医院。

连日来，插入脑部，深入额叶的弹片，严重损伤了麦贤得的脑神经，导致他神志不清、无法言语、肢体偏瘫、生命垂危。

8月8日上午，医院对麦贤得进行了第一次手术，可是由于那块弹片扎得太深，从右额骨穿进，到达左侧的颅内，在脑袋上开了一个可怕的血洞。医生见伤势这样严重，一时又无法取出弹片，甚至当时都找不到弹片的准确位置，所以，第一次手术就只是做了清创，没有取出弹片。

汕头医院的医生，从未做过这样复杂的脑外伤手术，只能向上级医院求援。

8月11日上午，请来了广州军区总医院脑外科专家进行了第二次手术。手术进行了18个小时，医生仍然没有找到那块弹片，手术失败了。已经逐渐苏醒过来的麦贤得再次陷入昏迷。

第二次手术失败的消息传到了广州军区，军区领导非常焦急。

这时，麦贤得的英雄事迹传到了北京。8月17日下午，毛泽东主席、周恩来总理等中央领导在北京人民大会堂会见了"八·六"海战的11名有功人员。毛泽东主席和周恩来总理特别询问了麦贤得的伤情，当得知麦贤得仍在昏迷之中，周恩来总理对贺龙老总和罗瑞卿总参谋长说：这是一位英勇顽强的战士，不管如何，我们一定要千方百计地把他救活，使他早日恢复健康。并让叶剑英和陈毅负责派飞机，把麦贤得等几位重伤员送到广州救治。这期间，毛泽东主席、周恩来总理都一直在关心着麦贤得的救治工作。中央军委决定：马上派直升机将麦贤得和另外三名重伤员送至广州军区总医院。很快，一架直升机载着昏迷中的麦贤得、黄汝省和另外两名重伤员到了广州。

广州军区总医院，成立了专门的救治医疗小组，有著名脑外科专家刘明锋主任负责，并调了护士长萧小俏、护士胡曼曼，24 小时专门护理麦贤得。经过一段时间精心调理，麦贤得逐渐醒来了。

11 月 5 日，进行了第三次手术，这次手术主要解决麦贤得因前额骨折，造成的脑脊液鼻漏，手术成功。

经过充分的治疗调养，尽最大可能增强麦贤得的体质。在周恩来总理亲自关心下，邀请了全国著名专家，集思广益，共同研究制定手术方案。1966 年 5 月 18 日，麦贤得受伤后的第 9 个月，广州军区总医院的专家们决定给他做最后的手术：颅内弹片摘除和颅骨修补。

根据资料记载，这场手术进行了 6 小时 45 分钟，主刀的是刘明锋主任，最后终于把那块钻进麦贤得脑子里，一直在危及他生命的弹片安全地取出来了，麦贤得最后脱离了危险。

经过一年多的救治，四次脑手术，麦贤得脑中的弹片才被取出，残缺的头盖骨被植入两块有机玻璃替代，直到今天那两块有机玻璃仍在他的脑子里。

人们看到了英雄的无上荣光，毛泽东主席一直惦念着这位英雄，周恩来总理亲任抢救指挥小组组长，《人民日报》头版头条发表了其先进事迹，几乎全国人民都知道有个"钢铁战士"麦贤得。英雄的事迹传颂在大街小巷，英雄的照片出现在各大报纸上，英雄的故事也走进了中小学课本，感动和教育了千千万万的年轻人。

可脑浆流出后的英雄，那伤后偏瘫引起的蹒跚脚步，又是怎样走过人生艰难的几十年？最后又于 2017 年 7 月走进北京，接受了中央军委主席习近平亲手为他授予的"八一勋章"。

那长长的、歪歪扭扭的脚印，记录了他怎样的人生？

带着这个问题，我于 2019 年春节前夕，走进了位于广东汕头英雄的家，探讨支撑英雄强大身躯背后的故事……

脑，是生命机能的主要调节器。人脑，是思维的器官，是意识和心理的本体。脑的主要生理功能是主宰生命活动、精神活动和感觉运动等。人类大脑一定区域的损伤，就会引致特有的各种语言和活动功能的障碍，更何况麦贤得是弹片打进了脑子里，生命是保住了，但严重的脑外伤留下了严重的后遗症，痛苦一生都在伴随着他：外伤性癫痫、右手无力、偏瘫、行走受限、失忆、语言障碍，很长一段时间里，癫痫发作频繁，平时易激动，需服用大量镇定安神药物，来控制易怒的情绪。可这些镇定安神药，又给他带来严重的副作用。

当英雄的光环逐渐淡出人们的视野后，作为一个重残的伤员，进入了漫长的康复治疗。

人的一切行为受大脑的指使，受如此严重脑伤的麦贤得，其思维、辨识、思考，甚至情感的表达，都受到严重的影响。

在广州军区总医院，最初的时候连他走路都要人搀扶，生活不能自理。在医护人员的帮助下，他以超人的毅力与命运搏斗，首先重新学习发音吐字，一个字一个词地开始，接着就练习使用左手，以代替因伤致残的右手，然后开始锻炼走路，麦贤得表现得十分顽强。

他在与命运进行搏斗，除了脾气坏，平时不轻易流泪。

但一天，父母来广州看望他，他流泪了。麦贤得到广州住院后，父母还是第一次来。那时从饶平到广州，交通不方便，父母亲走了整整一天。

那天，已经渐渐年迈的父母走进病房后，麦贤得立即认出了他们，他双眼发直地看着父母亲，一开始并没有开口说话。陪同的护士长萧小俏以为他没有认出来，就说："小麦，你看看谁来了？"

只见麦贤得嘴唇发颤，像个受委屈的孩子，嗫嚅着嘴巴喊："阿爸，阿妈……"然后就没有话了，突然流下了两行热泪。

这是麦贤得受伤后，第一次流泪，以至，让护士长萧小俏印象深刻，并记进了她的日记中。

从此，漫长的岁月中，麦贤得拖着他那偏瘫致残的腿，一步一拐，一拐一步，走过了50多年的岁月，他还是一个英雄……

一 丝 不 苟

2019年，麦贤得已经73岁了，他生于1946年2月，老家就在离汕头不远的饶平县洪洲湾，是个临海的乡镇。父亲麦阿记是个船民，早先终年在船上打鱼，后来跑运输。洪洲湾离汕头并不太远，原先也属于汕头市，1991年汕头市分治为汕头、潮州、揭阳三市，原属汕头的饶平县划归潮州市管辖。

潮州市位于韩江的中下游，也是一座港口城市。其实潮州的历史远比汕头早，见诸史载已有3000多年了。潮州之名，始于隋开皇十一年（591年），取自"在潮之洲"之意。历史上相继为郡、州、路、府治所，也曾是海外贸易的始发地。近代习惯称为潮汕地区，潮州在前，汕头在后。无论行政隶属如何改变，海外华人至今还是习惯统称为"潮汕人"，因为潮汕地区在海外的华侨及港澳台同胞有500多万，遍布世界100多个国家和地区。

当年麦贤得就是从饶平参军的，没有想到最后就被分配在家门口的汕头海军基地。退休前为海军广州基地副司令员、大校，可以说，一辈子没有离开过家乡。

麦贤得的家，在汕头部队一处家属院的一楼，一套有些年头的旧房子，但收拾得窗明几净，小小的院落里种了不少花草，花不名贵却绿叶茵茵，让我感受到主人的精心养护。后来随着采访的深入，让我进门的第一印象，竟然求证出造就英雄麦贤得的一种精神：一丝不苟。

身材高大的麦贤得迎出门来，笑容满面，热情地握手中，我却感到他右手的无力，开口也只能说简短的话语："你好！你好！"可那质朴近似纯真的神情，让我有一种时光停滞岁月静好的感觉。其实在半个多世纪里，麦贤得经受了从身体到精神的磨难，他的信念，就是他现在挂在书房里，自己写的一幅字：永做小小螺丝钉。对别人，也许这是一句口号；对麦贤得，却是一生的坚守。半个多世纪的冬去春来，没有褪去英雄的本色。

落座以后，我说明了来意，他只说了一句："为祖国，为人民。"然后，就没有了下语，低头给我们冲茶。来之前，在采访联络时，我通过部队负责宣传的干事了解到，麦贤得语言的表达虽然没有大的问题，但只能作简短的交流。没想到简短到只说了一句，就没有了下文。

我看着认真泡茶的麦贤得。

潮汕地区的工夫茶，显示的是独特的文化传统，和北京的盖碗茶相比，泡法真是云泥之别。潮汕人泡茶的过程十分繁复，所以潮汕人叫工夫茶。按潮汕人的说法不叫泡茶而叫冲茶，过程为：煲水、烫杯、装茶、高冲、刮沫，然后叫低筛，才把一杯茶倒进你的杯里。可忙活了半天，最后送到你手上的，是比北方的白酒杯还小的一口茶，喝茶，有点像品酒。

既然是地方文化传统，冲茶，也可以看出一个潮汕男人的个性。

麦贤得认真得有点忘我，把整个冲茶的过程，一丝不苟地展示在我的面前，然后将一小杯汤色均匀清亮的热茶送给我。说实话，我一直不习惯这种浓得像汤药一样的茶水，但我却从麦贤得那一丝不苟泡出的茶汁中，品到来之不易的甘醇。

这又让我想起了，麦贤得当年是如何在炮火下黑暗的机舱里，从数千颗螺丝中，找到松动的那一颗？这并不是一时的巧合，而是来自他平时的一丝不苟。

至今，在我驻港部队的陈列馆里，还保存着麦贤得当年苦练基本功的那副墨镜。那就是为了在黑暗中，能及时找到机器出现的故障，麦贤得戴着墨镜，封闭了自己的视线，一个一个螺丝，一个一个接口用手去摸，用了5个月的时间，记住了数千颗螺丝、几百条管道的位置，最后才能在脑部中弹后，还能排除故障，靠的是什么：一丝不苟。

这种一丝不苟，麦贤得坚持了一生。毛泽东曾经说过一句著名的话：世界上怕就怕"认真"二字。我认为，认真的最高境界就是一丝不苟，一丝不苟不仅能改变一件事，也能改变一个人。大家都一丝不苟，就能改变世界。

我从广州军区总医院当年护理麦贤得的护士长萧小俏的"看护

日记"里，看到这样一个细节：第四次手术后的麦贤得，头脑思维还没有恢复到正常人的状态。一天已经夜深了，病房里很安静，麦贤得却在床上翻来覆去睡不着。忽然他爬了起来，拖着偏瘫的腿出了病房门，一拐一拐地朝走廊走去。值班护士许曼曼吓了一跳，赶紧追了过去。只见麦贤得来到隔壁的洗漱间，把一个没有关紧"滴答、滴答"正在滴水的龙头拧紧，回到病房这才安然入睡。

这个一丝不苟的行为习惯，一直保持到今天。

那天采访结束后，我们在麦贤得家的小院里合影留念，麦贤得当然站在中间，可当大家都站好以后，却又不见了麦贤得。我细心地观察着他，原来当我们正准备合影时，麦贤得回头看见身后的一个花盆里，一小块装饰盆景的石头倒了，这块石头小得几乎可以忽略不计，可他就是立即放下正准备合影的人们，转身去扶正那块小石头，扶了两次不满意，就坚持一直把它扶好，这才来和大家合影。这就是坚持一丝不苟一辈子的麦贤得。

一丝不苟改变了麦贤得，一丝不苟造就了英雄。

弱 小 身 影

与麦贤得的交谈由于他的语言障碍，无法深入，这时从他高大的身后出现了一个人，个子较小不到一米六，所以被英雄一米七八的身影挡住了，她就是与麦贤得相濡以沫半个多世纪的妻子——李玉枝。于是，我的采访才得以继续顺利进行。

来汕头前，我知道麦贤得和李玉枝都是潮汕人，一直担心潮州话我听不太懂。我来广东二十几年，感到最难听懂的就是潮州话。广东有三种大的方言区，一为以广州为中心的广府人讲的粤语，广东人叫白话，我们经常在香港电影中听到的就是这种白话。一为以梅县为中心的客家人讲的客家话。一为潮汕地区讲的潮州话。这三种方言，客家话比较好懂，潮州话最难懂，就是许多广东人，也听不懂潮州话。而一些潮州老人，普遍也听不懂普通话。没想到，李玉枝说了一口亲切易懂的普通话，一开口就使我们之间没有距离，更没有语言障碍。

在整个采访的几个小时的过程中，虽然李玉枝始终面带幸福的笑容，但不时眼睛里泛着泪光，情到深处，控制不住的泪水也夺眶而出。那白色的纸巾，在她的手中，湿了一张又一张。我低着头记录，不忍抬头看着这位走过了千山万水，也吃尽了千辛万苦的大姐。随着李玉枝大姐清晰地叙述，我的眼前呈现着常人无法想象的痛苦画面。随着这些画面的出现，我的眼睛，也时时湿润得看不清手中的采访本。采访结束后，我对李玉枝的感受：一个从平凡走向伟大的女性。

采访在李玉枝的回忆中展开：经过四次手术后，麦贤得从广州军区总医院转到海军广州疗养院疗养了两年多，后为了便于他身体继续康复治疗，又将他转到湖南冷水滩部队"五·七"干校，住了一年多。那儿的空气好，有专门的保健医生帮助他康复，主要是帮助麦贤得生活能够自理。这时的麦贤得已经能用左手熟练地写字，而且每天都在坚持写日记，只是句子像他说话一样写得很短，而且不连贯。但麦贤得喜欢写，没事就趴在桌上认认真真地写。语言表达能力提升到能断断续续地朗读毛主席的语录，失忆也逐步恢复到能想起童年的往事。但毕竟脑部严重外伤，后遗症也是明显的，偏瘫使他走路左脚拖右脚，跟中风的半身不遂一样，一步一画圈。说话全是短句，一着急就说不出来。最严重的仍然是外伤性癫痫，一周半个月就要发作一次，发作前后控制不了自己的情绪，脾气暴躁，甚至抬手打人。感冒、心情不好，甚至天气变化，都可能引起癫痫发作。而外伤性癫痫是一种顽固的慢性病，需要长时间多方配合治疗，才可逐步痊愈。

最后麦贤得回到了汕头部队驻地，部队领导根据麦贤得当时的身体状态，将他安排在军械仓库里工作，其实这时麦贤得也做不了什么事，军械仓库里有一大块空地，麦贤得就在这儿种菜。

这样过去几年，麦贤得受伤时才 19 岁，这时他已经二十几岁了，脑外伤后遗症让他当然异于常人，但他的身心发育并没有停止。他已经是一个心理正常的小伙子了，他的一些表现也反映出这一点。例如，他很少跟女护士发脾气，情绪失控时，女护士来劝比男医生效果好。最重要的是，他常常半夜发癫痫，如果身边没人，就很危险。现在有保健医生陪着他，但保健医生不可能陪着他一辈子，所以迫切需要一个人，日常照顾他的生活，陪伴着他走过长长的康复之路。

为此，部队领导专门请来了广州医学院生物遗传学专家廖敏教授，对麦贤得的身心情况作了一次全面评估，最后的结论是麦贤得可以结婚成家。部队领导首先征求了麦贤得父母的意见，父母亲又找麦贤得谈了一次，麦贤得听后，沉默了半响，然后摇了摇头，仍然是短句："不行，不行，身体不好，拖累别人。"

麦贤得是饶平人，李玉枝是汕尾人，都是属于传统上的潮汕地区，文化传统一脉相承。从历史上，以至到今天，由于社会和家庭传统教育的原因，潮汕女人几乎是贤良勤劳、吃苦耐劳、忍辱负重的代名词。潮汕女人对家庭的付出——孝顺公婆，伺候老公，抚育儿女，是她们毕生的价值。所以一开始，大家就基本把目光锁定在潮汕地区，一是传统观念相近，一是语言饮食相同，这对麦贤得的康复很重要。潮汕男人有两样东西少不了，一是工夫茶，一是老火汤，那要用心煲的老火汤，只有潮汕女人做得好。麦贤得的事迹见报以后，感动了千万人，当时有不少城市里的女青年对他心生爱意，麦贤得收到过不少这样的求爱信，甚至有女大学生跑到医院里来看他。可她们一看到麦贤得当时的样子，就吓跑了。大家一致觉得还是在本地物色。

当时还没有汕尾市，只有一个汕尾镇，隶属汕头地区管，同属一个行政区划，所以当时的军民关系十分密切。部队领导就找到其时的汕尾镇书记，说明了来意，希望他能帮助物色一位心地善良、有觉悟、有责任心的姑娘，照顾麦贤得的下半辈子。我觉得，心地善良有责任心，并不难找，而有觉悟，这就很重要。因为，传统上的潮汕女人，嫁汉吃饭，嫁的人，是自己要依靠一生的。一个连生活都不能自理的麦贤得，因为是个英雄，所以寻找的姑娘，要有觉悟，非常重要，因为，它决定了能否相伴一生。

当时麦贤得的事迹几乎家喻户晓，但他负伤后留下的后遗症，也是家喻户晓。汕尾镇书记思考再三，最后相中了一位姑娘，这就是当时在海丰县公平公社当妇联干部的李玉枝。

李玉枝告诉我，当时的镇委书记将麦贤得的情况给她介绍得很清楚，意思明确，即麦贤得受伤致残，成不成，由李玉枝自己做主。李玉枝回家将这个情况，告诉了自己的父母。李玉枝的父母都是孤儿，李玉枝是家中老大。当时，妈妈一听就反对，主要是心疼女儿，说，嫁过去，要苦一辈子的。可父亲却犹豫着说，麦贤得是为国家受的伤，我们不能不管他。玉枝也是党员，我有好几个女儿，将大女儿嫁给他，也是给国家做贡献。

李玉枝的这位忠厚善良的父亲，是个贫苦人出身，心里总是从国家的角度，想着麦贤得的负伤。他说，国家需要人保卫，为保卫国家负伤的人，我们就不能不管。他的情感十分朴素，态度也非常明确，道理对一个普通老百姓来说有点大，但发自内心。在中国，特别是在中华人民共和国建立初期，千千万万这样朴素的人，维护着共产党的领导，支撑着共和国的大厦。所以他一直是支持女儿嫁给麦贤得的老人，而且是无条件的。当然，最后取决于李玉枝本人的态度。

李玉枝在犹豫中，除了在报纸上，毕竟连面也没有见过。她既没有答应，也没有拒绝。

汕头与汕尾，虽然说是一"头"一"尾"，相隔也有近二百公里，中华人民共和国成立后，汕尾曾划归汕头地区公署管辖。1988年1月，经国务院批准，在原海丰、陆丰两县的行政区域上设置地级汕尾市，人们习惯所说的海陆丰地区指的就是现在的汕尾。当年的海陆丰革命根据地，是中国13块革命根据地之一。汕尾与汕头无论是从民间习俗、文化传承和历史渊源上，都十分相近。

几个月后，李玉枝作为一名优秀妇女干部，被派到汕头地区党校学习，来到汕头市。部队领导得知情况后，就约她与麦贤得见个面，大家相互熟悉一下。

1971年5月，这个日子李玉枝记忆犹新，部队领导将李玉枝接到部队招待所和麦贤得见面，当时有李玉枝的同事妇女主任陪同李玉枝一道来到部队。此时，麦贤得的身体经过五年多的康复疗养和适当锻炼，已经有一定的好转。麦贤得喜欢运动，特别是喜欢篮球、羽毛球和乒乓球。所以，部队领导为了向李玉枝展现麦贤得的身体康复状况，特意在见面前，精心安排了一场乒乓球赛。比赛的一方竟是手脚还不很方便的麦贤得，虽然他右手偏瘫，经过顽强的锻炼，麦贤得竟然能左右手扣球，这也可能是有姑娘在面前，他特别兴奋，所以有超常的发挥。这让李玉枝感到十分意外，她觉得这个人有着惊人的毅力。

接着就是单独见面，坐在部队招待所的一间房间里，透过窗户，李玉枝看到个子高高的麦贤得，在部队一位战士的陪同下，从仓库那边一拐一拐地走来，那时麦贤得的腿，还没有完全恢复正常。看着麦贤得走来的样子，李玉枝的心里突然就有点难受起来，难受的是，这个一米七八本是威武英俊的小伙子，却为了国家受伤致残而变成这样。一拐一拐走来的麦贤得，那年也才25岁，他受伤致残的身体，他与命运搏斗的艰难，触动了一位情窦初开的姑娘心底最柔软的地方，从此就烙在李玉枝的心底，一生都没有抹去。直到50多年后的今天，在同我谈起的时候，呈现在我面前的仍是一个清晰动人的画面：一拐一拐走来的麦贤得……

接着，在招待所的房间里，大家让他们两人单独在一起说说话，以增进相互的了解。部队招待所的房间里，也就是两张床。于是两个人，一个坐在床头，一个坐在床尾，空气中静静的，麦贤得比李玉枝还腼腆。

还是李玉枝先打开了沉默，也不知道说什么，就问了一句："你平时都干什么？"

麦贤得回答："种菜，吃药。"然后就没有了下句，又陷入了沉默。

李玉枝只得再问一句："现在身体怎么样？"

麦贤得的回答仍然是："吃药，种菜。"

第一次见面，麦贤得只说了两句话，八个字。

当时的部队领导也实事求是地说："情况就是这么个情况，你自己决定。"陪同李玉枝来的妇女主任，从女人的角度出发，却劝道："不要啦，要辛苦一辈子的。"

这次见面回去后，李玉枝内心久久不能平静。她在采访中没有和我说到她内心是如何的矛盾和纠结，可我理解，那一定是经历了一个又一个的不眠之夜。因为我知道，李玉枝虽然是一个妇女干部，但她毕竟是一个在根深蒂固的潮汕传统文化中成长起来的潮汕女人。以我的了解，潮汕女人的一生用文雅的话说，都用于相夫教子。用通俗的话来讲，一生嫁鸡随鸡。她们会忍辱负重地把一辈子交给丈夫、孩子和家。我手上没有现在的统计数据，但我想，潮汕女人的离婚率一定是中国最低的。这时候，李玉枝毕竟面对的是一个脑部中弹的麦贤得，他的情况全摆在自己的面前，嫁给他，就是把一生交给他。虽然也许李玉枝还不能把今后的艰难想得太细太多，但她一定明白，自己的选择意味着什么。

困难是显而易见的。无数个辗转难眠之夜，李玉枝一定会想得很多很多。但，那个烙在自己心底最柔软地方的身影，顽强地、一拐一拐地走来，走得离自己越来越近。作为一个姑娘，作为一个女人，这个高大的面色有点苍白的身影，在自己心里激起的涟漪一圈一圈的，总也散不去。

这还不是爱情，这是一个善良女人的本能。

一个声音在李玉枝的脑海里越来越清晰：父亲讲得对，英雄也是人，要有人来关心，他为国家受的伤，总得有人来照顾他。

李玉枝作了一个决定，这个决定改变了她的一生，不如说，这个决定也改变了麦贤得的一生。李玉枝成了英雄身后那个坚定的影子，她用自己的一生支撑着英雄高大的身躯没有倒下，并相依相伴走过了几十年。

可那时，我想，李玉枝一定没有想明白，这个决定意味着什么，它意味的绝不是简单的无微不至的照顾和千辛万苦的劳累。后来的日子，李玉枝绝对没有想到面对的是什么困难，所受的苦，不是在身体上而是在心底。我们可以简单地说，没有李玉枝，可能就没有活到今天的麦贤得，也就没有仍然是以英雄的形象示人的麦贤得。但，李玉枝这几十年是怎么过来的？她基本上是泡在苦水和泪水里，她用一生支撑了一个英雄。所以，我说李玉枝是一个伟大的女人，我不觉得是在拔高。

经过与父母商量后，李玉枝主动给部队领导写了一封信，表示自己愿意来照顾麦贤得。

尽管今天的李玉枝大姐在对我说这段话时，脸上带着笑容，但我注意到她说的是"照顾麦贤得"，而不是"嫁给麦贤得"，可以理解当时她内心的思考维度。

1972 年 6 月 1 日，李玉枝与麦贤得结婚了。没有新房，就在招待所里，也没有婚床，两张单人床拼到了一起。没有红花，甚至连"喜"字都没有贴一个，只买了几斤糖，这种婚礼简单得让今天的人们无法理解，但李玉枝与麦贤得的婚礼就是这样举办的。部队里来了几个人，婆婆和麦贤得的舅舅和弟妹们来了。

婚礼仪式的高潮，是麦贤得断断续续地唱了京剧样板戏《沙家浜》里的那段"要学那泰山顶上一青松"，仍是一个英雄的形象。李玉枝回唱了一段，同样是京剧样板戏《智取威虎山》中的"共产党员时刻听从党召唤"，在那时都是心声。谈不上喜悦，他们还没有感情基础，只有责任。

第二天，生活就归于平常，新郎新娘一起去食堂吃饭。

苦 比 甜 多

李大姐告诉我，婚后的第一个困难，就是理解麦贤得的语言。弹片损坏了他的语言中枢，使他不能完整地表达所要讲的意思，他能说的话又极短，而且口齿不清，一急就更讲不清。可是有着严重脑伤后遗症的他，又很容易激动，这一点在住院期间和在疗养院里，就开始表现得十分明显。现在，讲了几次李玉枝没有听懂，他就发火。夫妻俩在进行着艰难的磨合，婚后的最初生活，一点也不美好。

然而这还不是最大的困难。很快，更大的事让新婚中的李玉枝措手不及，或者说吓得手足无措。一天深夜，麦贤得突然癫痫发作，身体僵直，浑身抽搐，口吐白沫，大小便失禁，神志不清。虽然，部队里负责麦贤得保健康复治疗的医生，曾向李玉枝交代过注意麦贤得的癫痫病发作，实际上，从某种意义上讲，部队领导张罗着为麦贤得寻亲，就是医生的建议，其中一个重要原因就是，大家担心癫痫病发作时，特别是夜间身边没有人，麦贤得就会有生命危险。

可当时李玉枝也才只是二十几岁的姑娘，无法面对这突然发生的情况，惊慌失措，一下六神无主。但再惊慌，也要面对，此时躺在床上人事不知的人，是自己的亲人。弱小的李玉枝立即请来医生给麦贤得打了安定针，让他睡去。然后抛开羞涩，搬动着高大沉重的麦贤得，撤换床单衣裤，擦洗被失禁的大小便沾污了的麦贤得的身体，做完这一切，天就亮了，她还不能休息，癫痫病发作中的病人，身体消耗特别大，她还要给快要醒来的麦贤得准备早餐，帮助他恢复体力。这样的事情，一做就是二十几年，直到麦贤得在医生的精心治疗和李玉枝的精心照料下，癫痫发作慢慢消失。

麦贤得最大的后遗症就是外伤性癫痫。癫痫病，是一种慢性反复发作的短暂性脑功能失调综合征。专家介绍，主要是因脑神经元异常放电，引起反复痫性发作为特征。癫痫是一种神经系统疾病，癫痫发作时全身肌肉抽动及意识丧失。外伤性癫痫，是指继发于颅脑损伤后的局限性或全身性痉挛，可以在任何时间内发作。发作时，由于病人失去了意识，就是一切都不知道，大小便失禁，再加上全身肌肉不自主地抽搐，牙关紧咬，甚至发生过病人咬断自己舌头的事情。所以，癫痫病人发作时，如果身边没人，具有一定的危险。

麦贤得是外伤性癫痫发作较为严重的病人，这可能是他的脑部受伤严重所致，这也是英雄的磨难。外伤性癫痫，折磨了麦贤得二十多年。笔者有一个内弟，小时候患了小儿癫痫病，怎么也治不好，几十年了，生不如死，也拖垮了他的父母，一家人痛苦不堪。我深刻地理解癫痫病人的那种痛苦，我更体会作为妻子的李玉枝，这几十年是怎么过来的。

为了控制减少癫痫的发作，医生让麦贤得长期服用"苯妥英钠"和"苯巴比妥"两种西药。我们习惯性地讲，是药三分毒。这个"毒"，指的就是几乎每一种药都有副作用（并不仅仅是指西药），只是副作用大和副作用小，以及在不同人的身体里，反应不同而已。为了更深刻地了解麦贤得常年服用的这两种药的副作用，我专门请教过神经内科医生，医生告诉我："苯妥英钠"是一种控制癫痫发作的药物，它的不良反应有——行为改变，走路不稳，思维混乱，讲话不清，两手发抖，烦躁易怒。我发现这些副作用，在麦贤得身上或多或少都有，尤其是易怒，情绪容易失控，反应得更强烈。而另一种药"苯巴比妥"的主要作用是镇静，用于治疗焦虑不安、烦躁和抗癫痫。它的副作用是用药后可能会出现头晕、困倦，长期使用会产生耐药性及依赖性。

医生将这两种药合并用于治疗麦贤得的癫痫病，也向李玉枝讲解了这些药的效果和副作用。李玉枝感到了自己肩上的责任，新婚后的年轻妻子面临着崭新的生活课题，她要努力学习护理知识。她买了好多医疗护理方面的书，不懂就向部队医生请教。她仔细阅读麦贤得服用的每一种药的说明书，了解药的疗效和反应，作为麦贤得的妻子，她知道要掌握这些知识，帮助麦贤得战胜伤病后遗症。

差不多每半个月，麦贤得就会癫痫发作一次，每次发作神志不清，大小便全拉在身上，弱小的李玉枝就要背起那个沉重的身躯，这一背就从青年背到中年，直到感动了上苍。在李玉枝的精心照顾下，麦贤得的癫痫病竟奇迹般渐渐好了，已经有二十多年没有再发作。

病中的麦贤得也很苦闷，可是他无法说，也许是说不出。说不出，憋在心里脾气就更坏。这种难以控制的坏脾气，一方面来自脑伤后遗症，一方面来自药物的不良反应，这是医生的看法。但我还有一点自己的认识，麦贤得是个英雄，但在生活中，他也是一个常人，潮汕地区传统文化中根深蒂固的一切以男人为中心，在麦贤得的身上也表现得很突出，尤其在对妻子以及后来对孩子，有时候麦贤得有些不讲道理。例如，他对自己要求严，对别人要求也严。有一次在吃饭时,李玉枝不小心把米粒掉在桌上,麦贤得看见立即指出,但他讲的话不完整,李玉枝没有听明白,麦贤得一急,随手就把筷子扔了过来。李玉枝在与麦贤得在一起时,只要麦贤得情绪变坏,她就要随时担心此类事情的发生。

其实,李玉枝在与麦贤得结婚的时候,是麦贤得心情最压抑的时候,也是他成为英雄后,人生最低谷的时期,这个时期与"9·13事件"有关。

1971年9月13日,发生了"林彪叛逃事件"。这一天,当时的国家副统帅林彪乘飞机外逃,结果摔死在蒙古的温都尔汗,我们将其称为"9·13事件"。当时部队在肃清林彪遗毒时,有人受极左思潮的影响,竟然指当年毛泽东主席接见麦贤得时,报纸上发表的照片中旁边有林彪,因此,要麦贤得说清楚,当时林彪对他说了什么。

这件事源自1967年底,毛泽东主席对麦贤得的一次单独接见。这是激励麦贤得一生的一次接见,深深烙在他的心底,每每讲起就激动不已。可他怎么也没想到,多年后,有人竟把他与林彪叛逃事件联系在一起。

1967年12月3日晚上10点15分,这个时间麦贤得记在日记里。当时在专门医生的陪同下,麦贤得从广州来到了北京人民大会堂,毛泽东主席及中央领导接见了包括麦贤得在内的4000多名海军代表,并和大家一起合影留念。当时的麦贤得以战斗英雄的名义,被安排在第一排的中间位置,坐在中央首长的中间,和毛泽东主席并不远,这对于一名士兵来说,当然是无上荣光。

合影结束后,大家站在原位目送着毛泽东主席等中央首长离开。一会儿,一位首长走来,对麦贤得说,毛主席要单独接见他,然后领着麦贤得朝一个小会议室走去。

麦贤得一走进小会议室，毛泽东主席笑容可掬地站了起来，伸手紧紧地握着麦贤得的手，关切地问："小麦，你身体好多了？"

　　麦贤得激动得热泪盈眶，回答："好，好，主席好！我的身体好多了。"

　　毛主席又说："小麦呀，你要用硬骨头的精神战胜疾病，养好身体，为人民立新功。"

　　麦贤得仍在激动中："是，是，主席，我要为人民立新功。"

　　麦贤得泪流满面，后来的情景竟然记不起来了，包括他是怎么离开的。但他把"为人民立新功"几个字几乎是融进了血液里，回到广州后所做的一切，都是为了"为人民立新功"，直到今天，喜欢练习书法的麦贤得，写得最多的字，就有"为人民立新功"。

　　其实，当年毛泽东主席接见时，林彪是在旁边，但是他什么话也没说，你怎么让麦贤得说得清楚呢？进而有人说，麦贤得是个假英雄。这样的会开了好多次，麦贤得一言不发。平时，话也越来越少了，饭也吃得少了。他想不通。

　　麦贤得心里窝着气，又不会自我消解，嘴巴又说不出来，李玉枝也不清楚是怎么一回事，因此无法劝解。麦贤得心中的这种气，一天一天的积累着，终于火山般爆发了！

　　一天，两人相约出门，李玉枝在收拾东西，耽误了几分钟，这时外面下雨了。这本是一件平常的事，广东处在亚热带，每年进入雨季，东边日出西边雨，几乎是司空见惯的，可麦贤得突然雷霆暴怒，把连日来所有闷在心中的气，全撒到了李玉枝身上。这时结婚才半年，他要和李玉枝离婚。不仅如此，他还要赶李玉枝走，竟然把李玉枝的衣服全部扔到了院子里。

　　天，还在下着雨，李玉枝看着泥水中自己仅有的几件新衣服，绝望得哭不出眼泪，她还是一个新婚不久的新娘啊。

怎么办？真的离开他吗？不，他是一个病人，病人，需要人照顾。李玉枝这两天已经从部队医生那儿，知道麦贤得为什么情绪变得这么坏，只是不知道怎么劝他。她想，常人都应对不了这样的事，你怎么要求一个脑子受了如此重伤的病人，能正常面对呢？

暴怒后的麦贤得瘫倒在床上，头疼欲裂，双目紧闭。他说不出，他委屈，他不能理解，他除了只会说一句："打国民党没有错！怎么是假英雄！"除此，他再也不会说其他，他只能生闷气，他甚至拒绝吃药，以此抗议。

这时，突然感到一股甘泉流进了口中，睁开眼，是李玉枝正在给他喂糖水。麦贤得又闭上了眼睛，却流出了两行清泪。李玉枝又喂他吃了药，然后用被子将麦贤得盖好，自己去收拾泥水中的衣服，默默地拿到水池中去洗，边洗，泪水和自来水一起流。

麦贤得不知道，他要离婚的时候，李玉枝已经怀孕了。

家 不 能 散

生孩子的时候，麦贤得和李玉枝还分居在两地。麦贤得在汕头的部队里，李玉枝在汕尾的老家。第一个孩子是儿子，这对潮汕人来说是件大喜事，千百年来，潮汕人就是重儿子，第一胎生了儿子，那是欢天喜地的事情。麦贤得当然不例外，在部队请了假，欢天喜地地去汕尾看儿子。没有想到这个女婿却在李玉枝的老家，闹了一个左邻右舍都惊动了的大"动静"。

当年的交通不发达，从汕头到汕尾差不多要走大半天，李玉枝在家里喜悦地等待着麦贤得的到来，可等到下午的时候，突然有人来报信，麦贤得在外面要和人打架！打架的竟然是和李家关系较好的邻居，吓得李玉枝也顾不得自己在月子中，赶紧出去劝架。因为她知道，麦贤得的那个火暴脾气，别人是劝不住的。

原来，一直情绪很高的麦贤得，在快到李玉枝家的时候，看到路边有几个小青年骑自行车撞了一名妇女，不道歉就想溜。他是路见不平一声吼，上去抓住了为首的，拎着他一定要他向那位妇女赔礼道歉。麦贤得一米七八的大个子，抓着一个精瘦的小青年，老虎不吃人，架子难看，引来很多人围观，也引来了小青年的父亲要和他打架。麦贤得是个知名人物，有人认出他了，赶紧来给李家报信。

李玉枝急匆匆地赶来，一看竟是和自家关系还很亲的一位街坊邻居，就忙给人家赔着小心，并紧拉慢拖地把麦贤得拉回了家。

嗨，这下可不得了。回到家中，自以为是伸张正义的麦贤得气愤难平，他认为李玉枝不分是非。李玉枝就申辩说，都是街坊邻居，何必搞得那么难看。结果麦贤得认为自己的正义没有得到支持，又勃然大怒，用他特有的语言和表达方式，不顾岳父岳母就在旁边，大骂李玉枝："你坏，汕尾人护着汕尾人，我不要你，离婚！离婚！"又一次提出离婚。

要知道，这是麦贤得第一次来到岳父母家，李玉枝还在月子里，而汕尾人极爱面子，又几乎人人都知道大英雄麦贤得。结果这个英雄不但来和邻居打架，还要和刚刚生了儿子的媳妇离婚。这让李家人面子往哪儿放？

这时，尽管李玉枝了解麦贤得，但当着自己家人的面，尤其是父母亲，她也委屈得泪水直往下掉。当听到母亲在厨房里的抽泣声时，作为大女儿的李玉枝心都碎了。她来到厨房，看着母亲眼泪扑扑往下掉，心疼得上前拉着母亲的手，和母亲一块儿哭："阿妈，我对不起你，我拖累你了。"

母亲擦着眼泪说："阿妈已是这个年纪了，可你日子还长着呢，他要到哪一天才能恢复到正常人，你要熬到哪一天才能出头？"

李玉枝哭着安慰母亲说："阿妈，你不要怪他呀，他要是不受伤，是不会这样子的，他有病，病还没有好透，您原谅他吧，他会好起来的。我相信，我相信。"说着，母女俩只能一起哭。

今天，我们是能理解麦贤得的行为的，一块弹片打进了脑子，而且从右脑到左脑，就是一颗子弹击中了脑部，他奇迹般的活下来了，而且仍在努力地保持着英雄的本色，在他的思想里，思维会比别人简单，可生活不简单。这个不简单的后果，往往由李玉枝承担了。所以，李玉枝从与麦贤得结婚的那一天起，生活中苦就比甜多。固然，在那个时代中的李玉枝，确有她在新婚之夜唱的那段"共产党员时刻听从党召唤"的思想，也有潮汕女人能吃苦耐劳的传统美德。我更觉得，李玉枝身上更多体现的，是中国传统女人的忍辱负重。

婚后几年，李玉枝的工作还一直没有调到麦贤得的身边，她汕头汕尾两地跑，照顾麦贤得，又带着孩子，真的很辛苦。直到1981年李玉枝迁到汕头，两人才在一起生活，从这时开始麦贤得生活规律，营养充分，服药及时，癫痫发作逐渐减少，从开始每周发作一次，到这时一个月才发病一次，麦贤得的脸上也变得越来越红润了。

这时候，他们的女儿又出生了。李玉枝身上的担子就更重了，早先是照顾好麦贤得，现在更要抚育好自己的这一双儿女，让他们身心都能健康成长。没想到，这方面耗费的心血，不比照顾麦贤得的少。

孩子们一直怕爸爸，因为爸爸对他们很严格，有时严得不讲道理，尤其是对儿子。爸爸对妈妈发脾气的时候，也不分场合，有时把孩子们吓哭了。

李玉枝一边要照顾丈夫的身体，帮助治病，一边又要想尽一切办法，从细枝末节上来保护孩子们的内心，呕心沥血，真的是心力交瘁。

有一次，儿子放学将在学校做好的航模带回了家，这一次做的是水上舰艇。儿子兴高采烈地邀请同学一起来玩，将自己做好的舰艇模型，放到一个装了水的大盆里，然后和同学们在一起指挥舰队战斗，进行游戏，玩得兴高采烈。

海军出身的麦贤得看见了，已经很久没出海了，但海军战士的本能一下激起了他极大的兴趣，便凑了过来参与了儿子的"海战"。这时已经是一位海军军官的麦贤得，十分投入地开始指挥起这些舰艇模型作战了，在指挥中他喧宾夺主，不但抢夺了儿子的指挥权，还和儿子产生了严重的分歧。儿子说，不是这样的，你不懂。他说，我是海军，我打过战，我怎么会不懂！儿子说，老师不是这样教的。说着说着，儿子要夺回指挥权，麦贤得不让，结果父子俩吵得不可开交。麦贤得当然说不过口齿伶俐的儿子，却又十分认真，这本是一幅天伦之乐的场面，却因为麦贤得的脑子拐不了弯，结果却十分意外。他觉得儿子伤了他一名海军军官的自尊，最后竟勃然大怒，当着儿子同学的面，将水盆掀翻，把舰艇模型一脚踩扁，儿子当然委屈得直哭。麦贤得也不会自己消解。过了一会儿，气还没出完的麦贤得，见儿子哭个没完，火又上来了，打了儿子。此时，真的是一个粗暴的不讲理的爸爸。

李玉枝下班回家，一进门就发现了家里的异常，地上一片水迹，踩坏的舰艇模型说明刚刚发生了一场"战争"。这场战争没有胜利者，因为，麦贤得在客厅里生闷气，儿子躲在房间里抹眼泪。不用问，李玉枝一切都明白了，作为妻子，她知道此时不能刺激麦贤得，否则"战火"又会燃起。作为母亲，她心痛得直掉眼泪，因为她看见了儿子屁股上一个一个的红指印。她知道要小心处理，因为这是麦贤得的病，他仍然无法像常人那样控制自己，需要时间将麦贤得那爹起的毛理顺。她更担心在儿子的内心留下暴力的阴影。李玉枝今天在和我谈起这事的时候，眼睛里仍然有泪。她说，我既不能简单地去呵护儿子，更不能直接去责备丈夫。此时，一边是儿子委屈的泪水，一边是丈夫暴怒后的后悔，但以麦贤得的个性，他不会主动向儿子认错。

此时，就是考验李玉枝的时候了，所谓心力交瘁，就是在这种时候。

她不动声色地做好饭，然后照顾一家人吃饭，又照顾麦贤得服好药。洗刷完后，她到了正在做作业的儿子房间，轻轻将儿子的头抱在怀里，轻轻地说："儿子，妈妈知道你没有错，错的是爸爸。但是，等你慢慢长大了，要知道这一切都是爸爸身体的原因，是疾病发作时他难以自控。"她又对儿子说："儿子，你不能恨爸爸，你恨爸爸，这个家就散了，就是一家人在一起，心也散了。要知道，没有爸爸哪有这个家，等你长大了，你会明白的，爸爸是爱你们的。"说到这儿，李玉枝的眼泪也下来了。

安抚好儿子，就让他睡下了。她又回到自己的房间，这时服完药的麦贤得也躺下了。她自言自语地说："儿子一天一天地长大了，他自恃麦贤得的儿子。我们不仅要一把屎一把尿地把他养大，还要能让他理解我们做父母的，要让儿子健康地长大成人。"麦贤得不吭声，但李玉枝知道，他听进去了。

她知道在两边都作了安抚后，最后要做的就是抚慰父子两人的心。这时，她从抽屉里拿出了一瓶广东人喜欢用的专擦外伤的"红花油"，递给丈夫，让他去搽儿子被打红了的屁股。麦贤得默默地去做了，这实际上在心里是认为自己错了。儿子也默默地接受了，他只要不抗拒，就表明他在心里还是接受爸爸对他的关心。这时，李玉枝的心，才明亮起来。几十年来，她就是这样的做妻子，这样的做母亲。

可这样的戏码，并不是一下就可以结束了，它却反复上演，李玉枝真的是心力交瘁。她含着泪对我说："那时候用潮州话来说，真的是叫苦泪涟涟。我太累了，身体心里都累，累得有时候倒在床上，真的是不想再起来了。不起来，就永远地解脱了。可是耳旁又响起孩子们和老麦的声音，不起来，怎么行呢？谁来照顾麦贤得？谁来抚养孩子们？"

身子再重，心再累，李玉枝也得起来，起来继续着她的人生路……

作为麦贤得的妻子，她要时刻照顾着丈夫；作为孩子的母亲，她又要关心着孩子的健康成长。尽管，麦贤得无法较好地控制自己的情绪，但为了让他尽快治好病，给麦贤得一个温馨的家庭环境，李玉枝要将一家人团在一起，她总是说，家不能散了，家散了，就什么都没了。这就是李玉枝，这就是一个潮汕女人生命的全部。于是，一边是自控力差的病人，一边是正在成长中的孩子，李玉枝小心呵护，日夜坚守，揉碎了心的爱。

几十年的坚守，李玉枝就是这样过来的，直到青春已逝，双鬓染白。她不仅照顾好了一位英雄，让脑部中弹的麦贤得活到今天，也培养了一双好儿女。儿子成为一名优秀的海军军官，并参加了驻港部队；女儿成了一名军医，在部队医院服役。丈夫，战胜病痛，一天比一天好起来。最重要的是，她始终维持好一个幸福的家。所以，我说，她是英雄背后的英雄，是支撑着英雄没有倒下的脊梁，尽管这脊梁看起来是那么的弱小。

被感动了的上苍，给了她丰厚的回报。

纯 粹 的 人

李玉枝不仅做好妻子母亲，她还要学会感恩。

1986 年的一天，李玉枝带着麦贤得，到广州去看望当年主刀的广州军区总医院脑外科专家刘明锋主任。当年，麦贤得在这所医院里住了三百七十天，就是这儿的医生护士救了麦贤得的命，并且帮助他进行了最初的康复。这里的医生和护士，为麦贤得的付出，让麦贤得和李玉枝永远铭记于心，所以，今天夫妻俩来到这儿，想看看当年的救命恩人。

他们到了医院的门口后，李玉枝向卫兵说明了来意。没想到，那卫兵瞪大着眼睛看着麦贤得，一脸的诧异。他惊奇地问："啊，你就是麦贤得？"因为在医院里的史册上，留有记录当年抢救麦贤得的重要一笔，所以后来的人们都知道麦贤得。卫兵这一叫，立即引来刚下班的医护人员，大家惊奇地围了上来。虽然当年参与抢救麦贤得的医生护士，大多已经退休了，可后来的人们还是很惊喜地看着这位当年的钢铁战士——麦贤得。

就在这时，从人群中挤进了一位一头白发的老人，他是听到麦贤得三个字，停下了脚步，而挤进了人群的。他扶着眼镜，上上下下看了看麦贤得，然后拉着麦贤得的手问："小麦，还记得我吗？"

麦贤得并没有认出，他只是礼貌地笑着回答："你好，你好！"

身穿军装的老人有点激动，他再次说："你认不出我了？"

这时麦贤得开始认真地打量眼前的老人，突然他伸出手摸了摸老人有些清瘦的脸，不知是激动还是惊喜，口中发出不完整的词句："刘主任，刘、明、锋，主任。"眼前竟然就是他们要来看望的专家，当年主刀两次为麦贤得手术，最后取出弹片的脑外科专家刘明锋主任。

刘主任也非常激动，他握着麦贤得的手不放，朗朗地说："太好了，太好了，二十多年了，活得这样好，真是奇迹呀！"

李玉枝见眼前的老人，正是刘明锋主任，也激动地拉着刘主任的手不放，一个劲地说："刘主任，谢谢您！谢谢您，您是救命恩人啊！"

刘明锋转身问麦贤得："她是……"

麦贤得咧开大嘴，笑着说："李玉枝，我爱人。"

刘明锋主任由于是著名脑外科专家，虽已经过了退休年龄，但还在上班。他拉着麦贤得的手说："走，走，到我家去坐坐，我再给你检查检查。"

刘明锋作为一名著名脑外科专家，看到麦贤得当时的状况，嘴里不停地说的一句话，就是：奇迹，奇迹。

他是创造奇迹的人之一，可他也没有想到，谁把奇迹保持得这么久？所以，他激动，他高兴。

当然不止一个人，包括现如今也已白发满头了的那两位护士萧小俏、胡曼曼，但，李玉枝一定是其中最重要的一位。

采访虽然只有短短几小时，但之前我花了差不多两个月，大量查阅了麦贤得的资料，从 60 年代到今天，我得出的一个印象：麦贤得是一个纯粹的人，受伤后，就更加简单纯粹了。麦贤得，没有功利，没有权欲，更没有算计，几十年来，只有胸前的勋章，只有无数的荣誉，他纯粹到只为一个名声而活着，这个名声就是：英雄，这是支撑他精神和内心的力量。

甚至，他的情感和思想，只停留在 50 多年前，那个夜晚，那一声爆炸，那一块弹片，一块小小的弹片。虽然没有夺去他的生命，却给他带来无尽苦痛的弹片，改变了他一生的轨迹。也使他变成了一个简单的人，因为简单而纯粹。

当"八·六"海战结束以后，当战场的硝烟散去，麦贤得的战争没有结束。生命是脱离了危险，但麦贤得与命运的搏斗才刚刚开始，他也是九死一生，受尽磨难，一些是在心里，更多的是在身体上。英雄的称号，支撑着他的精神世界。

我觉得，麦贤得的一生，都是在与命运进行搏斗。先是与那停转的舰艇主机搏斗，他胜利了；接着与死神搏斗，他战胜了；后是与伤痛搏斗，他又战胜了；再就是，与后遗症搏斗，尽管这个搏斗的历史是那么的漫长，伴随着他的一生，而且搏斗得遍体鳞伤，包括他的家人，但最后应该说，他还是战胜了。再就是和各种"冷暖"进行搏斗，他最终还是个胜者。因此，他用一生证明了，无愧英雄这个称号。他也用一生证明了：英雄，并非都在战场上。

他的身边，始终都有一个坚定的无怨无悔的战友：妻子李玉枝。李玉枝的陪伴，让英雄始终是一个英雄。

但麦贤得始终没有认为自己是英雄而居功自傲。他很幸运，作为一名特殊的英雄，一生曾多次受到国家主要领导人的接见。当我在采访中称赞麦贤得的时候，他真诚地说了四个字："不够，不够。"我在资料中发现这句话，他早在50多年前在广州军区总医院第四次手术后，受到毛泽东主席、党中央和人民的称赞，他刚开始能说话时，就真诚地对护士萧小俏和胡曼曼说："不够，不够。"一直到今天，他以自己一生的行动，证明了对自己的要求"不够，不够"。

麦贤得出生于一个贫苦的渔民家庭。父亲麦阿记终年在渔船上，母亲拖大了9个儿女，麦贤得还没有参军的时候，父母就将大儿子送去了部队，后来也是以一个军官的身份转业。父母先后为国家送了5个孩子去当兵，家里海、陆、空军都有，还有一个坦克兵。过年的时候，村里开军属慰问会，没啥东西送，就是送春联，麦家一下领了五副，屋子小，没地方挂，就送给亲友们挂挂，大家也高兴，因为觉得光荣。就是这样的军属之家，在农村也没有什么特别照顾。麦贤得成为英雄以后，母亲仍在路口卖甘蔗，以补家用。正好遇上部队领导来慰问，部队领导看了心里就很不舒服，然后去和地方政府协商，这才安排麦贤得当时已经50岁的母亲，去大队大米加工厂干活儿，这样一连干了六七年。

麦贤得始终不丢农民本色，他在养伤期间，当地农村进入了6月农忙季节，他几乎天天中午不午休，跑到部队附近的农村，去帮助村民刈禾、插秧、种地瓜，干得不知早晚，不顾一日三餐，让照顾他的战友满世界找他。在湖南冷水滩部队"五·七"干校采药材，他比健康人干得还要欢。

麦贤得做好事是自然的，随时随地的，后来成为基地副司令以后依然如此，只要他碰上了，随手就干。一次，天已经下雨了，他看见邻居家买了一车蜂窝煤，脱下军装就去帮助别人搬煤，从一楼到六楼，整整干了大半天，人们怎么也谢绝不了这个麦司令；他下班经过巷口，看见小卖部李大伯的皮鞋上全是灰，回家拿了鞋刷鞋油蹲在地上，就把李大伯的皮鞋擦得锃亮；到邻居家串门，看到凳子坏了，转身走了，又回来了，手里多了维修工具，就在人家客厅里修了起来；外出散步，看到路边有人在修鸽子笼，二话没说，蹲下来就当帮手。他还有一个习惯，活不完不走人。所以，做好事，常常忘记归家。

有一年，一个强台风在汕头登陆。汕头沿海，强台风登陆是很危险的，全市都紧急动员抗风灾。那天下午 3 点的时候，整个汕头市都在狂风暴雨之中，台风遮天蔽日摧枯拉朽般地正面袭击汕头，大街上几乎没有了行人。可就在这个时候，李玉枝发现刚从北京开会回来的麦贤得，不见了。在如此的风大雨狂之中，他一个手脚并不方便的人会去了哪里？会不会遇到了什么意外？一家人急得四处寻找，可就是不见麦贤得的踪影。

全家人都撒出去了，直到傍晚，也没有找到麦贤得，家人都失魂落魄地回到家中。这时儿子打开了电视，电视中正在直播汕头抗风抢险的新闻。突然从电视里听到一位记者的声音："你们看，老英雄麦贤得也到大堤上抢险了！"大家突然从电视画面上看到，麦贤得只穿着一件背心，一身雨水在海滨长堤上，参加抗灾救险，被正在采访的电视记者发现抢拍了下来。

如今，作为海军大校军衔的海军某基地原副司令员的麦贤得已经退休了，但他仍在经常帮着别人捅厕所，挖水沟，扫马路，管市场，做慈善，还在自己的饶平县母校捐了图书馆。

英雄不老，始终在焕发着新生。

当我和李玉枝大姐的交谈接近尾声的时候，麦贤得却到了书房里，他拿起毛笔给我写了四个字：上善若水。

上善若水，出自老子的《道德经》第八章："上善若水，水善利万物而不争。"指的是：至高的品性像水一样，泽被万物而不争名利。上善若水，是最高境界的品德，就像水的品性一样，泽被万物而不争。水，奔流到海是一种追求，水滴石穿是一种毅力，水洗涤污浊是一种奉献。

麦贤得纯粹的一生，就像是水，此时他书写的四个字，既是他的明志，也是对我们的勉励。

采访就在这种氛围中结束了，可我心里的思考没有结束。

（《北京文学》2019 年第 10 期刊载）

永远的三十岁

◎ 黄传会

三十岁，如上午九十点钟的太阳；

三十岁，似初夏正在拔节的稻穗；

三十岁，人生正当风华正茂……

然而，在不到半年内，张超与余旭两位天之骄子，却折翼蓝天，生命的刻度永远定格在三十岁——

2016 年 4 月 27 日。海军舰载机某部一个训练日。

飞行员张超驾驶歼-15 战机，开始第六次陆基模拟着舰。飞机沿着标准下滑线，对准模拟航母甲板，先是后轮，接着前轮，相继触地。一切都与预想的一样，完美"着舰"。

就在这时，飞机突然传来"电传故障"警告——这是歼-15 最高等级故障，一旦发生，意味着战机将失去控制！

此时，时速超过 240 公里的战机，机头急速上仰，尾椎蹭在地面，瞬间火花四溅。按特情处置规定，飞行员可以立即跳伞，弹射手柄就在手边，只要一拉就能弹出。然而，张超没有拉，而是竭尽全力将操纵杆推到底，牢牢把定，试图把上仰的机头强压下去，挽救这架造价数亿的战机。机头还在上仰，巨大惯性下，飞机骤然离地 20 多米。万般无奈之下，张超拉动弹射手柄，"嘭"的一声，连同座椅弹射出舱。由于高度太低，弹射角度太差，救生伞尚未打开，张超重重摔向地面。紧接着，飞机轰然坠地，燃起熊熊大火。

从飞机突发故障到坠地，短短 4.4 秒。在这生死一瞬间，张超"推杆"，制止机头上扬。正是这个选择，让他痛失跳伞自救的最佳时机，倒在距离梦想咫尺之遥的路上——再飞 7 个架次，他将实现

"上舰"的梦想，成为一名真正的舰载机飞行员。

半年后，2016年11月初，第十一届中国（珠海）航展。

伴随着巨大的引擎轰鸣声，六架红、蓝、白三色涂装的歼-10表演机分别以单机、双机、三机编队依次直入云霄。俯冲、盘旋、开花、滚转、筋斗……八一飞行表演队精妙绝伦、气壮山河的精彩表演，引起现场观众一片欢呼。

战机返场，飞行员摘下头盔，取下墨镜，观众惊奇地发现，其中两位是女性。驾驶2号机的是表演队中队长、歼-10首批女飞行员余旭。这是中国空军首批歼击机女飞行员驾驶歼-10战机，首次在中国航展亮相。目前，能飞三代战机的女飞行员，中国仅有四名。

一身戎装的余旭难掩女性的柔美，在回答记者提问时，话语干净畅快：

"'挑战自我，迎风远航'是我的座右铭。飞行表演没有最好，只有更好，自己最好的得分永远在下一次。"

孰料，几天后的11月12日上午，在部队一次例行的训练中，飞机突遇险情，余旭壮烈牺牲……

选择飞行，便选择了使命；

选择飞行，也选择了风险和挑战。

2012年11月23日，海军舰载机飞行员戴明盟在辽宁舰"惊天一着"，让张超血脉贲张。三年后，戴明盟遴选新舰载机飞行员时，张超第一个报名。此时，张超已有十年飞龄，飞过八种机型。

打量着眼前这个小伙子，戴明盟笑了："部队还没开始动员呢，坐不住啦？"

张超急切地说："做梦都想飞'飞鲨'呢！"

戴明盟没有给他"加温"："小伙子，你知道这里面的风险吗？

最美 奋斗者

航母舰载机与你现在飞的区别极大，要求极其苛刻，你再好好想想！"

张超当然知道，舰载战斗机飞行员的风险系数是航天员的 5 倍、普通飞行员的 20 倍。20 世纪 90 年代，某大国 10 年间就摔掉 105 架舰载机。他像是在立军令状："我知道有风险，但要干就干最难的，要飞就飞舰载机。"

张超作为"插班生"改装歼-15，他必须用其他飞行员一半的时间，完成所有改装任务。

从原来的"着陆"到现在的"着舰"，虽一字之差，却是一次操纵习惯的颠覆，更是一场飞行理念的变革。几百小时的模拟器训练飞行，几百小时的理论课程，近百小时各种航空求生和自救课程，还有多架次的海上着舰训练……没有节假日，有点时间就泡在模拟器上，困了就抱着模拟器眯上片刻。同室战友，多次听到他在梦中念叨"对中……看灯……保角……"

海上超低空飞行，是歼-15 战术训练中的难点，在离海平面不到 30 米的高度，海天一色，以时速八百公里高速飞行，风险很大，但隐蔽突防能力极强，犹如勇猛的飞鲨腾浪而起，给敌人致命一击。张超求战心切，最早完成了这个飞行课目。

陆基模拟着舰训练，是舰载机飞行员最难却又必须通过的课目。它需要飞行员驾驶"飞鲨"在与辽宁舰一比一的着舰区，连续多次进行陆基模拟着舰。航母虽然是个庞然大物，但驾机从空中看，却像海面上漂浮着的一片树叶。着舰区域就更小了，驾驶战机精确地降落在阻拦索之间，好比百步穿杨。

轻易不表扬部属的戴明盟夸奖张超："别人用了十几个月完成改装训练，你只用了半年。小伙子，飞得不错嘛！"

相比于世界军事强国 100 多年的航母舰载航空兵发展历史，中国海军舰载航空兵只能算是"小学生"。张超与他的战友们在奋力直追！

余旭是个爱美的川妹子，一度曾经想学跳舞，因为学费太高而作罢。后来，又有过报考民航空乘的念想。2005 年，她正在读高三，听说空军招女飞行员，激情涌动，立即报名。经过万里挑一的筛选，19 岁的余旭幸运地成为中华人民共和国空军第八批女飞行员。

四年航校生活，余旭每天都要面对挑战：理论不过关淘汰，技能不过关淘汰，反应速度慢淘汰……她在日记上写着："不管学习、训练多么艰难，我从来没有退缩过，我觉得自己的青春是无悔的。"

2009 年，空军首批 16 名歼击机女飞行员以全优成绩完成学业，正式编入作战部队，余旭是其中一员。同年，她驾驶战机，在国庆 60 周年大典中飞越天安门广场，接受祖国和人民的检阅。

凭着执着的追求和一股拼劲，余旭创造了奇迹——2012 年 7 月 29 日，她驾驶歼-10 战斗机起飞，成为中国首位驾驶该机型的女飞行员。余旭自豪地说："军队花大力气将我培养成为一名歼击机飞行员，我要一直飞下去。"

两年后，余旭再创纪录，成为中国首批驾驶歼击机进行公开特技表演的女飞行员。余旭所在的八一飞行表演队，一次表演一般为 28 分钟，通常要展示 24 个动作，其中不少高难动作要求飞行员必须承受超越 7 个 G 以上的负荷（即承受身体 7 倍的重量）。单单"双机绕轴滚转"这个动作整套做下来，相当于在 1 分钟内搬了近 400 千克重物。难度最大的"水平开花"动作，编队的最小间隔只有 3 米，突然四散分开，稍有不慎，极可能相撞。

超强度，高难度。每次特技飞行表演，余旭都是"在刀尖上跳舞"。

余旭懂得，飞行表演的本质是飞行训练，是对飞机性能的追求、对人体和飞行极限的挑战。飞行表演是一国空军人才素养、装备性能、训练水平等各项指标的直观体现，它有助于发掘人与装备的潜能，提高作战实力。只有中、美、俄等大国使用第三代战斗机，以充分接近实战。这是大国空军的风采和尊严。

每一次飞行就是一次战斗冲锋；

每一次升空便是一次生死考验。

有人曾问余旭："难道你没想过危险？"

余旭回答："因为我是一名军人。"

张超和余旭同为三十岁，正处于生命最美好的时期。他们的壮烈牺牲，带给人们的是撕心裂肺般的痛苦和绵绵不尽的缅怀。

"余旭妹妹，你让我们心疼，天上那么冷，你可要多穿衣服，别迎着风。"

"从来就没有什么岁月静好，只是有人为我们负重前行！"

"长空利剑一枝花，羽化彩虹泣万家。不让须眉展奇才，今有木兰世人夸！"

"为我国航母舰载机事业牺牲的英烈张超点赞！"

"超哥，你是真正的男子汉！"

"实现中国航母梦，道路崎岖不平坦！"

数以千万计的网友在为张超、余旭的网上灵堂献花……

在张超和余旭的身上，我们不仅看到他们宏伟抱负、远大理想，更看到他们脚踏实地、不畏艰难，披荆斩棘去实现这一理想的自我牺牲精神。因为他们深知，穿上军装，就注定与生死考验相伴；选择军人职业，就意味着直面牺牲奉献。

在缅怀张超、余旭的同时，我们不由得想起镌刻 2016 年日历上更多的青春面孔：申亮亮、杨树朋、李磊、刘景泰、程俊辉、刘质宏……他们为了祖国安全血洒长空、为了人民安宁献身排雷、为了保护战友生命捐躯洪流、为了和平事业牺牲海外，以自己的赤胆忠心和英勇无畏，诠释了一个厚重的词语：牺牲精神。

生命无价，牺牲纵然令人悲恸万分，但强军路上，没有捷径可走，强大的国防不仅需要东风 D41、需要辽宁舰、需要 99 式坦克，更需要像张超、余旭这样的英雄，抛头颅、洒热血，用铁血铸就坚不可摧的国防精神！

张超牺牲后，一位海军航空兵飞行员写的帖子《海军飞行员亲述：我们为什么会掉飞机？》，在网上热传：

…………

离地三尺险。经历过见证过这些事故，我不能说自己内心没有一丝忧虑。

可是谁也不能为了安全而放弃对战斗力的追求。战斗机飞行员是为了赢得战斗而生，安全并非首要考虑，甚至经常要冒险去突破战斗力极值。

经历过那么多生死，如果你问我还会飞吗？我只想说，战斗机飞行员最害怕的不是训练场上的坠落，而是害怕在战场上坠落于敌人的机翼下。

请相信从最残酷空中格斗中走出的海军战斗机飞行员。

永不退缩，永远飞翔！

（《人民日报》2017 年 3 月 15 日刊载）

雪峰兀立

◎ 陈新

祥和春节，寒凄凛凛

"早点休息。"

山城的夜已经很深了，黄雅莉仍听见老公在书房看书、翻书的声音，于是给他发了一条微信。

她本来应该走过去对他说这句话的，但她没有这样做。因为她正陪孩子睡觉，孩子刚睡着，她怕吵醒孩子。

她是个幸福的女人，成功的事业，疼她的老公，聪明的儿子，健康的父母……

凌晨 1 时许了，困乏不已的她发过这条微信后，便睡着了。因为白天里她与他回了双方父母的家，帮做事情，没有歇着，比平时上班累多了。

他是一个喜欢看书的人，上班时忙，不能分神，所以他通常把看书的时间挤在下班以后，尤其是夜深人静孩子睡了以后。习惯了他这一点，她也便跟以往一样，发过去一条关心的微信之后，自己便与孩子先睡了。

第二天早上 10 时许，她醒了，发现他已经上班去了。

这是 2018 年 2 月 18 日，农历正月初三。春节，但他没休假，他轮班。

这很正常。也不正常。为啥他一直没有回微信呢？

蓦然间她有一些失落，有一些意外。自己竟然不知道他昨晚是什么时候进屋睡觉的，也不知道他什么时候起床的，自己怎么睡得这么沉？

他清晨上班离开家前都有一个习惯，那就是与她吻别，即便她睡得再沉，他也会轻轻地吻过她的额头后才会出门。

今天他没有与自己吻别？还是自己没有感知到他的吻别？

这份失落，或者说淡淡的伤感，竟然令她在洗脸之时落下泪来。

对开朗的自己的突然掉泪，她也觉得莫名其妙。他在春节期间上班又不是第一回，有必要替他难受吗？有必要因为他没有陪着自己而自艾自怜这么矫情吗？

这种莫名其妙的眼泪，又或者因为是春节，街上的饭店，尤其是早餐店几乎全都歇业了，看到厨房冷锅冷灶，他急着去上班连早饭都没吃、也没地方去吃早饭而心疼他？

不得而知。

些微萦心的是奇怪，且心慌……

"唉，儿子今天又上班了，过年也没一口好饭吃，真心疼他……"

虽然是过年，但是劳碌一生的余小寒还是在起床后忙着做这做那。看到老伴杨运泉也起床后，便嘟囔着对老伴说。

"这有啥好心疼的？有那么多人过春节都上班，这不很正常吗？工作性质不同而已。"

老伴安慰她说。

杨运泉曾是军人，从部队转业后的职业，也跟儿子的职业接近，总是春节无休，所以没觉得春节上班有啥好辛苦的。

"我也没别的意思，就是觉得心里莫名难受，也不知道为什么。"

"当妈的都心疼儿女，理解。"

"今天毕竟是过年嘛，吃好点也是应该的，要不我做一点好吃的，儿子不是说今天下班后，他们一家三口要到我们这里来吗？"

"要得，那你做嘛！"

时近中午，余小寒便从冰箱里拿出事先买好的冻鸡来，同时又忙着洗腊肉、腊排骨……这时放在客厅沙发上的手机来电话了，她很高兴，连忙对老伴说："电话响了，一定是儿子打来的，儿子真懂事。"

她一边从厨房朝客厅快走，一边对老伴说："你身体不方便，我来接……"

"要得，好好走路，接不上这个电话，大不了回电过去，人要是摔倒了，可就是大事……"

"就是这！当年你就是在这儿走丢的！"

汪旭对汪泽民说："要不是好心的婆婆和好心的警察帮你，你现在就不可能这么幸福……"

"不然，我就可能在挖煤，或者在街头讨饭，对不？"

汪旭话没说完，汪泽民便打断了父亲的话："我都长这么大了，咋总是提这件事哟，我耳朵都听起茧子了呢！"

"不是特意要提这件事，主要是今天刚好又路过这，所以又想起了那件令我既胆战心惊又感激的事。"

一天前，汪泽民送父母回乡下过春节路过沙坪坝广场之时，父亲再次向他提及了与他的命运有关的往事。

是的，从小到大，父母亲总是这样奚落他："别看你现在长得白白胖胖的，你三岁的时候差点就在沙坪坝百货公司走丢了，当时要不是一个好心的婆婆和一个好心的民警叔叔帮忙，你可能现在还不知道在哪里挖煤呢。"

虽然多少人小的时候问父母自己是哪来的，父母都会笑着说是从垃圾堆里捡来的。但汪泽民知道，自己差点走丢这个故事并非虚构。

那是 1998 年 8 月 23 日上午，沙坪坝百货公司开业，有不少优惠活动，父亲带着 3 岁多的他去抢相因。但由于当天顾客很多，货架上的货物又很吸引人，没一会工夫，他便走出了父亲的视线。

等他意识到自己走丢之时，本来胆子很大也顽皮的他顿时吓哭了。他在人丛中挤来挤去地呼唤父亲，可是涌动的人潮里哪有父亲的身影？

就这样不知不觉间，他便随人流涌到了百货公司门口。

视野开阔了，周围依然是陌生人。他着急得边大哭边呼喊："爸爸！爸爸！"

可是父亲在哪儿呢？

这时，有一位婆婆走了过来，问他怎么了，得知他与父亲走失的情况后，便抱着他帮他寻找起父亲来。

然而由于商场人流拥挤，寻找起来十分困难。

就在此时，有两个男子走了过来，对婆婆说他是他们的，让婆婆把他交给他们。

婆婆很警惕："你们是哪个？这个娃儿是你们哪个？"

听这两个男子前言不搭后语的回答，以及见他对他们毫无亲近感的表情，婆婆瞬间明白了什么，对他们说："我不晓得你们跟这个娃儿到底有关系没得，你们要真想领走这个娃儿，那我们一起去派出所把你们与这个娃儿的关系弄清楚再说吧！"

见状，这两个男子便灰溜溜地走了。

这时，围观的群众越来越多，大家都建议把他交给警察。这时，这位婆婆也琢磨，人这么多，就这样找也不是办法，不如请警察帮忙找。因为路边正好有一位值勤的民警。

于是婆婆便把他抱起来，并找到了当时正在公路上执勤的一位年轻民警，请其帮忙寻找他的家长。

这位年轻的民警欣然同意，并且抱着他与其他好心人们一起在商场周围打听有没有谁家的小孩走丢了。

但一无所获。

随后，这位民警便准备骑着摩托车将他带到附近的派出所。

然而，正当这位民警发动摩托车的时候，他的父亲从百货公司里寻了出来……

其实他走失后，父亲也急出了一身冷汗，他找遍百货公司，也没找着儿子，真是吓坏了，正打算报警呢。没想到，儿子正好在警察手中。

洗完脸，黄雅莉开始做早饭。给儿子做，也给自己做。同时想早饭后准备一顿丰盛的晚餐，待老公下班回家后，可以饕餮一下。这毕竟是过年，再说他那么辛苦，也该慰劳一下。

就在她与儿子吃过早饭，正准备着丰盛的晚餐的时候，她的手机电话响了。

拿起一看，是一个陌生人的来电。她本不想接的，但想到这是春节，应该不是诈骗电话，便接了起来。

一聊才知，电话是老公单位的领导黄长富打来的。

"弟妹，春节好！"

之前，她没有见过黄长富，但是春节期间，老公单位的领导打电话来，一定是与慰问及关怀有关，因而她很热情："黄哥，节日好！你难得找我啊，有什么事吗？"

"哦，你来一下支队吧？"

去一趟支队？这大过年的，要开家属会？联欢？

"啥子事哟？我猜猜……我老公违反纪律了？领导要找她谈话？"

"你来了就知道了。"

看黄长富神神秘秘的样子，她也不便过多打听。

于是她叫了一辆车，往支队赶去。

然而路上，她又接到老公单位政治处打给她的电话。这下，她先前联欢的心情突然没有了：如果是举办联欢会的话，通知一遍就行了，怎么可能政治处还专门打电话给自己？

于是她刨根问底起来，对方被问得无奈，才欲言又止地说，她老公遭遇交通事故受伤了。

这下，她的心里慌乱起来。

正在这时，她又接到自己单位领导的电话。她本以为是别的事，没想到领导开口就问她在哪里，语气没有节日的轻松愉快，相反还有些低沉。

三个电话联系在一起，让她突然害怕起来："院长，您很难得给我打一个电话的，今天您这是怎么啦？"

院长先是叹气，然后叫她去一下她老公的单位。

这下，她突然猜到什么了，眼泪一下子狂涌而出，竟致大哭起来。

10多分钟后，车到了支队。然而又在老公单位同事的陪同下，去了另一个地方。

到目的地后，她的心碎了：这是殡仪馆呀！

哭成泪人的她一下车，便拼命地往吊唁厅里狂奔。

吊唁厅内外，不少身穿制服的人表情哀痛地忙碌着。而吊唁厅的墙上，挂着一张她再熟悉不过、与她朝夕相处、曾无数次约定要与她相爱百年、相守百年的人的黑白照片。

来到灵柩前，她看到了面无表情地躺在鲜花丛中的老公，她大声哭着拼命地呼唤他的名字，可是他却再也不会答应她了。

太突然了！打击太大了！她一下子瘫了下去。

情感崩塌，悲难自持

黄雅莉毕业于西南政法大学，是重庆市渝北区人民法院立案庭副庭长。她的老公名叫杨雪峰，是重庆市公安局渝北区分局交巡警支队石船公巡大队主持政工工作的副大队长。

他们是有名的恩爱夫妻，他们的爱恋，起始于 2002 年 5 月。那天，父亲一个战友的女儿结婚，她跟着父亲去吃喜酒，在酒席上，认识了父亲另一战友的儿子、毕业于重庆市人民警察学校、在重庆市沙坪坝区公安分局交警六队工作的他。

芳龄 22 岁，刚刚从西南政法大学毕业、通过公务员考试，即将到渝北区人民法院工作的她年轻漂亮。而 1997 年入警、时年 25 岁的他则帅气逼人，成熟稳重。由于两人当时都是单身，且有相似的家庭成长环境及相同的世界观，因而经人一撮合，便热恋起来，半年后便携手步入了婚姻殿堂。

无论是婚前还是婚后，他都对她很好，几乎每个节日都会给她送礼物。不仅如此，他还不时制造浪漫，给她惊喜。

他们喜欢旅游，儿子没出生前，一遇假日，两人便携手出游，在国内外多少景点留下了青春恩爱的身影。

有儿子后，他们将每年十天年假中的五天安排在四月，因为儿子的生日在四月。另外五天，则属于夫妻浪漫的二人世界。

旅游途中，他始终是她的专职摄影师，不同角度地拍，直到她尽兴为止。

她深爱他，因为他不仅好学上进，工作之余喜欢看书学习，特别喜欢军事、科技方面的读物，喜欢玩电脑和听音乐，而且还十分孝顺，无论对自己的父母还是对她的父母，细心的他都无微不至。

春节，其乐融融，是中国人的心灵故乡。

2018年2月15日，除夕，夫妻俩带着七岁的儿子，回她娘家过年，她的父母、舅舅一家、姨爹一家都团聚一起，好不快乐！

这个除夕，他们分别录制了祝福视频，他们宝贝儿子所录视频的内容是："我希望，明年，我们全家人还这么热热闹闹在一起！"

之后又拍了合影照，一家三口相依相偎，开心幸福。

这个春节，按照预先的工作安排，头几天他休息，初三开始上班。因而2018年2月17日，大年初二，他们一家三口去了沙坪坝区，与他的父母团聚。

但凡他们回去，身体不好的父母都要买菜做饭忙活一整天，让他心疼。后来回去看父母，他就坚持带父母去饭店吃饭，以使父母少些操劳，无论节约一辈子的老人怎么嫌贵、反对。

这次是例外，因为是过年，多少餐馆都关门了。同时，他觉得过年在家里吃，亲情的味道更浓郁一些。

在他父母家待了一天，吃过晚饭，他们一家三口又去了她父母家。儿子有外婆外公陪着，他们躺在沙发上一起看了一部名叫《缩小人生》的美国科幻片。

他爱读书，他们家书房里的图书主要是军事、科幻、国际形势、网络知识、信息技术、电子技术等方面的。她是法律工作者，对反思人性的一些图书影视感兴趣。《缩小人生》刚好融会二人所爱。

11点多，电影看完了，那天从她娘家回自己小家的过程中，他由衷地对她说，她母亲做的菜真好吃。她娇嗔地说："我做的菜不好吃啊？"

"当然好吃呀！"他笑着说，"我正准备表扬你菜做得好吃是有遗传的呢！"

"那是当然！"

"过年了，我想说的是，老婆，你辛苦了，你为我做了这么多年菜，却没有吃过我做的菜，因而我想在新年里向你学习做菜，也好让你品尝品尝我的手艺。"

这句话虽然简单，却饱含着浓浓的爱，她心里当然感动。

他是一个浪漫的人，也是一个言出必行，且先做后说经常制造惊喜的人，她相信他说这句话是发自肺腑的，也一定会在新年里跟她学习做菜。

然而，她没想到在她面前从不食言的他，这次却食言了：好好地去上班，在美好的节日里为给别人美好的保障而上班，却一去再也不回来了。

而跟她同样断肠者，是他的父母，脆弱的生命被重重一击的父母……

"儿啊，这太突然了呀！你才 41 岁呀！你还让不让妈活呀！"

当余小寒接到重庆市公安局渝北区公安分局交巡警支队石船公巡大队大队长黄长富的电话，匆匆赶到渝北区一碗水殡仪馆，见到的儿子已与她阴阳两隔时，哭得死去活来。

是的，她原以为是儿子打来问候她的电话，却是黄长富打来的。

太突然了！

确实很突然。

2018 年 2 月 18 日，连续上了一周的黄长富休假，现在想到可以回家与亲人团聚，还能抓住春节的尾巴喜庆一下，他很高兴。

在回家前，他特地开了一个会，对相应的工作进行交代。

会上，他对杨雪峰说："雪峰，这是春节值勤，因而保证群众安全尤为重要。"

杨雪峰笑着回答："大队长请放心，我们一定尽心尽力。"

"辛苦了！"

"我不辛苦，是兄弟们跟着我辛苦了！"

这时，有人便跟杨雪峰开玩笑："峰哥，春节里我们都跟着你辛苦，到时你要办招待哦！"

杨雪峰从来就不吝啬，他喜欢这帮兄弟们这么团结，这么乐呵："要得！等任务完成了，哪天你们到我家来好好整一顿就是，桑葚酒管够，泡了五年的哦！"

掌声响起，大家继续起哄："说话要算数哦！到时黄大队长也要出席哦！"

杨雪峰是 2016 年从两路大队调到渝北区石船镇任公巡大队副大队长的。石船公巡大队管辖的范围宽、任务繁重，包括石船、统景、

最美 奋斗者

大盛、玉峰山四个镇以及风景区、总面积三百多平方公里内的交通安全维护、交通秩序管理、交通事故预防及处理、重点客货运企业车辆及驾驶员管理、交通安全宣传、交通纠违、交通警保卫、街面治安、刑事警情前期处置等，都是其工作内容。逢年过节尤甚。

黄长富处理完手头事情，踏上与家人团聚的归途已是 9 时许了。

谁知 11 点 19 分，他的手机响了，是大队值班室打来的，他以为是正常的工作反映，然而电话里对方却语气急促："黄大队长，杨大队长被人刺了！已经送医院了！"

他心里一惊：杨雪峰被人刺了？伤得严重吗？

挂断这个电话后，他立即拨打杨雪峰的电话，却无人接听。

是人声嘈杂没听见电话，还是伤得严重没办法接电话？他心里有些紧张。

电话自动挂断后，他又马上重拨，一次，两次……

电话终于接通了，但接电话者却并非杨雪峰，而是协警唐康。

唐康哭着对他说："黄大队长……杨大队长被人刺了好多刀，已经不行了……"

得知这一情况后，他马上对妻子说："快点，走！你开车，我们往石船去！"

他怕自己情绪激动，影响驾驶。同时自己开车的话也不能拨打与接听电话。

为了解杨雪峰的情况，他又马上给石船卫生院院长打电话。

院长说，杨雪峰伤势很重，失血过多，被送到医院时就不行了，医院对其采用了各种抢救方法，都没能抢救过来。

院长的话令黄长富倒抽一口凉气，他赶紧将这一情况向渝北区公安分局进行了汇报。

到石船卫生院后，他见杨雪峰躺在抢救台上，警服上全都是血，脸色苍白，早没了呼吸。

泪水，在一瞬间流了出来。

而跟他同样泪眼婆娑的，是当天上午正在附近乡镇检查工作、早于他到达石船卫生院的渝北区副区长、公安分局局长罗红。

这到底是怎么回事呢？为啥好好的执勤竟遭杀身之祸？

黄长富很困惑。

唐康为他还原了案发经过。

2018年2月18日10时许，属于交通枢纽的石船镇热闹非凡，尤其是连接重庆玉峰山森林公园、统景温泉风景区和大盛镇、龙兴古镇的十字街口更为拥挤。

在此值勤的杨雪峰发现一辆行驶中的摩托车极为危险：驾驶员没戴头盔，还超载两人。

杨雪峰将其拦下，查看证照，指出其违法行为，责令其消除违法状态，并收取了《机动车驾驶证》和《机动车行驶证》。此时路面更加拥堵，杨雪峰便告知该摩托车驾驶员张某说，自己先去排堵，回头请他到石船公巡大队接受处理。

张某生气地离开了。

没过多久，张某又跑了回来，找到正在执勤的杨雪峰，对其说了一些话。

随后，各自分开后杨雪峰继续在街上巡逻，但张某并未远离，而是尾随杨雪峰，并乘其不备掏出一把刀来朝杨雪峰的颈子刺去。

原来，自己的违法行为被杨雪峰拦下并进行处理之后，张某觉得很伤面子，大过年的也很不吉利，于是非常气愤，因而他要报复。

根据之后刑警支队的调查和张某的供述表明：他当时拐进附近

小商品市场一家小五金商铺面前，准备买一把刀行凶，发现店里卖的都是不便携带的菜刀后，又去旁边一家店里挑了一把尖刀准备买下。但老板见他怒气冲冲的样子，怕发生刑事案件，便婉拒了他。

随后，张某便骑车回家，在家里找出一把有十多厘米长的尖刀来，揣在身上后又返回石船街上，找到杨雪峰希望放他一马。但杨雪峰坚持原则，于是他掏出刀来刺了上去。

遭到袭击后的杨雪峰随即与之搏斗起来，在搏斗的过程中，伤及要害部位的杨雪峰体力渐渐不支，但张某致命的袭击仍在继续……

周围群众见状大惊失色，纷纷惊叫："杀人了！杀人了！"

这时，在离案发现场几十米外执勤的协警唐康和另一名协警听到喊声后迅速冲过来，试图合力制住张某，但这时杨雪峰已因失血过多而倒在了地上……

对于凶手张某的情况，黄长富是有所了解的。

四十四岁的张某是石船本地人，2002年因犯盗窃罪被法院判处有期徒刑十年，刑满获释后靠跑摩的为生。因穷困、暴躁又有过案底而没有家室。

张某对杨雪峰先后捅刺五刀，导致杨雪峰颈部、胸腹部、肩部多处受伤，并因多组织器官损伤而致失血性休克死亡。

杨雪峰去世的情况在令黄长富悲痛的同时，也令他苦恼。作为杨雪峰的单位领导，怎么对其家属开口说这件事呢？可是不说又不行。犹豫很久，他还是硬着头皮先后给余小寒和黄雅莉拨打了电话。

虽然电话中余小寒与黄雅莉都刨根问底，但是他却不敢直接告诉她们真相……

"这是真的吗？我的天啊……"

辜锡科接听电话时，一个噩耗惊得他的声音剧烈抖动。

两路大队与石船公巡大队同属渝北区公安分局交巡警支队。春节，一样的忙碌让身为两路大队大队长的辜锡科也不敢掉以轻心。

跟黄长富一样连续上班一周，刚回到家里，想陪家人欢庆春节，谁知十一点四十分，一个同事打来电话说，石船公巡大队一名交巡警被刺了，网上有视频。

他心一紧，立即拨通黄长富的电话："黄兄，谁受伤了？"

黄长富语气焦急："是雪峰，杨雪峰……一会联系！"

辜锡科懵了。是雪峰？这么好的人，他怎么会被刺？

不一会，他的电话又响了。是黄长富打来的，声音低沉悲伤："雪峰走了……"

雪峰走了？

如五雷轰顶。

他连忙开车往石船赶。

辜锡科曾与杨雪峰共事四年，配合默契，感情甚笃。

1977 年出生的杨雪锋比辜锡科略大，杨雪峰在辜锡科心中亦师亦友亦大哥。

杨雪峰写一手好字，爱学习，正直善良而又热心，是有名的暖警。

辜锡科记忆犹新的一件事是有一年夏天，在街上执勤的杨雪峰发现一位老人骑着一辆破旧的无牌摩托车赶路，便将其拦了下来。

老人停车后很紧张，解释说知道自己的摩托车已经报废，但由于太穷买不起车票，只好将就着骑。

怕罚款的老人还抹起了眼泪。

原来，老人担心刚做母亲的女儿营养不够，特地带了家里的土鸡蛋，从长寿区来渝北两路看女儿。冒险骑报废的摩托车是为节约车费。此时是他看完女儿后骑车返回。

老人说，老伴去世，女儿嫁人，家里就他一个人了。他平时与自己所养的一条土狗、几只鸡做伴。

老人哽咽的讲述让杨雪峰心生恻隐。但他明白情是情法是法，因而给老人讲解了交通安全法规，告之无证驾驶及驾驶报废车辆是违法行为，应受到行政处罚；鉴于其年事已高，已过法定追责的年龄，所以不予执行；出于安全考虑，摩托车必须依法暂扣。

想到老人没钱，他便开车将老人送到两路镇长途汽车站，掏钱为老人买了回长寿的汽车票，临别，又从身上掏出200多元塞给老人："大爷，我身上只有这点钱，您拿去用吧。"

后来这位大爷写来感谢信，大家才知道执法时坚持原则不讲情面的杨雪峰内心这么温暖。

类似温暖的事情还有很多。

虽然2016年10月因工作需要，杨雪峰被调往石船公巡大队，辜锡科与杨雪峰不再共事，但是彼此间的友情却深厚如前。

渝北区殡仪馆杨雪峰吊唁厅，哀乐声声，如泣如诉。

辜锡科心急火燎地赶到这里后，马上摘掉警帽，敬了一个军礼："峰哥，你说过我们春节期间要聚聚的，你这样了我俩还怎么聚……"

涕泗横流，他哭得再也说不出话。

一队又一队警察捧着鲜花赶来了；

政府机关一个又一个领导赶来了；

因为杨雪峰在这里，在松柏及菊花环绕的灵柩中。

人们只为送他人世最后一程……

黄雅莉一进悼唁厅就瘫倒了。

杨运泉、余小寒也悲伤得难以自持。

杨雪峰是有名的孝子，无论是对自己的父母，还是对岳父母。

曾经，黄雅莉的父亲住院做胆结石手术，由于术后无法下床，杨雪峰便像亲儿子一样端茶倒水，接屎接尿，把同室病友感动得不行，简直不敢相信他是老人的女婿。

婚后，为了方便黄雅莉上下班，杨雪峰调到了渝北区工作，家也安在渝北区。由于双方父母都住沙坪坝区，他每周都会带黄雅莉回沙坪坝看望父母们：周六去黄雅莉父母家，周日去杨雪峰父母家。

无论在谁父母家，他都抢着干重活累活，替父母分忧。如果发现父母家缺什么，也是马上便去超市为父母购买。

余小寒在有一次洗碗时，无意间说腰弯久了有点不舒服。体贴的他第二天便给母亲买了一台洗碗机。

为了缓解父母的寂寞，他还给父母的手机装上微信，当自己没在父母身边时，他总会在方便的时候与父母微信聊天，视频，给父母带去慰藉。

除此以外，他还会每隔两天就要问候父母，关心父母的饮食起居、冷暖生活。

余小寒多年前就患有糖尿病，并因并发症先后住院十余次。每次母亲病了，不管多疲惫，下班后他都会赶往医院，无微不至地照顾。不仅如此，他还坚持用专门的本子记录胰岛素的注射注意事项、所需医疗器械的使用寿命等，并及时更换。

2016 年冬天，杨雪峰得知母亲因糖尿病导致手脚裂口，第二天便买来了糖尿病人专用的治疗手脚裂口的药品，细心地给母亲涂抹。担心不识英文的母亲不知该药用法，他还特地用中文予以了标注。

杨运泉是杨雪峰心中的偶像。

杨运泉 1968 年当兵入伍，曾在部队服役 8 年。杨雪峰小时候多次随母亲去部队探望父亲，火热的军旅生活令他羡慕，英武的军人气质让他景仰，因而 1995 年高中毕业之时，他将大学志愿书上的所有选择都填上了军校。

然而，由于高考失利，分数不够军校的录取线，他最终选择了重庆市人民警察学校。因为警察队伍与军队的属性最为接近。

在杨雪峰心中，父亲的身体一直都是棒棒的，谁承想 2017 年 6 月，父亲却告诉他自己身体不舒服，于是他立刻陪父亲去医院检查。检查结果令他心如刀绞：父亲竟然患上了骨癌！

但他不敢悲伤，他必须坚强。因而他一边安抚哭泣的母亲和妻子，一边咨询医生。当得知父亲的骨癌还未到晚期，还有治愈的可能时，他非常欣慰。

骨癌是大病，相关治疗药品非常昂贵。医生说，如果要治愈的话，最少也会花 20 多万元钱。父母曾经的积蓄在他们结婚之时都用来买房了，去哪儿找这么大一笔钱呢？

他急坏了！

"老公别急！我们没积蓄没关系，可以贷款给爸爸治病。"

这时黄雅莉对杨雪峰说。

杨雪峰很感动。别无选择，他们只有这样做。

不知不觉间，杨运泉的治疗费用已达三十几万，小两口每月从工资中拿出七八千元还贷，他们的孝举被传为佳话。

杨运泉患病以后，行动困难，心思细致的杨雪峰为父亲买了拐杖、坐便器、轮椅等器具。由于所使用的进口药品每用完一剂，都必须将包装、药筒等寄回该制药公司在上海的中国总部后，该公司才会将下一剂药寄到解放碑的一家药房，然后由患者家属去取。因而无论再忙，他都会利用午休时间帮父亲拿药……

儿子就这样没了，突遭白发人送黑发人的打击，两位老人身体犹如已断魂。

余小寒趴在灵柩上，凝望着儿子的遗容絮絮叨叨："峰峰，我来了你咋不喊我哟？你想吃点啥，你给妈说嘛？"

悲伤，已经令老人意识迷糊。

看着这一幕，黄长富的心特别痛。

就在这时，他的手机电话响了，是老母亲打来的。母亲听说了杨雪峰牺牲的事，因而很担心他，赶紧打电话过来了解他的情况："娃儿，你千万要注意安全哦！"

听着自己母亲担忧的声音，望着眼前另一个心碎的母亲，黄长富泪水止也止不住。

其心冰洁，其性和暖

2018年2月18日下午，汪泽民从微信上看到石船有一名交巡警被人刺死的消息之后，他先是惋惜，春节期间值勤竟然出了这么大的事故；接着又愤怒，出于好心维护交通安全，竟然招来杀身之祸，太过分了！

在随后关于此事件的警情通报中，杨雪峰这三个字却让他感觉非常刺眼。这个名字怎么这么熟悉？他难道就是自己三岁多时在沙坪坝百货公司门口救过自己的那个杨雪峰吗？

当天晚上辗转反侧。

第二天回单位值班的他，马上在公安网内查了一下，最终确认，此杨雪峰就是当年帮助自己的杨雪峰。

是的，1998年8月23日那天汪泽民差点走失的事，刚巧被百货公司请来宣传开业盛典的记者注意到了，便将之写成了新闻，见诸于第二天的报纸。

而且报道这一事件的报纸还是两家。

第二天上午，有人对汪泽民的父亲说："你们家的事上报了。"

"我们家的事上报了？不可能！"

"真的，《重庆晨报》和《重庆晚报》都登了，你去买一份报纸看就晓得了。"

于是汪泽民的爷爷汪斯格便去买了几份报纸，一看，果然如此。一张报纸的标题叫《小孩走散，警民寻亲》，有文字有照片；另一张报纸则是配上文字的图片新闻。

他们从报纸的报道中得知，那位好心的婆婆名叫杨孟菊，是重庆建筑大学职工家属。而那位民警，是时年21岁的重庆市沙坪坝区公安分局交警六队的杨雪峰。

之后，家里一直将这些报纸保存着，并要求他铭记此事，懂得感恩。

从开始记事起，汪泽民就记得此事，但是具体帮助他的那些人的名字，父母却并没有强调，他只知道两个好心人都姓杨。

在汪泽民读高中的时候，他偶然在书柜里翻到了当年报道这件事并收藏着的报纸，便用手机拍了下来，之后一直保存在手机中，既为寻找，也为励志。

自此，杨雪峰这三个字，便在他的心里留下了印象，他也希望有朝一日能够寻找到杨雪峰，当面道谢。

这件事看上去很小，却深深地影响着汪泽民的命运。

汪泽民的外公、舅舅都是基层警察，再加上杨雪峰曾经救过自己，因而汪泽民从小便崇拜警察，也立志长大后要当一名人民警察，呵护百姓平安。

因而高中毕业，他毫不犹豫地填报了重庆警官职业学院。

实习期间，汪泽民委托派出所的老师帮忙查找杨雪峰，但查找的结果，是长寿区有一位同名的警察，然而经过核实，这位"杨雪峰"并非是他要寻找的杨雪峰。

2017 年，汪泽民以优异的成绩考入重庆市公安局轨道交通总队，穿上了梦寐以求的警服。之后，他又有过两次寻找恩人的举动，但却阴差阳错，没有结果……

自从当上警察以后，汪泽民便警醒自己要以杨雪峰为榜样，做一个温暖的好警察。

有一天深夜 12 点，正在值班的他突然接到一位市民的电话，称其正读初中的儿子小刘赌气离家出走了，由于得知其进了轨道站，因而向轨道总队求助。

自己当年走失的情景浮现在了汪泽民的脑海之中，深感事情紧急的他立即调看监控视频。

然而，站点进出口有监控，轻轨车上却没有监控，要查找小刘的行踪并非易事。

但他没有敷衍此事。他通过小刘进站的时间推算其可能乘坐的车次，并逐一调取各站视频，在如潮的人流中搜索，一直忙到凌晨两点多，才发现其下车站点。

后来，依此线索找到儿子的这位市民感激不已。汪泽民在开心的同时深深地体会到了像当年杨雪峰那样热心为民的社会意义。

············

当汪泽民最终确认杨雪峰就是当年帮助过自己的那位警察叔叔时，心里顿时无比沉痛：自己曾经尝试过寻找恩人却一无所获，没想到恩人竟以这样的方式出现。

他连忙打电话给正在重庆市江津区乡下祭祖的父母，说自己小时候的救命恩人找到了。

"找到了？他在哪里？正好是春节，我们可以去给他拜个年。"

"拜不了年了。"

"为什么？"

"因为他不在了。"

"天，怎么会这样呢？"

"要见到他还是可以的，因为他在殡仪馆。"

汪泽民简单地向父母讲了杨雪峰牺牲的事迹，并通过微信发去了相关信息。

"儿子，我想马上看看杨队！"汪泽民的母亲回微信说。

母亲的话令汪泽民很感动。

那个时候，时间已经是下午六时许了，从江津区乡下赶回沙坪坝的话，时间会更晚。但是汪泽民与父母约定，即便再晚，也要去殡仪馆见恩人最后一面。

汪泽民的父母赶到沙坪坝之后，已是当晚八时许，一家三口饭也顾不上吃，便直接赶往渝北区殡仪馆。

当汪泽民看到躺在灵柩里的杨雪峰的遗容之时，眼泪"唰"地落了下来。他曾经想过与恩人相见的各种可能，万没想到会以这种形式彼此相见，却没想到相见即是永别。

他肃穆地立正，行了一个军礼，然后又对着杨雪峰的遗体庄严地鞠了三个躬……

得知黄雅莉是杨雪峰的妻子后，他连忙上前打招呼，并将贴有当年报道杨雪峰帮助自己的报纸的笔记本递给黄雅莉。

"阿姨，爷爷为我留存了两份报纸，本来，我想一份自己留作纪念，另外一份准备有朝一日见到杨叔叔后，亲手交给他作为礼物。现在，只有麻烦您代为收下了……"

1997年夏天，杨雪峰以优异成绩从重庆市人民警察学校毕业，成为重庆市公安局交警六支队勤务一大队民警，被派到沙坪坝交通压力最大的三峡广场区域执勤，主要负责汉渝路的交通管理工作。也就在这里值勤的第二年，他无意间救了汪泽民。

黄雅莉之前从未听杨雪峰说过这件事，因而凝视着已经泛黄的报纸上的照片，她百感交集，泪雨滂沱。她走到杨雪峰的灵柩哽咽着说："老公，你看，当年你救助过的小朋友，如今都长成大小伙子了，也当警察了，你的奉献潜移默化地影响着这个世界，可是你却看不到这个世界的美好了……"

黄雅莉娓娓的倾诉，令汪泽民也抽泣起来。

这时，唐兴奎也赶来渝北区殡仪馆杨雪峰吊唁厅了。

唐兴奎是重庆市渝北区石船镇太洪村15组村民。2018年2月18日中午，正在忙着去亲戚家拜年的他无意间从微信朋友圈中看到一段视频，视频中有一位穿制服的男子被另一男子刺倒，鲜血满地。

观看这个视频的过程中，他顿时惊得呆住了：天啦！被刺者是他？他心里顿时也有一种被刀割般的痛……

唐兴奎与杨雪峰的交情来自于"不打不相识"——杨雪峰在他

的印象中是先抑后扬的，这个情感转变的曲折过程，也是让他从一个可笑的法盲变为了一名自觉守法公民的过程。

唐兴奎虽是农民，但脑子灵活，农闲喜欢做生意的他，赚了一些钱，因而特地买了一辆"福克斯"轿车代步。

2017 年 9 月，唐兴奎开车从石船去统景办事时，被正在路上巡逻的杨雪峰拦下，要求出示驾驶证和行驶证，结果发现唐兴奎的车未年审。于是杨雪峰告诉他说，他违反了交通安全法规，必须纠正。

杨雪峰的话让唐兴奎有点冒火，因为他买车时卖车的人说可以七年不用年审："你不就是想罚款吗？直说就是了嘛，绕那些弯弯做啥？"

"我没说要罚款，我只是提醒你车辆使用必须保证合法和安全，不然万一出事不得了。今天只给你警告，但是你必须尽快完善手续。"

不罚款？装什么呀？

"罚款不是目的，安全才是目的。你记得尽快去年检。"

杨雪峰的话让唐兴奎一颗等待被罚款的心一下子放下了。

轻松地离开后，因为忙，唐兴奎并未及时去为自己的车做年检。

没想到第三天，一个陌生电话打给了他——电话是杨雪峰打来的。他有些紧张了，该不会是自己的车仍未办年检要被罚款吧？

"你的车还没有去办年检吧？这事拖不得啊！一旦出事，你后悔都来不及哦！"

这一次，唐兴奎有些感动了，这是一位暖警呀！

挂断电话后，他将此事给身边的朋友说了。没想到朋友很吃惊："年检这事这么重要，是关系到你自己安全的事，你还不着急呀？人家只管道路交通的警察都这么关心你自己的安全，你还拖个啥？再

军姿如山

说了，真要有个啥事，哪怕是个擦剐，你也一分钱赔偿都拿不到！"

"真的？"

"啥真的假的？我们是朋友，还骗你？现在是网络时代，你不信自己去网上查！"

对呀！我查查去！

一查之后什么都明白了，于是他马上去补办了相关手续。

转眼一个月过去了，他开车上街买菜时无意间碰到了正在执勤的杨雪峰，便很感激地把车开过去与之打招呼，说谢谢。

"不用客气哈！我从网上查到你已经办了年检，这就对了！这样才能保证行车安全！"杨雪峰微笑着对他说，"我在执勤，忙得很，你也去忙自己的吧。"

唐兴奎心里暖暖地走了。

他没想到，这竟然是自己与杨雪峰的最后一次见面。

以前的好警察形象都来自媒体的宣传，离自己的距离遥不可及，但杨雪峰却是自己身边、且与自己有过交结的好警察，因而他决定去送杨雪峰最后一程……

跟唐兴奎一样，为了送杨雪峰最后一程，钟余、敖祥洪、王亮等两路镇、石船镇、统景镇的不少群众赶来了，他们感激杨雪峰，缅怀杨雪峰。

他们与杨雪峰的情感，也来自一个个与杨雪峰有关的奉献故事：

2014 年 6 月的一天，刚处理完一起交通事故回到办公室的杨雪峰，突然看到窗外不远处一辆出租车浓烟滚滚自燃起来，极有可能发生爆炸。他顾不得多想，提起两个灭火器就冲上去扑救。

2016 年，杨雪峰巡逻时发现一辆行驶中的摩托车超载。当他给违法驾驶员开具行政处罚决定书时，得知驾驶员生活拮据，难以承

最美
奋斗者

受 100 元罚款，便一边开罚单，一边对驾驶员进行交通安全教育，并在夹有罚单的驾照中悄悄放上一张面额 100 元的人民币。

2017 年 7 月，连续暴雨，渝北御临河水漫金滩大桥，如果车辆误入，极有可能发生险情。杨雪峰主动请缨实行交通管制，在瓢泼大雨中守护 24 小时。当得知统黄路、石统路树木折断阻碍交通的警情后，又不顾疲劳带领战友前去抢险。就在他们清理路障时，公路上方的山体突然垮塌，为帮助两名被断枝阻碍的战友撤离，他自己不仅腿部受了伤，还差点被泥石流掩埋。

杨雪峰在值勤时发现，重庆市渝北区笃信实验学校地处交通干道，路况复杂，车流量大，因缺少人行过街设施，全校 1300 余名师生面临进出安全隐患。于是他积极协调市政部门现场办公，仅用 3 天时间就解决了问题。

2017 年 10 月的一天傍晚，杨雪峰在巡逻时发现，统景镇中心小学附近一辆行驶中的面包车存在超员情况，便要求该车停车接受检查。

经查，该车超载率竟达 200%，且所载全为小学生。不仅如此，该车还属非法营运。

他很生气，怒斥司机："没想到你不仅超载，还非法营运，他们可是祖国的花朵，是几十条生命啊！"

他在对违法司机实施了处罚之后，见自己乘坐的面包车不能开了，孩子们却有意见了，着急地问他："天马上就要黑了，你不让我们坐车，我们咋个回家哟？"

有两个女生还急得哭了。

天色向晚，孩子们的家不仅离学校远，而且在山里，这确实是个问题。他当然不会放任不管。他笑着对孩子们说，只要自己在，便一定能把他们平安送到家的。

说着，他便掏出手机联系起车辆来，20分钟后，一辆中巴车开来了。当他掏出几百元钱给司机时，孩子们才知道这辆车是他自掏腰包租来的。

孩子们上车后，他又驾驶警车开道，将孩子们挨家挨户护送到家。家长看到孩子们在警车的护送下平安回来时，都由衷地感慨："这个警察人真好！"

为了解决孩子们日后的上学问题，他又联系有关部门开设了上学路线的定时公交车。

2017年2月25日晚上6时许，从成都回到重庆老家渝北区石船镇过春节的刘女士，在准备开车外出办事时，却发现左后门有几道明显的划痕。

气愤不已的她本想算了，但过年过节的，心里实在气，便抱着试一试的心态报了警。没想到一个多小时后，石船公巡大队打来电话让她去一趟，说已经找到刮擦她车子的人了。她感动不已。

而这个办案的人便是杨雪峰。

杨雪峰接警后，立即调取监控录像，查找肇事车辆。由于监控录像效果不佳，看不清楚过往车辆牌号，他又到刘女士报案时所述爱车被刮擦的地方现场走访群众，结合群众提供的线索再回到办公室分析录像中的车辆，最终找到了肇事车辆。

…………

回望甜蜜，唯泪如雨

在追悼会一周后，余小寒到石船交巡警大队收拾杨雪峰的遗物。看到警务公开栏上儿子的照片时，她情不自禁地去摸那照片，一遍又一遍，不舍得离开。

黄长富一边安慰她，一边搀着她慢慢走上二楼，走进杨雪峰生前的办公室。

办公室的墙上挂着杨雪峰曾经执法过程中被感动的群众专门为他做的两面锦旗，锦旗上的内容分别为："人民利益好卫士，公平正义守护神""柔性执法化误解，一心为民保安全"。

办公桌上，摆放着他的工作笔记本、嵌了他彩色警服照片的工作座牌。

办公室墙边那块小黑板上，留着他提醒自己要做的工作笔记："2月23日民警潘亚军生日；2月23日上午组织开展'清非'工作；2月24日下午2点联合石船派出所、镇交安办开展联合执法……"

在民警宿舍，当余小寒看到儿子的枕头时，禁住抱起来紧紧地贴在脸上，闻着儿子的气息，泪水横流，久久不愿放下："峰峰，妈妈来看你了……"

之后，老人又想起什么来，递给黄长富一只塑料袋，里面装着一瓶茅台酒："我听你们说，峰峰答应过要为春节执勤辛苦了的兄弟们办招待，以示感激，现在他走了，这事兑现不了了。这酒是我家珍藏了好多年的，现在，我替峰峰送给大家吧。"

老人的这句话，让在场的所有民警都哭出了声。

临告别时，杨雪峰曾经的同事们列队向老人致礼，看到每个人都是满脸是泪的样子，老人边给部分民警擦泪，边对大家说："孩子们别哭！我替峰峰感谢你们曾经对他的照顾。你们千万要注意安全啊！你们看，没有孩子的妈妈多悲惨！"

这时，一直搀扶着老人的黄长富哽咽着说："老人家，您失去了一个儿子，从此以后，我们都是您的儿子！"

杨运泉外表坚强，内心也伤心欲绝，只因他是军人，有一定承受能力，悲痛不外露。

刚刚失去儿子的那几天，余小寒神情恍惚，整天抱着杨雪峰的警服自言自语，就像抱着当年的小婴儿一般："峰峰，你已经几天没给妈打电话了，也好久没来看爸爸妈妈了，妈妈的手又开裂了，你咋不心痛呢？你今天晚上回来看妈妈嘛，要得不……"

杨雪峰是个浪漫的人，黄雅莉已经习惯了他不时制造的浪漫。可是他不在了，今后过节，除了伤感，她再也不会收到他给她的浪漫和惊喜了。

她喜欢漂亮衣服，宠爱她的他从来就不心疼钱。

2018年2月，他们趁周末去鹅岭游玩时，一个日本陶艺杯子让她喜欢得不得了，可是再一看价格，要400多元，她又恋恋不舍地放下了。

"喜欢就买嘛！"

"好贵呀，买不起……"

"买不起？我说买得起就买得起！"

"爸治病需要钱，还是不买了。"

听她这样说之后，他心疼了："真是拖累你了！不过等到今年三月你过生日时，我一定会买给你的，就算生日礼物吧！"

他从来言出必行，因而她感动得不行。

然而，他这次的承诺，却食言了，却永远无法兑现了……

生前，他许诺，要找机会带她去瑞士旅游，说瑞士的风光很美，想与心爱的人共赏美景。可是他们的休假时间总难协调到一起，毕竟瑞士游需要较长的假期。

他离开后，想到这令她肝肠痛断的许诺，她索性将儿子托付给父母，申请休假，自己带着他的照片，一个人去了瑞士。

在这个他生前梦想旅游的国度，形单影只的她失魂地游走。此次，她遽然觉得，置身再美丽的风景，没有他相伴，风景都不过是身外之物，心外之物……

旅途迢遥，回望甜蜜，望眼所遮，唯泪如雨下。

也就从这时起，她对自己说，他生前未能实现的心愿，她都会力尽所能地代为完成。

雪峰兀立，已然标杆

从警 21 年来，杨雪峰始终扎根基层、爱岗敬业、忠诚履职，先后荣获三等功 2 次、个人嘉奖 7 次、被评为优秀公务员 5 次。

杨雪峰牺牲后，重庆市副市长、公安局局长邓恢林第一时间赶到现场，指导案件侦办及善后工作，并慰问其家属。

重庆市渝北区副区长、公安分局局长罗红高度评价：杨雪峰为公安事业英勇献身的精神，将激励我们一如既往英勇战斗。

2018年2月20日，重庆市公安局为杨雪峰追记一等功。

公安部发来唁电，对杨雪峰的牺牲表示沉痛哀悼，并向其家属致以亲切慰问。

重庆市委宣传部、重庆市总工会等部门向杨雪峰追授"重庆五一劳动奖章"、2017年度"感动重庆十大人物特别奖"、第四批"重庆市岗位学雷锋标兵"等荣誉称号。

2018年8月27日，中宣部追授杨雪峰"时代楷模"称号。

2019年3月6日，黄雅莉获"好警嫂"称号，渝北区公安分局政委卢政对她如此评价："杨雪峰牺牲后，黄雅莉当起了家庭的顶梁柱，用实际行动彰显着一名警嫂的责任、担当和奉献，让整个家庭重新充满着温暖阳光。"

············

生命虽逝，事迹长存。雪峰兀立，已然标杆。

军魂激荡英雄气

◎ 薛君

中华民族的历史，是一部惊天地、泣鬼神的英雄史诗。女娲补天、共工触山、后羿射日、嫦娥奔月，四大古代神话中，寄托着全民族最原始最真切的英雄崇拜。

而在人民军队创造的历史里，真实地涌现出难以计数的革命英雄，支撑他们打败敌人、赢得胜利的，是用信仰冶炼出来的钢铁般的气节、气魄、气概、气度，谓之为英雄气。

杨根思，我所在部队的一名特级战斗英雄，为了正义事业，在朝鲜战场慷慨献出生命，把磅礴英雄气刻在新中国的年轮里，刻在一代代后继者的心灵壁崖上。

这种英雄气，驰骋纵横，绵延不绝，是历史深沉的回响，是使命真切的召唤，是当代革命军人对党、对祖国、对人民的庄严承诺。

一

50 年前，电影《英雄儿女》初登银幕，红遍中国，成为几代人的记忆。谈起王成上海出征、朝鲜牺牲的经历，特级战斗英雄杨根思，是绕不过去的名字。

1950 年 11 月 29 日清晨，朝鲜长津湖下碣隅里东南面的小高岭，在美军陆战第一师连续 8 次狂轰滥炸之后，奉命坚守在这里的志愿军第九兵团 20 军 58 师 172 团 3 连，只剩下连长杨根思一个人，在渐渐散去的硝烟中只身清点着剩下的武器弹药。美陆战第一师号称"王牌中的王牌"，成立以来未尝败绩，却在这小高岭阵地被志愿军阻击得寸步难行。恼羞成怒的第一师动用了最强大的火力，不计一切代价试图拿下小高岭。

只有 28 岁的杨根思，童年在家乡给地主放过牛，在上海给资本家当过童工，22 岁逃离上海到苏北参加了新四军，在战火中成长入党，先后多次立功受奖。就在两个月前的 1950 年 9 月，他还光荣地参加了在北京召开的全国战斗英雄代表大会，受到毛主席亲切接见。九兵团从气温 32 摄氏度的华东地区突然来到朝鲜北部零下 35 摄氏度的严寒中，由于没能及时换上冬装，冻伤减员严重。杨根思带领战士用棉裤腰中的棉花做护耳、用烧过的玉米壳垫鞋包脚等方法，创造了全连 169 人无一非战斗减员的奇迹。

在小高岭战斗的最后时刻，他命令重机枪排长撤退，不把武器留给敌人。然后，自己却平静地抱起 10 公斤重的炸药包，拉响导火索，毅然决然地冲向敌群，与 40 多个敌人同归于尽。一声巨响，敌人腐烂变泥土，勇士辉煌化金星！杨根思用生命信守了自己"人在阵地在"的誓言，志愿军也由此诞生了第一位特级战斗英雄。

临难不顾生，身死魂飞扬。著名作家巴金随祖国慰问团前往来自华东地区的九兵团部队采访，正是汲取了杨根思的生平和战斗事迹，创作了小说《团圆》，后又改编为电影《英雄儿女》。以杨根思为原型的英雄王成的形象撼人心魄，成为时代偶像，激荡着一代代人的情怀。这部无数中国人百看不厌、常看常新的电影，其中的人物、故事、歌曲已深深镌刻在人们的脑海里，成为一个民族的时代记忆。

二

斗转星移，2010 年仲夏，我有幸调到第 20 集团军工作，心情特别不同寻常。11 月 29 日，恰逢杨根思牺牲 60 周年。在庆典仪式上，许多即将退伍的老兵，面对营院广场前由著名雕塑家仇世森创作的栩栩如生的英雄杨根思雕像，在寒风中流下了热泪。那是一种不舍和继承。不舍的是军旅岁月，继承的是老连长的精神。而我无限敬仰地望着老连长杨根思怒目圆睁、怀抱炸药包、纵身跃入敌阵的身姿，更觉得与杨根思的距离是那样接近，从来就没有遥远过。

有人说，英雄是孤独的。但杨根思并非孤身一人，在他身后，挺立着第 20 集团军一座座英雄群雕：

"红色耶稣"凌福顺，在侦察敌情时被敌保安团包围。为掩护战友，他把敌人引向自己，最后受伤被俘。面对敌人严刑拷打，他不肯说出党的秘密，被敌人钉在十字架上施以凌迟酷刑。牺牲前高声呐喊："我凌福顺会绝代，但是革命永远不会绝代。"道出了一名共产党员铁心向党的豪迈誓言。

"畲族雄鹰"兰阿嫩，是闽东霞浦县畲族人，南征北战，足智多谋，先后经历了南方三年游击战争、抗日战争和解放战争，参加了血战黄土塘、夜袭浒墅关、火烧虹桥机场等许多战斗。1948 年，不幸牺牲于淮海战役中，时任华东野战军一纵一师一团副团长，堪称英勇善战之模范。

"独臂将军"廖政国,在给部队讲解手榴弹的构造原理和爆炸威力时,手榴弹突然引燃。为保护听课的干部战士,他失去右手成了"独膀子"。在长期的革命战争中,他先后8次负伤。1955年,廖政国被授予少将军衔。

毛泽东指出:"这个军队具有一往无前的精神,它要压倒一切敌人,而决不被敌人所屈服。不论在任何艰难困苦的场合,只要还有一个人,这个人就要继续战斗下去。"

当杨根思最后一个人坚守小高岭时,他在想什么?历史过去了60多年,我们已经无法走进杨根思的记忆,但从英雄壮举之中,我们看到了凌福顺宁死不屈的精神,看到了兰阿嫩坚忍不拔的意志,看到了廖政国爱兵如子的情怀。

人间的崇高,必然在历史某处汇合。翻开该部的英模谱,有名的战斗英雄就有170多人。爱兵模范黄志江、一级战斗英雄于泮宫……一个个闪光的名字,如同一支支穿越时空的火炬,传递着一支部队的火种,并随着新生力量的加入,火势越来越旺,蔓延成燎原之势。

三

在该部旅史馆里,90多年战斗历程中创下的辉煌令人目不暇接,而其中一段史料,因发生在我的家乡,让我驻足良久:1947年7月2日至7日,华野一纵一师参加了鲁南费县战役,全歼敌三十八旅

6000 余人。

我记得小时候听奶奶讲过，在费县战役最激烈的日子里，她与姐妹们连续三天三夜给解放军烙煎饼没合眼，这成了她一生中最骄傲的记忆。以至多年以后，她仍然印象深刻："那些南方兵，说话俺听不懂，早上起来还用牙粉刷牙，开始吃不惯咱们的煎饼，后来就吃惯了。他们人很好，一有空就帮着乡亲们挑水、扫院子。"

南方兵，应该就是当年华野一纵的官兵，大多来自江浙地区，保留着吃大米、讲卫生的生活习惯。如果我的奶奶还活着，她已经是百岁高龄的老人了。虽然目不识丁，可在中国三千年未有之变局中，她一生的经历就是一本厚重的"教科书"，先是德国兵盘踞，后是北洋军阀的混战，再后是日本侵略者的屠戮，抗战胜利了还要面对国共内战，饱经人间的沧桑，不需要什么高蹈宏论，一句"人很好"就廓清了敌友。

"最后一碗米送去做军粮，最后一尺布用来缝军装，最后的老棉被盖在担架上，最后的亲骨肉送到咱们的队伍上。"这首歌，唱出了人民群众对解放军的深厚感情，激励着解放军战士在战场上英勇杀敌。

人民军队爱人民，人民军队人民爱。在胜利的凯歌里，有着无数军爱民、民拥军的动人乐章。

——1936 年，"江南抗日游击纵队"向西转移时，在阳澄湖畔留下了 36 名伤病员。当地百姓冒着生命危险与敌周旋，有的被捕后不肯说出伤员下落，被残酷杀害。36 名伤病员康复后，参加了江南抗日义勇军，令日寇闻风丧胆。后来，根据这段故事创作的京剧《沙家浜》家喻户晓。

——1949 年 5 月，在解放上海的战役中，部队进入市区后，严守纪律，被群众称赞为仁义之师。他们露宿街头的照片在各大报刊上登出来后，连美国人都感叹，"蒋介石再也回不来了"。

很多人知道《沙家浜》，却不知道36名伤病员是该部前身"江南抗日游击纵队"留下的，更不知道这36名伤病员会渐渐壮大成一个师；很多人都被解放军露宿上海街头的照片感动，却不知道这些战士的名字，更不会知道该部为了严守群众纪律，没有一个人敲响上海居民家的大门。

"视人民如父母，把驻地当故乡。"20集团军首创的这句军民关系口号，如今已经响彻军营内外、大江南北。追寻军爱民、民拥军的光辉历程，我突然感到，英雄之所以成为英雄，既是因为他离战火最近，也是因为他与人民最亲。人民军队是英雄成长的坚强基石。

四

综观中外古今，每个国家都有自己的楷模，每个民族都有自己的英雄，但能被对手认可的却是寥寥无几。杨根思就是这不多者中的一个。

一次和机关的同志聊起战斗精神的话题，一位曾经在杨根思部队工作过的同志讲起一件事：2005年5月，朝鲜战争时期的美军文员、后任美国国务卿的基辛格博士，走进杨根思连。在连队荣誉室内，认真听完介绍后，他手抚那面鲜红的连旗，沉思良久，挥毫抒怀：希望中美两军永远不要兵戎相见。

朝鲜战争早已解密，是什么打动了一位纵横世界的外交家？其中的疑惑，也许只有走进杨根思连才能解开。在荣誉室内，我从杨根思的履历中若有所悟：

——1946年10月，在枣庄郭里集战斗中，9班战士杨根思冒着敌人严密火力封锁，连续三次运送拉雷，炸毁敌碉堡。战斗结束，在"庆功授奖大会"上，团首长宣读了团党委的"嘉奖令"，授予杨根思"爆破大王"荣誉称号。

——1947年1月，已是9班副班长的杨根思随部队攻至临沂至枣庄线上的重镇——齐村。杨根思不仅连续爆破敌碉堡群，炸毁敌核心工事，还巧施计谋，震慑住敌人一个排，创下单人俘获敌人最多的纪录。他被授予"华东一级人民英雄"荣誉称号。

——1948年底，淮海战役打响，杨根思带领一个排，攻击夏砦之敌。12月15日黄昏，在打退敌一个加强连进攻后，他们遭到敌人三面疯狂反扑。杨根思带领战士们激战6个小时，打退了敌人进攻。战后，他被授予"华东三级人民英雄"荣誉称号。

毛泽东说，一个人做一件好事容易，难的是一辈子做好事。做好事尚且如此，何况是做英雄呢？杨根思人生短暂，却屡获殊荣。如果说群众支持是英雄产生的土壤，那么信仰则是照亮他前行道路的阳光。抗美援朝期间，一位美军军官曾说：参加二战，德军日军的牺牲精神已经使人震撼，但较中国军人仍然无法相比，他们冒着枪林弹雨潮水般地冲锋，因天寒雪深如圆木般滚动前行；他们战斗到最后一个人的姿态，就像殉道者似的义无反顾。这大概不是因为命令和纪律，一定是有着自己独特的信仰。

没有脊柱，人就无法站立；没有信仰，人就会精神空虚；一个军队没有信仰，就难有血性豪气；一个国家没有信仰，即使经济再发达也难以屹立于世界民族之林。

"全世界的黑暗，都挡不住一根蜡烛的光明。"基辛格博士看到的不仅是一个英雄的壮举，而是一支部队信仰的蜡烛。正是在抗美援朝、保家卫国坚定信仰指引下，"钢少气多"的志愿军才迸发出巨大的能量和无限的英雄气，打败了装备先进、不可一世的联合国军队。

如今，基辛格博士亲手抚摸过的那面连旗，仍然珍藏在杨根思连荣誉室内，激励着一代又一代官兵去披坚执锐、攻坚克难。

五

正如马克思主义哲学不是凝固的丰碑，而是流动的长河一样，任何一种革命精神要想引领这个时代，都要与时俱进，吸纳新的元素。

在继承优良传统的过程中，杨根思生前所在部队不断赋予英雄气以新的内涵。2002年，该部作为全军第一支轻型机械化步兵旅，列编了某新型轮式装甲车。昔日的"铁脚板"能否搭上新装备的快车，成为全旅上下如何发扬杨根思"不相信有完成不了的任务、不相信有克服不了的困难、不相信有战胜不了的敌人"这"三不相信"精神的新课题。

不久，"两个班长两条路"的故事在部队引发了一场"新装备新技能怎么练"大讨论。一个军事素质强、经验丰富的老班长注重练操作、练技能，另一个大学生班长却是先学原理再练兵。在上级组织的考核中，老班长走了"麦城"，大学生班长拔得头筹。

旅里以此为契机，引导官兵打破单纯依靠增加训练时间、提高难度强度来提高战斗力的粗放模式，强化学习信息化知识、掌握信息化装备的自觉性。他们将原来"看谁鞋子破得快、衣服烂得快、皮肤黑得快"的"比三快"，改为"比三好"，即"看谁信息化素质好、人装结合好、科学组训好"，激励官兵苦练驾驭新装备的技能，提高打赢信息化条件下战争的本领。

2004 年，他们率先实现部队建设转型，承办了全军机步旅改制换装现场会。

沧海横流处，英雄本色真。英雄的精神熏陶战士坚毅的性格，英雄的战旗指引胜利的方向。"5·12"汶川抗震救灾中，杨根思连78 名官兵面对险恶的灾区环境和艰巨的抢险任务，克服重重困难，争分夺秒抢救伤员，在黄金救援期内连续奋战 18 个小时，抢回了 76条生命。抗震救灾结束后，连队被党中央、国务院、中央军委联合表彰为"全国抗震救灾英雄集体"；两个月后，抗震征尘未洗，该连所在的机步旅便北上朱日和训练基地，与数字化蓝军展开实兵对抗，三战三捷建奇功，一举打破了对手 8 年不败的神话，演绎了新时期的"南征北战"；今年 6 月，他们再次挥戈北上，移师塞外，与全军第一支专业蓝军旅强强对抗、捉对厮杀。官兵们克服重重困难，发挥自身优势，冲出电磁迷雾，攻破蓝军阵图，斩获骄人战绩。

精神的激荡，展现昂扬的风貌；过硬的素质，成就先锋的地位。如今，穿越历史烽烟的杨根思精神，已经化为直面未来挑战的英雄气，这既是对先辈英烈最好的告慰与祭奠，也是对现在和未来最好的明鉴与启迪。

陆放翁诗：何方可化身千亿，一树梅前一放翁。是什么办法化作杨根思身千亿，人人心中有杨根思的呢？就是英雄气充盈着这支部队，文化浸润着每个官兵的内心，才使他们不断创造一个又一个奇迹，续写一篇又一篇传奇。

六

对一支英雄部队的文化建设来说，既需要在挖掘历史中撷取精华，更需要在弘扬继承中拓展内涵。穿透历史洪流的杨根思精神，正在谱写新的时代乐章。近年来，集团军部队注重用英雄文化铸魂育人、培塑官兵，先后创排了歌舞《杨根思不朽的丰碑》、歌曲《又唱沙家浜》、情景剧《一纵队与红色经典》等 11 部富含传统精粹的文艺作品，官兵每次看后，都热血沸腾、群情激昂，在艺术享受中汲取了精神力量，催生了战斗豪情。

鲁迅曾说，惟有民魂是值得宝贵的，惟有它发扬起来，中国人才有真进步。这样的民魂，就是一个国家和民族的精气神，它关乎国家成败、民族兴衰。一支部队的英雄气里包含着民魂，包含着坚忍不拔的精神力量，更包含着一往无前的坚实行动。在杨根思绘就的底色上，千百个英雄传人用汗水乃至鲜血和生命不断丰富着这幅精神画卷——

任工程师的 13 年时间里，有 15 项装备技术革新成果获得"军队科技进步三等奖"。他是杨根思式的模范工程师路长顺；

不恋机关、扎根基层；不当连长、先当排长，后来成为全军四会政治教员标兵。他是杨根思连研究生指导员范超幸；

放弃提干机会，在强手如林的狙击手比武场上，勇夺全军第一。他是丛林枪王、新时代杨根思式英雄战士杨磊……

一个部队的英雄气是具体而实在的：战争年代的打仗牺牲、和平时期的默默奉献、新时代的拼搏奋进。近年来，伴随着部队两化建设不断推进，催生英雄的土壤变得更加肥沃。在今天的第20集团军部队，英雄文化已经植入了官兵血脉，英雄气概正在每一个人身上激荡。他们就像五线谱上跳动的一个个音符，奏响了时代的最强音，扛起了一支军队、一个国家的历史使命和文化担当，汇聚起实现中国梦强军梦的巨大力量。

我发自内心地骄傲和自豪，我是杨根思部队的一员！

（《人民日报》2014 年 7 月 30 日刊载）

第四极（节选）

中国"蛟龙"号挑战深海

◎ 许晨

未知世界奥妙无穷

人类求索永无止境

南极北极珠峰高极

潜海深极看我蛟龙

人类的极地探索

呼啸的寒风如同饥饿的野兽，歇斯底里地吼叫着，卷起漫天的雪团拍打着混沌的世界。几个衣衫褴褛、面容憔悴的人行走在冰封的雪地上。他们时而驻足喘息着望望远方，时而互相搀扶着跌跌撞撞，迷茫的眼睛里闪着暗淡的光……

这是公元1912年早春的一天，英国上尉罗伯特·斯格特为首的五人南极探险队，经历了数月地狱般的旅程，终于成功到达了南极点。就在他们准备欢呼胜利的时刻，却震惊而悲哀地发现：挪威人阿蒙森早于四周前就在这里插上了本国的旗帜。在一场冲击南极点的较量中，斯格特小队彻底失败了。极限竞赛，就像争夺奥运会冠军，人们只会记住第一名，第二名则往往被忽略。

"最糟糕的事情发生了。"既愤怒又悲伤的斯格特在日记中写道：

"再见了，我所有的梦想。我的上帝！这真是个可怕的地方，更糟的是，我们使尽了全力，却无法得到第一人的荣誉……现在我们要回家了，这将是场艰苦的斗争，我不知道我们能否回去。"

他的担心不是多余的。凶猛的暴风雪，零下40多摄氏度的气温，还有体力的极度透支和物资补给的艰难，都是横贯在这些探险者面前的拦路虎。不久，队员埃文斯和奥兹支撑不住，先后死去。剩下三人吃力地拖着双脚，穿过那茫茫无际、像铁一般坚硬的冰雪荒原。他们疲倦已极，已不再抱任何希望，只是靠着迷迷糊糊的直觉，蹒跚地迈着沉重的步履。

1912年3月23日，恶劣的环境阻止了他们最后的努力，食物没有了，燃料用完了。在临时搭起的帐篷中，斯格特用冻僵的手指写下了最后一篇日记："我们这么做是冒险的。我们深知这点，运气没有在我们这边，这都是天意。我们没什么可抱怨的，只能努力到最后一刻。请把这本日记转交给我的妻子……"接着，他又划掉后面的几个字，改为："转交给我的遗孀……"

8个月后，另外一支南极探险队发现了这座帐篷。探险英雄斯格特安静地躺在早已破裂的睡袋内，手边是一本没有写完的日记。另外两名队员路易特和威尔森也似乎正在酣睡。这支冲击南极点的五人小队，全部长眠在探秘极地的路上，上演了一幕"伟大的悲剧"。

南极，顾名思义：就是根据地球旋转方式决定的最南端。而实际上又有南极洲、南极点、南极大陆等多种含义。南极是世界上发现最晚的大陆，95％以上的面积为厚度极高的冰雪所覆盖，素有"白色大陆"之称。其四周有太平洋、大西洋、印度洋，形成一个围绕地球的巨大水圈，呈完全封闭状态。

这是一块远离其他大陆、自然环境非常恶劣、与文明世界完全隔绝的地区。那么，人们为什么要不辞千辛万苦、甚至冒着付出生命的代价前去探寻呢？

我们人类和世间万物赖以生存的地球，是太阳系八大行星之一，按离太阳由近及远的次序排为第三颗。它有一个天然卫星——月球，二者组成一个天体系统——地月系。地球作为一个行星，远在46亿年以前起源于原始太阳星云。地球会与外层空间的其他天体相互作用，包括太阳和月球。地球是目前宇宙中已知存在生命的唯一天体。

星移斗转，沧海桑田。经过千百万年甚而亿万年的演变，作为主宰地球的万物之灵长——人，远远不满足于本身生存的这片大陆，需要不断地向外扩展和开拓。这一是因为天生的探求未知领域的好奇心和冒险性使然，二是那人迹罕至的地方潜藏着无尽的宝藏和资源，深深吸引着人类的目光。所以，这就有了上述斯格特和阿蒙森冲击南极点的壮举，也有了许许多多探索开发北极点的传奇。

南极和北极，号称地球上最远端的第一极和第二极。一代又一代各国探险家、科学家披荆斩棘百折不挠，一一征服了它们。从20世纪80年代开始，我们中国人也积极进取，继往开来，克服重重困难，相继在南极建立了长城站、泰山站，在北极建立了黄河站等科学考察站点，为人类探索极地奥秘做出了自己的贡献。

除此以外，世界上还有一个最高极——这就是包括喜马拉雅山、珠穆朗玛峰在内的青藏高原，主体位于中国境内。它与南、北极有着共同的气候寒冷、生物罕见的特点，并且还是空气稀薄、气压极低的冻土地带。因此，相对于南极和北极，人们把整个青藏高原称为世界第三极。

其中的珠穆朗玛峰是喜马拉雅山脉的主峰，位于中国与尼泊尔两国边界上，它的北坡在中国青藏高原境内，南坡在尼泊尔境内。藏语中"珠穆"是女神的意思，"朗玛"是第三的意思。因为在珠穆朗玛峰的附近还有四座山峰，珠峰位居第三，所以称为珠穆朗玛峰。2005年，中国国家测绘局测量的岩面高为8844.43米（29017.2英尺）。峰体呈巨型金字塔状，威武雄壮昂首天外，地形极端险峻，环境异常复杂。

银灰色的山峰时隐时现地出现在雾层中，陡峭的山岩布满无尽的皑皑白雪，没有尽头的浅蓝色原始冰川上呈现着千姿百态、瑰丽无比的冰塔林。她就如同一位风姿绰约的女神，亭亭玉立，冰清玉洁，吸引了世界各国无畏之士和登山爱好者的目光，纷纷前来一试身手。然而，严寒、雪崩、缺氧，使这里成为生命的禁区，登上珠峰似乎是个不可能完成的任务。

20世纪之后，随着医疗水平、地理知识的相应增加，越来越多的探索勇士试图征服珠穆朗玛峰，但遗憾的是许多人都没能幸运登顶，却在攀登过程中不幸遇难。最先成功冲击的是新西兰登山家埃德蒙·希拉里和尼泊尔夏尔巴人丹增·诺尔盖。他们在1953年5月29日上午11时30分，战胜千难万险，从珠穆朗玛南坡携手登上顶峰，完成了人类踏上地球之巅的梦想。

自此以后，一支支登山队，一个个勇敢者，沿着胜利者的足迹，抑或是失败者的尸体纷至沓来，顶风冒雪，一次次地冲击珠穆朗玛峰。当然，大都是从尼泊尔一侧的南坡登顶。直到1960年5月24日，中国登山队王富洲、刘连满、屈银华和贡布勇挑重任，一步一挪地向顶峰进军。为了尽量减轻负担，他们只携带了氧气筒和一面国旗。即使这样，前进的速度依然慢如蚁爬，因为自 5 月 17 日上山以来，他们一路攀登，体力几乎耗尽了。约莫走了两个钟头，他们来到了那像城墙一样，屹立在通向顶峰道路上的第二台阶。队员刘连满甘当"人梯"，让队友踏着他的双肩登上去，自己却支撑不住了。其他三人则咬紧牙关继续前进，在爬过又一块积雪的岩坡后，走在最前面的贡布突然叫了一声："再走就是下坡了！"他们举目四望，朦胧夜色中，一座座群峰的暗影，都匍匐在脚下了。他们终于站在了珠穆朗玛峰顶端，时间是 1960 年 5 月 25 日 4 时 20 分。

中国人第一个完成了人类历史上从难度更大的北路、攀上世界最高峰的创举，而这一创举实现得如此突然，在经历了几度出生入死之后，就这样默默地、悄无声息地降临了。此后，南坡北坡均引来了许多勇敢的后来者。有的成了站在顶峰的幸运儿，有的则被雪崩、高原病征服，永远地留在了征服第三极的道路上……

如此一来，茫茫地球上的最南极、最北极，还有最高极，这三个极限地区都留下了人类探索的足迹，虽说付出了许多沉重的代价，但一代代探险者和科学家不屈不挠的精神斗志，为寻求和解开地球之谜，拓展人类生存空间建立了卓越功勋。然而，还有一个极点未曾真正涉足探究，那就是数千米乃至上万米以下的海底深处，即世界上的最深极——第四极！

缓缓转动硕大的地球仪，最先映入眼帘的是连绵成片、无际无涯的蔚蓝色，如同一张遮天蔽日的天鹅绒丝幕，包围着黄绿相间的五大洲陆地。这就是说，人类赖以生存的星球，绝大部分——用科学家的定义即整个地球表面 70% 的面积是蓝色海洋。由此看来：地球似乎不应该名曰地球，而称之"水球"更为准确一些。

事实上，生命起源于海洋。大约在 38 亿年前，陆地还是一片洪荒之时，咆哮的海洋中就开始孕育最原始的生命细胞了。潮涨潮落，云涌云飞。经历了若干亿万年风风雨雨，这些细胞逐渐演变成单细胞藻类。在光合作用下，产生了氧气和二氧化碳，为生命的进化准备了条件。水母、海绵、三叶虫、鹦鹉螺、蛤类、鱼类等陆续出现了。

由于月亮的吸引力作用，引起海洋潮汐现象。涨潮时，海水拍击海岸；退潮时，把大片浅滩暴露在阳光下。原先栖息在海洋中的某些生物，在海陆交界的潮间带经受了锻炼，加之臭氧层的形成，抵御了紫外线的伤害，它们小心而勇敢地登上了陆地，进而逐渐演变成爬行类、两栖类、鸟类，以及其他哺乳动物。物竞天择，弱肉强食，历经种种磨难，终于诞生了具有高等智慧的人！

海洋，人类的摇篮和故乡。

全球海洋资源非常丰富，蕴藏着极大的潜力。海底有大量的金属结核矿，其中锰2000亿吨，镍164亿吨，铜88亿吨，钴58亿吨，相当于陆地储量的40—1000倍。此外还有大量的磷矿、硫化矿和稀有金属砂矿床。海底石油天然气产量逐年上升。海洋中的潮汐能、波浪能、海流能、热能、盐度能等都是清洁能源，储量巨大。海水中的大量化学元素，可提取的有82种，包括核燃料铀、核聚变物质、可燃冰等。同时，海洋生物还可为人类提供不可或缺的丰富蛋白质。

毋庸置疑，海洋养育了人类，人类离不开海洋。随着陆地资源的日益减少，以及科学技术的迅猛发展，人们将目光投向了人迹罕至的远海和深海。难怪一些具有先见之明的战略家早就明确指出：新世纪是海洋的世纪，谁拥有了海洋，谁就拥有了世界。谁拥有了探求深海的能力，谁就占据了先机……

古往今来，五大洲各种肤色的人向往海洋、憧憬海洋，创造了多少神奇而美丽的神话传说啊！从华夏大地的哪吒闹海、龙宫探宝，到古希腊的海神波塞冬、丹麦童话《海的女儿》，以及近代科幻小说《海底两万里》和电视连续剧《大西洋底来的人》。无不绘声绘色地展现了一个充满了无穷奥秘的未知世界，将人类对于深邃海底的兴趣和探求欲发挥得淋漓尽致。

于是，当历史老人的脚步蹒跚着走到了20世纪之后，深达1000米、3000米、6000米的大洋深海中，相继出现了美国人、俄罗斯人、法国人、日本人的身影。那么，作为拥有18000公里海岸线、300多万平方公里海域面积、居世界前列海洋大国的华夏子孙，又在哪里呢？

地球仪还在缓缓旋转着——

蓦然，定格在北纬11°20、东经142°11.5的坐标点。这里是亚洲大陆和大洋洲澳大利亚之间、北起硫黄列岛、西南至雅浦岛，菲律宾东北、马里亚纳群岛附近，一片浩瀚无际、波澜起伏的西太平洋——马里亚纳海沟所在的海域。

公元2012年6月24日清晨，没有晴朗的海天、没有壮观的日出。大海如同一个情绪善变的孩子，时而风雨交加，时而电闪雷鸣。一艘标记着"向阳红09"号的中国科学考察船迎风破浪，如定海神针般地停在预定海域。她那宽阔而坚实的甲板上，高高矗立着一台类似龙门吊的设备，伸出两只长长的手臂，怀抱着红白相间的小鲸鱼一样的机器。机身上漆着一面鲜红的五星红旗和两个醒目的蓝色大字——"蛟龙"！

对了！这就是举国关注、世界瞩目的中国载人潜水器"蛟龙"号，正在进行深潜7000米的海试。自从2009年开始的1000米、

2010 年的 3000 米、2011 年的 5000 米深潜海试一步步成功之后，我国自主研发、集成创新的 7000 米载人潜水器工程项目，迎来了冲击设计极限的海底试验。为了卓有成效、万无一失，国家海洋局、科技部等部门选择了地球海洋最深点：著名的马里亚纳海沟。它全长 2550 千米，呈弧形，平均宽 70 千米，大部分水深在 8000 米以上，最深处位于斐查兹海渊，达 11034 米。

这条海沟的形成已有 6000 万年，是太平洋西部洋底一系列海沟的一部分，也是世界上最深的海沟。如果把地球第三极珠穆朗玛峰填到里边，还不能完全填满。征服这条海沟，下潜至 7000 米，将标志着我国具备了到达全球 99％以上海洋深处进行作业的能力，标志着"蛟龙"号载人潜水器集成技术的成熟、成为海洋科学考察的前沿与制高点之一。无疑：对于中国乃至世界的载人深潜工程和深海科学事业来说，7000 米是一道至关重要的门槛，也是一个攀登高峰的标杆。

半个多月前，随着试验母船"向阳红 09"号的一声汽笛长鸣，"蛟龙"号海试团队在总指挥刘峰、临时党委书记刘心成率领下，于 2012 年 6 月 3 日由江阴苏南国际码头启航，穿过长江吴淞口，踌躇满志地奔赴西太平洋、奔向那片遥远而亲近的海域。

临行时，国家海洋局局长刘赐贵、副局长王飞，科技部副部长王伟中专程从北京赶来授旗、送行。启航仪式上，年富力强的总指挥刘峰和沉稳持重的党委书记刘心成，在代表全体参试队员表达了敢打必胜的决心后，又风趣而庄重地说："我们二刘，一定带领全队团结拼搏、交上一份一流的海试成绩单！"

"好！"生在福建海滨、爱海懂海的刘赐贵局长朗声应道："还要加上我这一刘，咱们三刘与大家一起，争创一流！"

哈！人们会心地笑了……

马里亚纳海沟，中国"蛟龙"来了！

凭着这种志向与精神，我们英雄的海试团队劈波斩浪，按计划在这片海域开始了一次又一次地深潜试验。

这一天——6月24日，星期天，是我国航天工程——神九飞船与"天宫一号"手控对接的日子。此前，国家海试领导小组批准"蛟龙"号同日冲击深潜7000米，争取创造上天入海的奇迹。

"太好了！这太有意义了！我们已经做好了充分准备，保证完成任务。"

尽管天一放亮，就遇到了风雨突袭，海况不佳，但经过周密严格的探测，天气条件会逐渐好转，且海面以下完全具备试验条件。海试指挥部下定决心：按时下潜！北京时间4时20分，海试团队举行了简短的出征仪式，三名试航员叶聪、刘开周、杨波身着蓝色的潜航工作服，与大家相互击掌，微笑着进入潜水器。

"现在我宣布，人员各就各位！"海试现场总指挥刘峰坚毅的声音，通过扬声器响彻全船，试验正式开始。潜水器移出、挂缆、起吊、入水……在海试团队轻车熟路地操作下，所有动作一气呵成。12分钟后，"蛟龙"号欣然投入大海的怀抱。

3个多小时的下潜，"向阳红09"号试验母船上的现场指挥部紧张有序，监控屏幕上不断显示着各种数据，扬声器中不时响起"蛟龙"号潜航员和水面控制人员之间沉着冷静的通话声。

北京时间9时07分，话筒里传来了试航员、主驾驶叶聪的声音："这里是'蛟龙'，这里是'蛟龙'。我们已经坐底7020米！"指挥部里一阵沸腾。这是创造了中国载人深潜最新纪录，也是世界同类型载人潜水器的最大下潜深度。

而这时候，正在太空飞翔的"神舟九号"航天员景海鹏等三人，按计划操纵着飞船逐步接近"天宫一号"目标飞行器，实施手控交会对接。西太平洋7000米海底，叶聪代表此次下潜的潜航员，庄严地向"神舟九号"送上热烈而亲切的祝福："祝愿景海鹏、刘旺、刘洋三位航天员与"天宫一号"对接顺利！祝愿我国载人航天、载人深潜事业取得辉煌成就！"

　　由于技术上的原因，如今还未能实现海底与太空的直接通话，潜航员的祝福通过电波穿透深海，传到陆地基站，再由陆地转发到茫茫太空上的神九舱内。显然，航天员们听到并且受到了极大鼓舞。中午12时55分，他们成功驾驶"神舟九号"与"天宫一号"实现了刚性连接。

　　在向祖国报喜的同时，景海鹏代表"神舟九号"飞行乘组也向"蛟龙"号致辞："今天，在我们顺利完成手控交会对接任务的时候，喜闻'蛟龙'号创造了中国载人深潜新纪录，向叶聪、刘开周、杨波三位潜航员致以崇高的敬意，祝愿中国载人深潜事业取得新的更大成就！祝愿我们的祖国繁荣昌盛！"

　　好啊！"神舟"上天，"蛟龙"入海。海空连心，互致祝福。一天之内诞生两项奇迹，整个世界都在看着中国。是梦想、是宏图、是雄心壮志引领着中华民族永不停歇的探索步伐。身为华夏儿女、炎黄子孙无不为这伟大的壮举感到骄傲和自豪！

　　浩瀚的太空和深邃的海洋，是人类长久以来一直渴望探索的神秘境地。在东方的传说中，蛟龙入海兴风雨利万物的矫健身姿，曾经撼动着一代又一代中国人的心魄；而在古希腊神话里，太阳神阿波罗则驾着太阳车巡游九天，为人间送来了光明和温暖。是的，当人类的认识不再满足于自身生活时，梦想便开始了旅行。

科学家们预言：在21世纪，一个国家对航天能力和深海探测能力的依赖，可以与20世纪对电力和石油的依赖相比拟。"上天入海"，正在成为人类文明继续生存发展的一个重要条件。可以想见，鼓荡着梦想与智慧的双翼，正面临资源、粮食、环境、能源等问题困扰的人类，必将在"高天和深海"中开拓出新的无穷的生存空间……

在探索未知世界的征程上，正稳步走来一支创造性的力量——浪漫而又富有激情的中国人！两项世界纪录，两项高科技成果都值得大书特书。相比而言，"蛟龙"勇闯深海，在当下实用价值更高，甚而技术上的难点超过航天，难能可贵。因为人类在迈向太空的征程上，可以眼观六路耳听八方，而深达数千米的海底漆黑一团，且海水压力巨大。迄今为止，人们奔向太空、月球的成功机率较高，而探索深海的范例却屈指可数。就连科技大国美国、俄罗斯等也仅载三人深潜到6500米左右，唯有中国"蛟龙"号最深处超过7000米，为实现宏伟而壮丽的中国梦迈出了坚实有力的一步。

早在1965年5月，开国领袖毛泽东就曾在《重上井冈山》一词中，吟诵出这样的诗句：

"风雷动，旌旗奋，是人寰。38年过去，弹指一挥间。可上九天揽月，可下五洋捉鳖，谈笑凯歌还。世上无难事，只要肯登攀。"

激情洋溢、气壮山河。如今，在神州儿女众志成城的不懈努力下，这些预言都成了现实。怎能不让人感慨万千、心潮澎湃呢？！

如此，中国人在征服了南极、北极和珠峰高极之后，又成功地进入到地球最深极。可喜可贺！然而你可知道，中国载人潜水器"蛟龙"号从2002年立项、起步，到2012年胜利完成下潜7000米深海目标，仅仅走过了10个春秋，远远少于外国长达几十年的历程。这不能不说是一个伟大的人间奇迹。

那么，奇迹究竟是怎样创造出来的呢？"蛟龙"探海、深海寻梦的背后有哪些鲜为人知的故事呢？2014年6月，我有幸登上了"蛟龙"号的工作母船——"向阳红09"船，前往太平洋实施科学考察，亲身体验和见证了进军地球第四极的中国海洋工作者的风采，并通过他们深入了解到中国载人潜水器研发与海试的非凡经历。

这是一次难忘的旅程……

7000米级第一潜

同样的地点、同样的场景、同样的心情……

公元2012年6月3日上午9时，国家海洋局、中国大洋协会在江苏省江阴市国际码头隆重举行"'蛟龙'号载人潜水器7000米级海试起航仪式"。这次的目标海区，是西北太平洋的马里亚纳海沟海域。因为那里水深达到了11000多米，为地球第四极，完全能够适应"蛟龙"号7000米级的设计深度。

从2009年1000米级海试算起，这已经是海试队第四次在这里整装待发、远航大洋了。今天的苏南国际码头与前几次一样，披上了节日的盛装，彩旗招展、鼓乐飞扬。仪式依然由海试领导小组组长、王飞副局长主持。国家海洋局刘赐贵局长、科技部王伟中副部长、江苏省徐鸣副省长和中船重工集团钱建平副总经理相继发表了祝词，共同为中国邮政和国家海洋局联合设立的"蛟龙号深海邮局"

揭牌。中国邮政特聘请"蛟龙"号载人潜水器设计者之一、深潜部门长叶聪担任"深海邮局"首任名誉局长。

中国邮政集团副总经理张荣林介绍："'蛟龙'号深海邮局有虚实两个邮局，虚拟邮局设在位于海底7000米深的载人潜水器舱体内，地面实体邮局设在青岛市崂山区邮政局金家岭邮政支局，目前主要开办国际国内函件寄递和集邮业务，邮政编码是266066。今后将根据实际条件逐步扩大业务范围，为社会各界提供全方位的邮政服务，进一步满足广大人民群众的精神文化需求，共享我国海洋事业发展成果。"

此外，还有两名特殊的男女少年嘉宾——来自北京市汇文第一小学的少先队员代表。这所学校是北京市的首批科技示范校，有着140多年的历史积淀。学校于1984年与国家海洋局建立了大手拉小手的合作关系，从此对学生开始了极地科普知识的教育，至今已坚持了30年。科技老师张凯亮还申请参加了南北极科学考察。如今，"蛟龙"号载人潜水器象征着海洋事业的新高峰，在小学生中间引起了浓厚的探索深海兴趣。得知今天海试队起航去冲击7000米深度，小学生们非常兴奋，课余之间纷纷叠起了五角星，写上他们的祝福心愿，放进祝愿瓶里，同时集体写了一封信，专门派代表赶到江阴苏南码头上，参加起航仪式。

这是我们祖国的未来，这是海洋事业的希望！当王飞副局长宣布："下面请北京市汇文第一小学学生代表发言。"立时响起了一片更加热烈的掌声。身穿白色校服、系着红领巾的一男一女两名小学生走到台前，向大家行了标准的少先队礼，而后以明朗激昂的童声宣读了全校师生《给海试队员的一封信》，并把装满祝愿星的大玻璃瓶，一同转交给"蛟龙"号海试队。

接下来，科技部副部长王伟中向海试队授"蛟龙号海试队"队
旗。海试现场总指挥刘峰接过旗帜，用力挥舞着，整个会场一片鲜
红，犹如万里朝霞升起在天空。他代表海试队表示：

"今天，'蛟龙'号海试团队 96 名队员再一次聚集在这里，接受
祖国和人民的检阅。96 股来自祖国五湖四海的力量，再一次拧成一
股绳，朝着蔚蓝的大海，向着深邃的海底世界，迈出中国载人深潜
事业更加坚实的一步。从 1000 米、3000 米、5000 米到今天，每一
位参试队员都得到了锻炼，收获了经验，锻造出技术精湛、作风过
硬、团结协作、不畏艰险的海试作风。今天的参试队员，信心更加
充足，斗志更加昂扬，必将战胜一切困难，书写祖国载人深潜新的
辉煌！"

随后，刘赐贵局长庄严宣布："'蛟龙'号载人潜水器 7000 米级
海试起航！"

9 时 40 分，"向阳红 09"船在两艘拖轮帮助下徐徐离开码头，
顺长江而下，船上 90 多名海试队员，其中包括新华社、中央电视
台、《科技日报》《中国海洋报》等几名随船采访的记者，身穿统一
蓝色海试服，站在船舷边，不停地挥手。岸上渐渐远离的人们，一
齐挥舞着小旗子，送上了深深的祝福。

为什么这次起航不同以往、特别隆重？因为"蛟龙"号要冲击
设计极限深度、冲击这个星球上的第四极……

经过 8 天乘风破浪的航行，"向阳红 09"船搭载着蛟龙号和海
试队抵达预定海域。马里亚纳海沟，世界海洋最深的地方，中国人
来了！

2012 年 6 月 15 日，一场热带风暴刚刚离开这片海面，风平浪
静，是一个适合"蛟龙"号下潜的好天气。试验母船后甲板上，红

白相间威风凛凛的"蛟龙"号安卧在轨道车上，精神抖擞，容光焕发。今天，是它进行7000米级第一潜的日子。

说实话，两位带队人——总指挥刘峰和临时党委书记刘心成的心情忐忑不安：海试队太需要首战的胜利了，这将极大提升海试团队乃至全国人民的信心，为下一步试验奠定坚实基础；同时感到去年5000米海试后，702所、声学所、沈阳自动化所等单位对潜水器纵倾调节、液压、电力配电等十大系统26个项目进行了技术完善，增加了GPS定位功能，包括载人舱以外的所有压力罐、水密件、电缆、穿舱件等都拆开了，检修后重新安装。如今在太平洋最深处做试验，潜水器各项设备能经得住考验吗？

7时15分，全体人员在餐厅集合，进行7000米级海试第一次下潜动员。刘峰首先说："为了今天，我们等待了很久，全国人民、上级领导和我们的亲人们都在关注着海试。我们要牢记重托，慎重操作，搞好协同，遇到问题不慌不乱，要相信自己，要相信团队，一定圆满顺利地完成首潜任务！"

刘心成接着讲话："全体队员要认真贯彻落实总指挥的要求。一是牢记海试领导小组和国家海洋局领导慰问讲话精神，做到工作细之又细、实之又实；二是第一次下潜有很多未知数，要有清醒认识，不求无故障，只求沉着冷静、正确处置；三是各部门、各岗位要密切协同，用我们集体的智慧和力量，夺取首战的胜利！"

最后，总指挥刘峰提高嗓音："同志们，有信心吗？！"

"有！"队员们一声大吼，震动了海天。

"好！各就各位！"

三名试航员英姿飒爽地走来了。他们是即将迎来转为正式党员的首席潜航员叶聪、"蛟龙"号副总设计师、刚刚获得"2011年度海洋人物"称号的崔维成和中科院声学所、"80后"工程师杨波。已经连续四年的海试生涯，使他们积累了丰富的经验和体会。在大家祝福和欢送的目光下，他们自信地挥挥手，依次下到了载人球舱内。

船艉高大的 A 形架下，水面支持系统的操作员、国家深海基地的李德威，在副总指挥余建勋、部门长于凯本（他也是深海基地的骨干之一，参加过前几次的海试）指导下，双手端着操作盘一丝不苟地操作着。硕大沉重的 A 架起重臂在他的控制下，如同母亲温柔的双臂，轻轻且有力地抱起"蛟龙"号，从后甲板缓缓移向海面。12 分钟后，它安然入水，在"蛙人"的帮助下，解脱了最后一缕束缚，随着一声"水面检查完毕，一切正常，请求下潜！"的报告。得到指挥部批准，"蛟龙"号注水下潜了。

100 米、500 米、1000 米……潜水器以每分钟 40 米左右的速度自由落体，向深海进发。刘心成书记代表现场指挥部做了新闻发言人，不断向随船报道的新华社记者罗沙，中央电视台记者周旋、孙艳，《科技日报》记者陈瑜，《中国海洋报》记者赵建东等人介绍情况。

8 时 37 分，"蛟龙"号到达 3000 米。母船指挥部里，人们看着同步传来各种信息的"蛟龙号水面显控系统"，听着试航员与控制室清晰地水声通信，显得轻松而愉悦。总指挥刘峰对记者感慨地说："想当年，'蛟龙'号初出茅庐，潜到这个深度，我们已经激动得跳起来了。如今，已经习以为常了。"

又过了一个小时，"蛟龙"号打破了去年创造的下潜 5188 米的纪录，达到了 5285 米。刘峰与刘心成站起来，带头鼓掌。10 时 11 分，主驾驶叶聪报告："'向九''向九'，我是'蛟龙'。现在到达 6200 米，一切正常，我们准备抛载第一组压载铁。"

这就是说，"蛟龙"号到达预定位置，正在实现水上悬停，开展试验作业。就在这时，数字通信系统突然出现故障，母船与潜水器联系中断了！如果发生在第一年海试时，人们会惊慌失措，无法继续试验，试航员只能立即抛载上浮。今非昔比，水声通信保障组在朱敏研究员带领下，胸有成竹，沉着应战，马上切换为模拟通信模式，保证联络畅通不影响试验。再迅速查明故障，予以排除。

随后，潜水器在试航员操作下，降低了速度，缓缓下行，几分钟后，安全抵达6671米，一个新纪录诞生了！指挥部里的人们喜笑颜开，互相击掌庆贺。10时44分，试航员们完成了开启水下灯光和摄像机，手动操控航行，通过机械手采取水样等项目，抛载另一组压载铁上浮。

3个多小时后，14时34分，"蛟龙"号跃出海面，被蛙人小组和水面支持人员安全接回母船。三位勇敢的试航员出舱，照例受到英雄般的欢迎。虽说这7000米级海试第一潜，还没有达到设计深度，但对"蛟龙"号一年来的维修保养，特别是对解决问题的能力做了检验，迈出了坚实的第一步。现场指挥部副总指挥崔维成高兴地说："通过这一次下潜，我们对完成7000米海试更有信心了！"

成功打响第一炮，全队士气大增！海试现场指挥部和临时党委给予了高度评价，连夜发出通报表扬：

> ……在7000米级海试第一次下潜试验中，由崔维成、叶聪和杨波组成的试航员小组担负当尖兵、打头阵的艰巨任务。崔维成作为海试副总指挥和潜水器本体第一副总师，坚持在每个新的下潜深度时率先下潜，他担负右试航员任务，详细记录了舱内所有的操作、潜水器

运行的重要数据和特征以及部分设备故障现象。他沉着冷静，把握住了试验进行的方向，不断给另外两位试航员鼓励加油，体现了临时党委和现场指挥部提出的"共产党员要让党旗在海试岗位闪光"的要求。中试航员叶聪负责潜水器的操纵，他认真准备、周密计划、谨慎驾驶、精心操纵，按照预案正确处置各种情况，为首战胜利做出了突出贡献。左试航员杨波克服晕船困扰，集中精力，一丝不苟，凭着他娴熟的专业技术素质和操作技能，认真检查、调试、测试声学设备功能和性能，按计划完成了所有规定的试验内容的正确性。

海试临时党委和现场指挥部号召全体参试人员学习他们敢于斗争、敢于胜利的奋斗精神和一丝不苟、精益求精的科学态度。以后试验任务十分艰巨，前进的道路上充满困难，需要全体参试队员继续发扬载人深潜精神，牢记使命和责任，为夺取7000米级海试胜利而奋斗！

探海"蛟龙"守护神

如果说我们的国宝"蛟龙"号有守护神的话，那就是载人潜水器的维护团队！本次海试首潜成功之后，前后方的人们都在欢呼雀跃、拍手称快的时候，海试队中有几个人却眉头微锁，高兴不起来。他们就是负责潜水器维护保养的工程技术人员。

深海不是一片平坦温柔的"乐土"，黑暗的环境里潜藏着不可知的杀机。就在第一潜取得胜利的同时，我们可爱的"蛟龙"受伤了，它在与庞大的"海神"搏斗中，被其"扔出的三叉戟"划伤了"耳朵"和"腿脚"——水声数字通信系统与两只推进器出现了故障。

晚上，指挥部会议决定对首潜出现的水面电缆泄露导致数字通信中断、前左和后下两个推进器故障以及主液压源补偿误报警、可调压载系统（VB）在6600米附近排注水时有异常响声等四个故障进行攻关，要求必须在18日再次深潜试验前排除。相比而言，由于推进器已经使用了四年，这次又是在大深度水压下，故障较难解决。

海试队员们连夜投入"排故"战斗。

声学部门的研究员朱敏，带领张东升、徐立军、刘烨瑶，还有下潜后仍在晕船的杨波，集中攻关。最后确认通信中断的原因，是接近声学吊舱根部附近电缆上摩擦出一个小孔，致使海水进去造成接地短路。他们截去100米声学电缆，重新接入，经过数小时硫化，第二天下午测试已经正常了。

潜水器维护部门在胡震副总师的带领下，分成两个小组：一组是专攻电气控制的杨申申、程斐、王磊，一组是精于机械液压的汤国伟、姜磊、沈允生和胡晓函、邱中梁，也紧急行动起来，进行伤情探测、维修。

经过一番周密检查，找到了两只推进器的病源，需要拆卸下来修复。"胡司令"一挥手，大家七手八脚一块上，很快，中部的一只便拆下来了。可是尾部的那只位置较高，且周围没有可供攀援的脚手架，加之母船在海浪中不断摇晃，一时犹如"老虎吃天，无处下口"。困难挡不住英雄的海试团队。他们想方设法架上塔梯、绑上安全带，采用多人扶持、联合作业的方式，硬是在晃动的露天"厂房"中完成了拆卸。

紧接着，胡震指挥着再次分工，电气控制组以杨申申为首，修复驱动器过载的推进器；机械液压组以汤国伟为首，修复漏水的推进器。一直干到深夜 11 点多，人人累得直不起腰来了。胡副总师身先士卒，既是指挥员，又是战斗员，始终工作在第一线，这时实在不忍心了，敲敲架子说："今天就到这儿吧，没完的活儿明天再干！"

第二天——6 月 16 日，按中国人的说法，应该是六六大顺的一天。队员们早早吃完早饭就来到了操作间，紧张有序地忙碌起来。

电气组的杨申申、程斐和王磊拿着两只万用表分头测量，表笔上下穿梭，对推进器驱动段每条线路的通断进行检测。只听着万用表不时地发出信号的检测音，他们像精细的钢琴调音师一样，洗耳恭听，很快找到了故障点，修复更换了损毁的元件。

机械液压组的故障严重一些，胡震一直紧盯着，汤国伟、姜磊等人全力以赴。由于加油孔狭小，注油非常缓慢，大家一边工作一边开动脑筋，献计献策，建议用针筒代替加油工具进行加油。果然大显奇效，大大加快了清洗和填充补偿的进度。

干到中午，胜利在望。卫星电话又传来了国内的好消息：就在这一天，北京时间 18 时 37 分，我国"神舟九号"飞船在甘肃酒泉成功发射升空。哈！这可真是一个带有必然性的巧合：中国载人航天工程和中国载人深潜工程，就在同一个六月里双管齐下，并蒂开花。在这个喜讯的鼓舞下，潜水器维护部门一鼓作气，完成受损推进器的修复组装后，又举一反三，更换了其他推进器上的抱箍。从早上 8 时到晚上 8 时，整整历时 12 小时，使潜水器恢复到正常状态，为组织第二次下潜试验奠定了基础。

"好了！收工！"随着"胡司令"的一声招呼，人们直起腰来，擦着布满汗水的脸庞，开心地笑了……

写到这里，我情不自禁又想起了跟随"蛟龙"号出海的情景。对于潜水器维护部门的辛勤工作，我深有体会和感慨，也曾在日记里记录下当时的感受——

每当"蛟龙"号从深海泛着水花、跃出水面，披着一身湿淋淋的"战袍"返回到母船之后，总有那么一群身穿工装、头戴安全帽、手拿各种工具的人员迅速围上来，分头攀上脚手架工作台，打开座舱、机舱、电池舱，从头至尾、由里到外，仔仔细细、认认真真地巡视着、检查着……

这使我想起了当年我在空军服役时的情景：飞行员驾驶战机胜利返航了，机械师、雷达师等地勤人员一拥而上，检修保养，加油装弹，很快一洗它的满身征尘和疲惫，重振雄风等待新的出征。人们亲切地称这些机务战士为战鹰的"保姆"和"医生"。而今，探海的"蛟龙"号潜水器，同样有这样一些呕心沥血保护安全和健康的"保姆、医生"。因了她是深入数千米深海工作的高科技装备，应该说比普通飞机维护更加严格、精密和艰辛。

记不清那是第几个潜次了，晚饭过后很长一段时间了，我来到后甲板上吹吹风、透透气。突然发现工作台上下灯火通明、亮如白昼，几名潜水器本体部门的工作人员正在紧张地忙碌着。副总指挥叶聪移动着健壮的身躯，有条不紊地调度指挥着。他是中船重工集团702所的设计师之一，第一批深潜试航员，年纪不大却已是深海"蛟龙"的元老。海试结束之后，他又连续两年随船出海，接替他的老领导崔维成副所长和胡震副总师，出任潜水器部门副总指挥、潜水器维护部门长，负责组织协调各研发单位维护潜水器、培训新人，准备移交深海基地业务化运营。每次下潜作业或检修，他都是重任在肩。今天发生了什么事呢？

经过细心了解，我明白了：下午"蛟龙"号顺利完成又一次科考任务，下潜至3600多米，获取了许多深海生物和矿物等样品，拍摄了一些清晰的海底地型、地质以及生物群照片和录像，安全返回到母船。各专业维护人员照例围上前来，先是用淡水冲洗干净潜水器身上的海水，听取潜航员汇报，而后按部就班地一项项检查、充电补氧。当查看到某个仪表盘时，702所的工程师汤国伟、胡晓函等人发现油位下降较多，感觉有些异常，进一步打开腹部机舱，看到浮力块上有油迹，啊，密封件有漏油点！如果更换新件，工作量很大，需要"开膛破肚"，把浮力块一块儿一块儿地拆卸下来，擦洗干净，完成换件，再一块儿一块儿地装回去。即使在陆地车间里，至少需要一个工作日才能完成。可这是在风大浪高的海上啊，船体摇摆不平，再说明天一早还要准备下潜科考，时间上很紧张了。不然就要求撤销明天的潜次计划，何时修好何时再下潜。

关键时刻，大家的目光投向了领头人叶聪。他略一沉吟，说：天气要变了，潜次计划一定要抓紧进行。我马上报告总指挥，咱们连夜干，维护好潜水器，决不能影响了下潜任务，更不能带着故障下水。就这样，晚饭过后，其他队员都在休息娱乐的时候，他们又冲上了没有硝烟的战场。虽说潜水器部门来自几个单位，可在科考队一直遵循"只有岗位，没有单位"的理念，团结协作像一家人一样，有了任务毫无二话，一齐上手。不用说702所全力以赴了，就连中科院沈阳自动化所祝普强、声学所的刘烨瑶和国家深海基地李宝刚、高翔等人也都来了。一时间，整个工作区灯火辉煌，上下左右，你来我往，拆卸浮力块的，吊装零部件的，测试密封圈的，上演了一出挑灯夜战维护"蛟龙"的激情大戏。

我不由得赞叹不已，连忙回屋拿来照相机，"啪啪"地打开闪光灯，记录下这激动人心的一幕。正巧负责电力方面的工程师杨申申走过来，礼貌地与我打招呼："许老师，你还没休息啊？""没有呢，你们连夜加班，太辛苦了！"他笑笑说："这不算什么，海试期间经常这样，潜水器试验暴露了问题，晚上抓紧寻找故障点抢修，有时一干就是一个通宵，天亮了不耽误下潜。""啊？那不是连轴转了，身体受得了吗？""嗨，不知为什么，那时也不觉得累，就是想赶快解决问题。等到潜航员下海了，我们才轮换着躺一会儿。"身材瘦长的小杨参加过连续四年的海试，由于工作出色曾受到临时党委通报表彰。我从他那疲惫而坚定的面容里，看到了他们当年经历的沸腾的日日夜夜……

如今随着"蛟龙"号海试成功，转入了试验性应用阶段，可那种"团结协作、拼搏奉献"的载人深潜精神永久地传承下来。我眼前的"向九"船上的这个灯火通明的不眠夜，就是最典型的例证。尽管胡震主任因事没有上船，接替他负责这块工作的叶聪，还有杨申申、祝普强、刘烨瑶等人都毫无例外地兢兢业业，勤勤恳恳，有了故障不过夜，时刻保证"蛟龙"号整装待发。当晚他们一直干到凌晨四点多钟，直到做好了下潜的一切准备，才稍稍打了个盹。早晨7点钟，总指挥一声：各就各位！他们又精神抖擞地出现在自己的岗位上。

记得我在空军服役时，曾专门写过一首歌咏地勤战士的小诗，其中有这样几句："停机坪，战鹰的卧房，我给你洗礼、梳妆。你守护着祖国的天空，我守护着你的健康。虽然我不能与你一起出征，

军姿如山

151

可我的心时刻伴随你翱翔。"上天、入海，同一个道理。我想，用它来形容"蛟龙"号的维护保养团队，也是十分恰当和生动的。青春似火献深海，愿做"蛟龙"守护神……

各路人马乘胜追击，接连干了两天一夜，捷报频传。蛟龙首潜中暴露的 4 个问题全部解决。根据气象预报：6 月 18 日试验区浪高 2 米，处于海试限制条件的上限。指挥部例会决定：早晨 5 时 30 分，各位成员一起到驾驶室观看海况，如果气象条件许可，7 点钟进行第二次下潜试验。

为了节约油料，试验母船在每次试验结束就停掉主机，顺洋流漂泊，一晚上能够漂移 20 多海里。早晨再开启主机航渡到下潜点。时间到了，总指挥刘峰、书记刘心成、办公室主任李向阳、船长陈存本、气象预报员苏博等人，都不约而同地来到了驾驶台。看到海面上风浪小了许多，再研究气象资料，认为海况尚可，决定执行下潜计划。

6 时整，陈存本船长在船上反复广播："指挥部决定：今天 7 时进行 7000 米级第二次下潜试验，有关人员起床。6 时半早饭。"

其实，不等他广播，各部门人员都惦记着今天的海试，早早起来观察海况，感觉有戏儿，已经分头准备起来了。与此同时，媒体的电波也发向海内外了：我国载人潜水器"蛟龙"号，将于 6 月 18 日进行第二次冲击 7000 米下潜试验。

一时间，箭在弦上了。

不料就在这时，有人发现潜水器下方高度计传感器附近，液压油泄漏了，甚而越来越急，呈多条线状向下流下来。坏了！一个不祥之兆笼罩在大家心头：今天的下潜可能要泡汤！可是记者已经公布第二次海试的消息了，如何收场？！水面支持系统赶快启动轨道小车，载着维护人员迅速打开下部浮力块，胡震副总师带人钻下去仔细观察：是主液压源控制前左推力器转向的液压管破裂所致。

怎么办？又是一个下不下的难题。准备执行今天潜次的于杭教授，对赶过来的刘峰和刘心成说："如果今天一定要下，也可以，但是前面两个推力器转向功能失效，并且导致液压管破裂原因不明，有隐患。"

"带着故障下潜肯定不行。至于能不能很快排除再试验，咱们马上开个指挥部会议，分析一下具体情况，拿出具体措施。"

这时，中央电视台随行记者孙艳走来说："中央人民广播电台来电话了，说刚看到《科技日报》网上消息，'蛟龙'号刚刚发现漏油，原定试验可能有变化，而电台已发布了今天第二次下潜的消息，到底还能不能进行？"

刘峰和刘心成简单一商量，说："我们先开个会，统一思想和口径，然后召开现场新闻通气会。"

很快，潜水器本体总师组会议就在后甲板上召开了，刘峰主持，于教授、崔维成、胡震、叶聪、侯德永、李向阳等人参加了，刘心成在场旁听。经过讨论，大家一致认为应从实际出发，不能因外界关注就带故障下潜，必须找到漏油原因并解决。随后，指挥部宣布取消今天下潜计划，由崔维成、叶聪召开现场新闻通气会说明情况。这既反映了试验的艰辛及不可预见性，又诠释了海试队严谨求实的奋斗精神。

紧接着，胡震带领顾秋亮、张建平拆开潜水器下部浮力块和轻外壳，液压工程师邱中梁、汤国伟不顾液压油往下流，钻进去查故障，不一会，他们的工作服都被油浸透了。查明了原因是软管老化，决定全部更换五条油路的十几条软管，同时更换主液压源油位补偿器的传感器。

更换软管后需要补充液压油。前提是必须把油路内空气全部排干净，因为空气是可以压缩的，如果油路有空气，"蛟龙"号到了几千米水下将带来危险。这种工作非常需要时间，慢慢排气，排完后再复装轻外壳和浮力块，又是一直忙到晚上八点多钟，才全部修复就序。

这就是海试团队的光荣传统，从不靠侥幸，故障不过夜，全力以赴，精心维护，使我们的"蛟龙"号下潜前完全处于身体健康、生龙活虎的状态……

历史性的对接

全中国乃至世界瞩目的一天终于到来了！

公元 2012 年 6 月 24 日，在浩瀚的西北太平洋马里亚纳海沟海域，东经 141 度 58.50 分、北纬 10 度 59.50 分，中国"蛟龙"号载人潜水器开始正式冲击 7000 米深度。早晨 6 时 30 分，大雨如注，海浪翻飞，现场指挥部和临时党委在功勋卓著的试验母船——"向阳红 09"船值勤甲板上，冒雨举行试航员出征仪式。

夜幕还没有完全退去，明晃晃的甲板大灯亮如白昼，一条写有"中国载人潜水器 7000 米海试试航员出征仪式"大红横幅格外光彩夺目。从 2002 年立项起，直至如今 2012 年第四年海试，这句"7000 米"早已耳熟能详了，经过了种种风风雨雨、坎坎坷坷，闯过了一道道难关，终于将在今天成为现实了！

指挥部和临时党委的所有成员，身穿蓝色的海试队服，头戴安全帽，整齐列队，久久注视着那横幅上的十几个大字，感慨万千，神情激动。三位重任在肩的试航员："蛟龙"号主任设计师、首席试航员叶聪、中科院沈阳自动化研究所副研究员刘开周、中科院声学研究所副研究员杨波，站在队前，左胸前的五星红旗标志分外醒目，映照着他们年青的脸庞一片红光。

仪式由刘心成书记主持。

刘峰总指挥脸色凝重而坚毅，向即将第一次冲击7000米（总第49潜次）深度的三位试航员做了简短动员，随即一挥手："现在我宣布，试航员出发！"

现场指挥部、临时党委成员与他们一一握手、紧紧拥抱，此时没有了言语，只是用手在背上重重拍了几下。这是重托，也是祝愿。

三位试航员健步登上维护平台依次进舱。主驾驶叶聪最后一个进去，特意回身招了一下手，显示出一定要完成任务的信心和决心。雨虽然很大，但所有送行人员没有撤离现场，各个岗位继续按照部署开展工作，人们的衣服淋透了，内心里却充满了阳光。

7时整，指挥部宣布"各就各位"。轨道车移动、拆除限位销、挂主缆、起吊、A架外摆、挂龙头缆、布放入水、解缆等动作一气呵成。潜水器逐渐漂离母船尾部。不远处，"海洋六号"船在担负警戒任务。

自从5000米海试开始，新闻媒体公开报道"蛟龙"号情况以来，为了统一口径，海试队建立了新闻发布制度，由临时党委书记刘心成代表现场指挥部做发言人。现在，他第一次向随船采访的媒体记者权威发布："'蛟龙'号7时29分入水，7时33分建立声学数字通信，现在正以每分钟41米的速度下潜，潜水器设备正常，试航员状态良好。"

现场指挥部屏幕上的数据不断跳动着：1000米、2000米、6000米，随着深度的增加，刘心成的心情更加凝重：出征以来漂洋过海，迎"玛娃"台风而不畏，遇"古超"气旋尤奋勇。可变压载、推力器等遭遇深海高压几次受挫，团队逆境而上，挑战极限，一路拼杀。哽咽、泪水、走麦城交替出现，鲜花、贺信、掌声一路同行。当想到……他不敢多想，也没有时间多想了。10时05分，刘峰总指挥提醒道："老兄，该做第二次权威发布了。"

"好，"刘心成核对了一下数据，清了清嗓子，对记者们说，"'蛟龙'号于10时04分下潜到6000米深度，目前以每分钟35米速度下潜。潜航员叶聪报告设备正常，人员状态良好。"

指挥部鸦雀无声。大家目不转睛，紧紧地盯着显示屏，有人还不时地揉揉眼睛，唯恐看不清闪烁变化的数字：6900米、6935米、6970米……10时55分，"7005米"跳出画面，指挥部一片欢腾，掌声久久不息。这是共和国，不，是全世界搭载三人深潜的新纪录诞生了！刘峰与刘心成情不自禁站起来，双手紧紧握在了一起，久久没有松开。

总指挥眼睛又一次湿润了，而临时党委书记则强打精神、抑制住心中的激动，因为中央电视台正在视频连线直播，他要时刻发布新闻，让公众看到"蛟龙"号海试团队敢于斗争、勇获全胜的精神风貌。而恰恰就在这一天，正在太空中遨游的我国"神九"飞船，即将实现与此前发射的太宫舱"天宫一号"手控对接。如果同一天成功，那将是中国人创造的"上天入海"的两大奇迹！

激动人心的一刻说来就来了！

11时25分——北京时间2012年6月24日9时07分，深海中传来了主驾驶叶聪的报告声："'向九！''向九！''蛟龙'号于北京时间2012年6月24日9时07分，下潜到马里亚纳海沟7020米深度，成功坐底。潜航员叶聪、刘开周、杨波祝愿景海鹏、刘旺、刘洋三位航天员与'天宫一号'对接顺利！祝愿我国载人航天、载人深潜事业取得辉煌成就！"

好啊！这是中华民族昂首挺胸的时刻！这是炎黄子孙扬眉吐气的一天！47年前的1965年5月，新中国的开国领袖毛泽东主席曾在一首词里展望的梦想：可上九天揽月，可下五洋捉鳖，谈笑凯歌还。如今，竟在今天变成了现实，全国人民、世界华人，乃至五大洲的朋友们怎能不欣喜若狂、无比振奋呢！

刘心成激动地声音有些颤抖："大家都听到了，我就不用再发布了。刚才，我们的'蛟龙'号创造了历史！"

现场的新华社、中央电视台、科技日报、中国海洋报记者谁也没有抬头，只是会意地点点头，双手飞快地敲打着面前笔记本电脑的键盘，在第一时间将这一重磅新闻发布出去。

更加令人称奇的是：当晚中央电视台新闻联播，在报道"蛟龙"号深潜7000米和"神九"与"天宫一号"手控交会对接成功的消息时，有一段航天员祝福潜航员的报道：只见航天员景海鹏、刘旺、刘洋身穿蓝色航天服，胸前印有同样鲜红的国旗标志，飘浮在"天宫一号"轨道舱内，由指挥长景海鹏代表三人一字一顿地说：

"我们三位航天员向在太平洋下潜7020米深度的深潜员叶聪、刘开周、杨波表示祝贺，祝愿我国载人深潜事业取得辉煌成就！"

由此，中国两大高科技新成就随着电波传遍全世界。每一个黄皮肤、黑头发的中国人无不感到由衷的自豪！原来，经过中央电视台与北京航天指挥控制中心联系，潜航员的祝福被及时送到远在太空飞行的"神舟九号"飞船上。景海鹏等三名航天员，心领神会，也在第一时间做了回应，传回地面的指控中心和中央电视台。

这是历史性的对接！在 7020 米海底的中国潜航员与远在太空的中国航天员互致祝福、互相激励，意义非同寻常，影响波及世界。极大地鼓舞了国人的精神和士气，提升了国家形象和地位，令全球友好甚而不友好的人都刮目相看！

那么，这绝妙的值得大书特书的一笔是刻意所为呢，还是纯属巧合？事后，曾有许多人就此一事问询海试队。实事求是地说：既不是刻意，也并非巧合，而是勤劳智慧勇敢的中国人，在中国共产党的坚强领导下，艰苦奋斗、团结拼搏到今天的一个必然成果！

自从"蛟龙"号来到马里亚纳海域实施 7000 米级第一潜之后，海试团队又在 6 月 19 日由唐嘉陵、于杭、张东升小组执潜，进行了7000 米级海试第二次下潜试验。最大下潜深度 6965.25 米，完成了近底巡航、均衡、定深航行、灯光调试、摄像及海底微地形地貌测量、三次坐底、沉积物取样、水样取样、布放标志物等作业。标志物上印着"中国载人深潜蛟龙号第 47 次下潜"字样。坐底地点与计划完全吻合，说明了"蛟龙"号水下导航、定位能力十分优秀。

然而，这也给外界带来一些不解和疑问：为什么"蛟龙"号都到了 6960 多米，就差几十米了，不去冲击 7000 米深度呢？难道是潜水器出了问题，还是海底不适合继续下潜？一时间众说纷纭，莫衷一是。总之是认为错过了一个一步到位的好机会，令人遗憾和惋惜。

实际上，这是根据国家海洋局和科技部批复的"'蛟龙'号载人潜水器 7000 米级海试方案"，稳扎稳打，有意而为之。为了打消人

最美 奋斗者

们的疑虑，现场指挥部决定举行一个媒体通气会，说明详情，以释悬念。

会议在"向九"船会议室举行，由新闻发言人刘心成书记主持。刘峰总指挥首先通报了第三次下潜计划，而后解释说："为什么没有直接潜到7000米？主要有三个原因：一是海试领导小组批准的下潜计划是4＋2，即4个有效潜次，2个备用潜次，按照5000米、6000米、7000米顺序进行，前三个潜次都不过7000米，我们完全按照计划执行；二是在6000米深度有200多个项目需要测试、试验或验证，第二次下潜时可调压载系统和高度计就出现故障，未能通过测试；三是7000米下潜前需要与北京协调好，可能上级会有一些安排，必须要有计划，协调进行。目前来看，如无特殊情况，我们准备在6月25日第四次下潜时，冲击7000米……"

接着，刘心成补充道："特别是第二次下潜到6965米后，国内各种渠道不断质疑，综合起来有三个方面：一是替我们没有达到7000米深度感到惋惜；二是埋怨为什么不到7000米？三是认为试验可能不顺利。这些议论说明社会对试验非常关注，对中国载人深潜事业非常关心，也说明我们的宣传工作还没有完全到位。'严谨求实'是我们的团队践行并凝练的中国载人深潜精神，我们不但这样说，更是这样做。海试不仅仅是一个深度，而是扎扎实实，一步一个脚印，发现问题及时解决，以便将来更好的应用。为了排除可调压载系统海水泵控制电路板故障，电力与配电小组工作到凌晨三点，这就是拼搏奉献。我们的团队绝对不允许试验结束了，问题没有暴露而潜伏下来。这些年，我们都是本着这样的科学态度一路走来的。明天的试验还是重复第二次下潜试验的内容，包括对可调压载系统和高度计排故后的验证，深度还不超过7000米，所以请媒体的朋友们把海试团队严谨求实的负责精神和科学态度解读给广大公众。"

第二天的 6 月 22 日，由傅文韬、于杭、叶聪小组执潜，实施了"蛟龙"号 7000 米第三次下潜试验。最大下潜深度 6963 米，成果更加丰富。海底作业三个多小时，六次坐底，获得三个沉积物和三个水样、两个黑色块状结核和一个生物（透明状海参），拍摄到海底生物，完成了本潜次复核可调压载注排水功能、推进器功能，打开成像声呐、多普勒测速仪、避碰声呐、灯光、摄像机，观察工作情况等试验计划。进一步验证了"蛟龙"号在深海中的优异表现。

试航小组返回甲板前，傅文韬通过甚高频呼叫海洋二所的海洋环境科学家刘诚刚准备一个盆。现场指挥部的人们顿时兴奋起来：看来这回抓住深海生物了！不约而同地奔向了后甲板。轨道车复位后，大家竞相往采样蓝方向涌去，把记者们都挤到外边了。刘诚刚拿了一个样品盘，小心翼翼地戴上橡胶手套，在很多人扶持下，一只脚踩在轨道车上，另一只脚悬空，小心翼翼地从生物采样蓝中取出一只透明状海参，大家赶快举起样品盆。刘诚刚一边放入盆中，一边说了一句："需要加海水。"

"来了，海水来啦。"众人一阵呼应。原来准备给试航员的礼物——两桶海水，早已摆在潜水器准备间门口了。

当这只大木盆放在大舱盖上后，呼啦啦，一下子围上来很多人，都想看一看太平洋海底的海参什么样子，连拿着台标话筒、扛着摄像机的中央电视台记者都被挤在外边。刘心成不愧是新闻发言人，立即说："请大家先让一让，让记者们先拍照、摄像，发消息吧！"

"对，对……"大家笑着自觉地向后闪身。中央电视台的孙艳、高淼，新华社的罗沙、《科技日报》陈瑜、《中国海洋报》赵建东一拥而上，啪啪地拍了个够。

而后，大家一波一波地在大舱盖周围尽情地观赏、拍照。刘诚刚拿出事先准备好的板尺，丈量那只透明状海参，足有 15 厘米长。随潜的于教授说："它缩小了，在海底是很大的，要是这么小，机械手根本抓不着。"

　　"指挥部只知道你们在水下发现很多海参、虾等生物，可是还不知道你们已经取到了这么珍贵的生物样品。"刘峰感叹道。

　　"呵呵，这是我故意不让他们说的，给大家一个惊喜。我们在水下发现了这个海参，大家就不约而同地说一定把它抓上来，傅文韬操作机械手，叶聪在一旁指点，终于抓住了。我们又怕它跑掉，傅文韬一直用机械手压着生物采样蓝的盖子……"

　　除此而外，他们在海底还采到两个结核状物体，形状不规则，有点像锰结核，具体什么物质尚待进一步研究。根据一般原理，结核状物质只有在海盆地才有，但在马里亚纳海沟发现了，这在世界上还是首次，具有极大的学术价值。瞧，虽说这次仍然没有突破7000 米深度，但检验了潜水器的各项功能，还采集到非常珍贵的生物和矿物样品，完全可以说是一个丰硕的潜次。

　　同时，国家海洋局刘赐贵局长通过视频与现场指挥部交谈。其中刘局长特别说道："今天的下潜很顺利，向你们再次表示祝贺。有一个事情与你们商量，原来准备在 6 月 25 日下潜 7000 米深度，这一天是星期一，大家都在上班。如果能在 24 日做，起到的社会宣传效果会更好，当然要以现场情况为准，如果准备来不及就不要勉强，还是要安全第一。"

　　刘峰看了看旁边的刘心成，答道："好的刘局长，我们研究一下，争取提前一天。"

　　由此可见，第一个提出放在 6 月 24 日突破 7000 米的，是国家海洋局的领导们。不过他们还没想到能有通信手段与太空对话。而远离祖国的海试队，看不到电视新闻，没有手机网络信号，只是通过北海分局信息中心发给船上的国内新闻摘要，知道我国在 6 月 16 日成功发射"神舟九号"载人飞船了，其他一无所知。加上海试任务非常紧张，天天都是工作日，没有星期几的概念，也无心关注其他事情。

当晚指挥部会议上，总指挥刘峰传达了刘局长讲话精神，要求大家实事求是，看看到底能不能把第一次下潜 7000 米深度的时间，提前一天实施？

负责潜水器本体的副总指挥崔维成首先发言："我觉得可以。虽然目前可调压载有些故障，但只是影响到上浮速度，对其他试验项目没有影响。"

专家咨询组组长于教授接着说："从技术角度分析，可调压载故障不影响其他试验。目前'蛟龙'号各项设备表现良好，从全局考虑，我同意 24 日进行 7000 米下潜。"

与会人员纷纷表示赞同。最后刘峰说："那好，我们就按照 24 日下潜 7000 米的时间节点来准备！"

会后，现场指挥部将新方案上报北京，得到批准后，立即通告全队人员。就在这天晚上 10 点多钟，随船采访的新华社记者罗沙跑到刘心成房间，欣喜而神秘地说："刘书记，我们社里刚传来一个消息：'神舟九号'与'天宫一号'太空手操对接也是在 6 月 24 日，跟咱们冲击 7000 米在同一天。"

刘心成顿时眼睛一亮，心说：这太巧了！

罗沙接着说："我看可以运作一个深海潜航员与太空航天员对话的场景，那将特别有意义。"

"我看行，走，找总指挥说说去。"他们立马到刘峰房间。

刘峰听后也觉得是个好事："这个想法不错，但直接对话恐怕要首先解决声学通信问题。小罗，你赶紧把朱敏叫来商量商量。"

朱敏是"蛟龙"号声学系统负责人，更是声学专家，闻言思忖了一下说："潜航员与母船通话是水声通信，而地面与航天员通话是无线电通信，体制不一样，直接对话在技术上有难度。不过，可以通过航天中心'中转'来实现。"

年轻的罗沙当即表示：新华社、央视都可以承担中转角色。事情就这样确定下来。大家分头准备。

6月24日那天，叶聪怀揣着三位潜航员对三位航天员的祝福词下潜，到达深海7020米时，他就是通过水声通信将照片和语音传输到向九船现场指挥部，央视小组直接视频连线到中央电视台，又被转送到北京航天指挥控制中心，再由他们传送至太空的"神舟九号"飞船。

不久，同样的办法传回三位航天员在太空对深潜员的祝福。双方深受鼓舞。这些视频都在第一时间播报给全国人民，乃至全世界，起到了极大的振奋和轰动效应，成为一个永恒的里程碑式的历史佳话。

然而，个别西方媒体也不无夸张地说："从太空到海底对于中国人来说已经是透明的了！"话中仍然带有冷战思维的色彩。明明一个科研项目，明明是中国作为海洋大国肩负起了推动世界海洋科技发展的责任，在他们眼里却滋生了无端的猜忌和不安。但这些，丝毫不能影响中国人以自己的方式庆贺这一丰硕的科技成果、庆贺这一海天科技发展史上重要时刻。

茫茫太空、幽幽深海，中国人来了！

此时，身在北京海试陆基保障中心的刘赐贵局长通过视频连线，与马里亚纳海沟 7020 米深度坐底的"蛟龙"号试航员通话了。

他欣悦而激动地说："叶聪、刘开周、杨波你们好！首先我代表国家海洋局和海试领导小组，对你们成功下潜到 7020 米深度表示热烈祝贺！我们一直在关注下潜过程，感到激动和自豪。通过媒体报道，全国人民都在关注你们。希望你们再接再厉，在下一步的试验中取得更大成绩，确保海试圆满成功！"

叶聪代表三位试航员回答："我们在 7020 米的海底，听到刘局长的讲话很清晰，感到很亲切。我们在坐底期间进行了布放标志物、取水样、照相、录像等作业。三位试航员状态非常好。我们为'蛟龙'号感到骄傲。感谢各位领导和关心、支持深潜事业的朋友们！"

通话也是"中转"直接实现的：北京的音视频通过卫星传输至'向九'船指挥部，朱敏研究员在喇叭前放置一个话筒，将音频调制成水声信号发送给'蛟龙'号，然后再还原成声音，音频转换的质量和效果都很好。

"蛟龙"号在水下进行两次坐底，取得两个非保压水样和一个保压水样，布放了标志物。返航途中进行了可调压载系统复核，注排水功能正常，完成了预定试验任务，于 17 时 26 分浮出水面，18 时 12 分回收至母船。试航员出舱时，展示了带到马里亚纳海沟的国旗，记者们的"长枪短炮"一片闪光。

值勤甲板的横幅已经更换为"中国载人潜水器下潜 7000 米试航员凯旋仪式"。刘心成书记主持。叶聪代表刘开周、杨波大声报告："我们三位试航员完成第 49 潜次试验任务，成功下潜到 7020 米深度，安全顺利返航，向你报道！"

刘峰总指挥说："你们辛苦了，欢迎你们，感谢你们！"

最美
奋斗者

刘心成宣布："向英雄的试航员们献花！"

《科技日报》女记者陈瑜穿着连衣裙，手捧鲜艳的绢花，在一片响亮的掌声中，分别献给三位试航员并与他们拥抱。"向九"船陈崇明政委把已经打开保险的香槟酒递给试航员。他们拔出瓶塞，奋力摇动，酒花喷薄而出，洒向队员们，洒向海天之间。

18时49分，身在北京的刘赐贵局长通过视频连线，宣读了党和国家领导人第一时间发来的贺信。

蛟龙号载人潜水器各参研单位，全体参试人员：

欣闻蛟龙号载人潜水器成功到达7000米水深，实现了深海技术发展的新突破和重大跨越，这标志着我国海底载人科学研究和资源勘探能力达到国际领先水平，意义十分重大，谨向参加蛟龙号研制和海试的所有人员，表示热烈祝贺和诚挚问候。希望你们再接再厉，严谨求实，拼搏奉献，圆满完成各项海试任务，为我国建设海洋强国和创新型国家不断作出新贡献。

李克强

2012年6月24日

电视直播，加之随船采访媒体的连篇报道，使"蛟龙"号突破7000米试验的成果迅速传遍全国、全世界。除了中央领导人的贺信之外，各单位各部门和社会各界的贺信贺电雪片似的纷至沓来。

从6月24到26日，计有共青团中央、中华全国总工会、上海市、天津市、青岛市、厦门市、珠海市、深圳市、福建省、浙江省、江苏省、广东省、海南省、科技部、国土资源部、外交部、中国科学院、中船重工集团以及各参试单位，可见"蛟龙深海"与"神舟飞天"一样，举国上下一片欢腾。

叶聪、杨波、刘开周三位试航员一夜之间，名扬神州大地及海内外。尽管此前四年内已有数人乘载"蛟龙"号成功下潜深海，但真正突破 7000 米深度是一个节点、一个里程碑。多少年过去了，人们说起"蛟龙"号，往往会想起到达 7000 米的一瞬间。

当然，选择他们三人完成这个光荣的历史使命，也是指挥部有意为之的。叶聪是中船重工 702 所高级工程师，"蛟龙"号本体组主任设计师之一，首席试航员；杨波是中科院声学研究所副研究员，"蛟龙"号水声通信系统设计师之一，试航员；刘开周是中科院沈阳自动化研究所副研究员、"蛟龙"号控制系统设计师之一，试航员。他们来自研制中国载人潜水器的三个主力单位，具有特别的意义。这就像战争年代胜利者举行入城式一样，由最有代表性的部队打头阵、率先开进，享受人们的赞美与欢呼……

海洋上崛起的"中国龙"

公元 2013 年 5 月 17 日，中华人民共和国首都北京，人民大会堂。

高大宽敞的西大厅里灯光明亮、金碧辉煌，洋溢着一片喜悦的气氛。一支身穿海蓝色服装、胸前印着鲜红国旗标志的团队，怀着激动的心情来到这里，依次排列成整齐的队列等候着。他们就是胜利完成中国 7000 米级载人潜水器"蛟龙"号研发、海试任务的科学家、工程师、潜航员和技术保障人员……

随着一阵阵热烈的掌声，习近平、李克强等党和国家领导人走进大厅，微笑着与站在第一排的代表们一一握手、交谈。

哦，这是全国海洋工作者倍感振奋、深受鼓舞的一天。

中共中央、国务院决定授予"蛟龙"号载人潜水器 7000 米级海试团队"载人深潜英雄集体"荣誉称号，授予叶聪、傅文韬、唐嘉陵、崔维成、杨波、刘开周、张东升等同志"载人深潜英雄"荣誉称号。今天，在人民大会堂隆重举行表彰大会。会前，习总书记等领导人亲切会见了深潜先进单位和先进工作者代表。

实际上，自从 7000 米级海试成功之后，"蛟龙"号载人潜水器及其海试团队就已成了国人心目中的明星。

无论是高规格的会见，还是对"蛟龙"号的关注、表彰，都体现了党中央、国务院对载人深潜工作的肯定和高度重视。而我国在深海研究领域取得的成就，只是海洋事业全面发展的一个缩影。

与此同时，人力资源和社会保障部、国家海洋局还做出了表彰"蛟龙"号载人潜水器 7000 米级海试先进集体和先进个人的决定：授予中国船舶重工集团公司第 702 所水下工程研究开发部、701 所潜艇研究部等 22 个集体"蛟龙号载人潜水器 7000 米海试先进集体"荣誉称号，授予徐芑南、刘峰、刘心成等 19 名同志"'蛟龙'号载人潜水器 7000 米海试先进个人"荣誉称号。

决定指出："蛟龙"号载人潜水器全体参研参试单位、广大海洋工作者要以受表彰的先进集体和个人为榜样，紧密团结在以习近平同志为核心的党中央周围，认真学习贯彻党的十八大精神，高举中国特色社会主义伟大旗帜，抓住机遇，开拓进取，团结协作，勇攀高峰，为全面推进我国海洋事业又好又快发展，早日实现建设海洋强国宏伟目标作出新的更大贡献。

上午 10 时 30 分，在雄浑嘹亮的《义勇军进行曲》歌声中，表彰大会正式开始了。中国海洋报记者高悦、孙安然现场采访，及时写了一篇题为《心情振奋 使命崇高 任重道远》的侧记，真实而热情地再现了当时的场景：

> 从波涛汹涌的太平洋，到庄严的北京人民大会堂，他们走来了……5 月 17 日，"蛟龙"号载人潜水器的研制者、潜航员、技术保障人员一一步入中国载人深潜表彰大会现场，带着光荣和梦想，再次相聚。

> 如果有人问，2012 年什么留给你的印象最深刻？许多人都不会忘记在盛夏的太平洋上，闪动着中国"蛟龙"的飒爽身影。这条红白相间的中国"龙"矫健地跃入大海，向着深海洋底义无反顾地前进……

> 表彰、颁奖、握手、致意……这一刻，接过闪闪的奖牌、红红的证书，崇高的荣誉属于深潜英雄们。一个个熟悉的名字，一张张灿烂的笑脸；一队队先进集体，一位位载人深潜英雄……

> 人民大会堂内乐曲高奏，真情潮涌，热烈的掌声经久不息。辛勤的努力和付出没有白费，在"蛟龙"号的研制和海试中，他们没有单位，只有岗位，在严谨求实、团结协作、拼搏奉献、勇攀高峰的中国载人深潜精神的激励和感召下，敢为人先、敢于担当，一次次创造纪录，又一次次刷新纪录，让浩瀚的太平洋见证了中华

民族进军深海的伟大壮举……

然而，如此隆重热烈的场面，如此光彩荣耀的时刻，有一位重要人物却没有到场。他是谁呢？

曾记否？在各方争论大深度载人潜水器有没有必要立项、能不能海试之时，他利用自己丰富的深潜知识和知名科学家的特殊身份，出以为民族强大的公心，上书直陈利弊，建议立即实施。

曾记否？在四年风吹浪打的海上试验历程，他放弃国外优越的工作生活条件，毅然与海试团队同舟共济。面对初次潜海的巨大风险，年过半百的他总是要求率先下潜，极大地鼓舞激励了年轻一代，被称为"定海神针"。

曾记否？在严格规范、多达数百项数据的现场考核验收中，他欣然受命担任总指挥顾问、技术咨询专家组组长，每一次海试结束，带领各领域专家认真总结归纳，提出改进意见，保证了"蛟龙"号一年一大步，直至完美通过了考核验收……

不用多说了，他，就是自始至终为"蛟龙"号殚精竭虑、做出非凡贡献的于杭教授！"蛟龙"成功了，可他表示不需要宣传自己。国家尊重他的选择，但并没有忘记他的功绩，仍然授予他为"载人深潜英雄"光荣称号。他当之无愧！

这样，成为"深潜英雄"的一共是8人，且都是贡献突出、临危不惧下潜超过7000米海深的科学家、试航员。只不过是在大红的光荣榜上、在中央电视台的镜头中，没有于教授的照片，而是一枚金灿灿的奖章！

他是真正的无名英雄，不为名利，不图回报，与当年的邓稼先、钱学森等科学家一样，一心一意为了可爱的祖国和民族的复兴奉献所有的聪明才智。他就像一颗闪亮的启明星，当满天彩霞升起的时候，带着欣慰的微笑隐去了……

"古老的东方有一条龙，它的名字就叫中国……"

龙，是我国古代传说中一种有鳞有须，能兴云作雨的神异动物。人类始祖伏羲、女娲皆龙身人首，又被称为"龙祖"。所以，千百年来，龙是中国人的图腾，也是中华民族的象征。生活在这片土地上的儿女，作为龙的传人，勤劳勇敢智慧，创造了灿烂的人类文明。然而，近代100多年以来，这条曾经呼风唤雨、世人瞩目的巨龙衰落了，陷入了泥潭水沟，被一些鱼鳖虾蟹戏弄欺侮……

深海大洋，那里才是龙的世界，是它施展身手的舞台。龙的腾飞，首先要从海洋上奋然崛起。中华人民共和国成立之后，特别是进入改革开放的新时期，重视海洋、经略海洋，东方巨龙正在蓄势待发、昂首天外。21世纪是海洋的世纪，未来世界历史的流行色是深蓝色：蓝色的经济，蓝色的文化，蓝色的强国梦……

如此看来，中国研发成功深海载人潜水器，具有无比深远的历史和现实意义。我们的党和政府以及人民群众像对待航天登月工程一样，高度重视"蛟龙"号的横空出世，也就顺理成章了。从各项技术指标和功能上看，中国"蛟龙"一飞冲天、一鸣惊人，一举超越了目前世界上同类型深潜器——

它，长8.2米、宽3.0米、高3.4米，空重不超过22吨，最大荷载是240公斤，最大速度为每小时25海里，巡航每小时1海里，当前最大下潜深度7062.68米，最大工作设计深度为7000米，可在占世界海洋面积99.8%的广阔海域使用。具有五大功能和三大技术优势……

2013年6月10日至9月19日，就在党和国家领导人表彰载人潜水器团队后不久，我们的"蛟龙"号再次出发，乘坐着"向阳红09"船远航南海、西北太平洋实施试验性应用航次。这是"蛟龙"从冲击深度的海试转向试验应用的"处女航"。一共分三个航段，深入海底进行科学考察。仍然是由刘峰任现场总指挥，叶聪任首席潜航员。

来自国内高校和科研院所的10位科学家成为"蛟龙"的首批乘客，其中包括同济大学和国家海洋局第二研究所的两名女科学家。他们事先都按规定经过了下潜培训，在潜航员带领下潜入深海冷泉区、海山区、多金属结合勘探合同区等地，开展近底生物调查、地质取样、海底摄像和海底沉积物剂量反应试验等，取得了丰富的成果。一共从深海带回了珊瑚、海参、海葵等71种共390只生物、161枚结核、8块结壳、32块岩石和180公斤沉积物等样品。

他们凯旋之后，著名海洋地质学家、年近八旬的中国科学院汪品先院士登上"蛟龙"号载人潜水器的工作母船，仔细聆听首次试验性应用航次成果汇报，观看下潜科学家采集到的生物和矿物样品后，老先生激动地说：

"世界上约一半的海洋经济来源于深海。过去，中国科学家对深海的研究往往依据国外的文献、图片资料。此次我们自己在南海一个名不见经传的小海山，就发现了丰富的锰结核和多种类的海洋生物。这说明，南海的'货'比我们想象的丰富得多。

"'蛟龙'点亮了中国人的'深海梦想'。首次试验性应用航次第一航段的成果就超出预期。中国科学家可以乘坐本国的潜水器，到深海、观深海、研究深海。深海你好，我们来了！"

值得一提的是：就在"蛟龙"号7000米海试成功，连续两年顺利进行了试验性应用的同时，科技部"863计划"海洋装备领域办公室、中国科学院、中国船舶重工集团公司、上海大学等单位，已经部署 4500 米级、6000 米级，甚至 10000 米级的载人潜水器的研制，将来，"蛟龙"号要形成"一条龙"系列。

此外，中船重工集团第 702 所还正在研制深海空间工作站系统。因为"蛟龙"号载人深潜器虽然能潜入 7000 米的海底，但乘载的人数较少、工作时间短，偏重于科学考察。相比之下，深海空间站可以让 12 人的科研团队，在 1500 米以下的海底逗留数十天。

它是一类不受海面恶劣风浪环境制约，可长周期、全天候在深海直接操控作业工具与装置，进行水下工程作业、资源探测与开发、海洋科学研究的载人深海运载装备。如同天际空间站是航天领域的核心技术一样，深海空间站代表了海洋领域的前沿核心技术，体现了一个国家的科技水平和经济实力。

好啊，不久的将来，科幻小说《海底两万里》中，人们随意在深海里生活工作，漫步畅游就会变为现实。那时候，大家可以与美丽的海洋生物为伴，采集深海里的矿藏资源，和平开发利用海洋，造福于人类世界。

金风送爽，云淡天高。

秋天来了，秋天是北京一年中最好的季节。天是蓝的，水是绿的，风是软的，就连烦躁不安、扯着脖子嘶喊了一夏的知了，也变得温文尔雅、叫声柔和起来了。刚刚度过火热的暑假，走进校园的孩子们活泼可爱，精神十足。

2014 年 9 月 1 日，北京市汇文第一小学举行隆重的开学典礼。同时，以助力中国少年梦"深海探秘，太空揽月"为主题，开展了一次实实在在又非常有意义的科学普及和爱国主义教育活动。

曾经与我一起参加"蛟龙"号 2014—2015 试验性航次第一航段

科考的张凯亮，就是这所学校的科技老师。他为孩子们讲述"蛟龙"号下潜的故事，并拿出潜航员带到深海的试验品，引导孩子们进行探究"海水的压力有多大"的实验研究。同时，展示了曾随"蛟龙"号一起下潜的区旗、校旗，还将学校与海洋局合作，"大手拉小手"科普教育的情景，用年代尺的形式做成寄满学生科技梦想的10米长卷，请中国首批潜航员叶聪、唐嘉陵、傅文韬在上面签了字。

最令孩子们高兴的是，"蛟龙"号载人潜水器海试和科考队总指挥刘峰叔叔，也应邀来到了学校，与师生们见面座谈。他是中国"蛟龙"号从立项到打造成功的功臣之一，十几年来，他与团队一起一心一意为国家干成了两件大事，一是积极奔走，协调研发了"蛟龙"号；二是从潜水器业务化应用出发，促成了设立国家深海基地。如今，曾经为"蛟龙"号付出心血的中国大洋协会办公室金建才主任退休了，刘峰又被任命为大洋办主任，工作十分繁忙，一般没有精力参加额外的活动了。

然而，当他接到汇文第一小学的正式邀请时，还是欣然答应："好，我再忙，也要抽时间去跟孩子们见个面。海洋教育要从娃娃抓起嘛！"他和共同完成了四年海试的副总指挥李向阳一起，按时来到了学校，受到了校长、老师和同学们的热烈欢迎。

在整洁而明亮的教室里，小学生代表给刘峰和李向阳叔叔系上鲜红的红领巾，将手高高举过头顶，行少先队礼。而后，伴随着一阵热烈的掌声，孩子们安静地坐在那里，瞪着大眼睛，倾听两位叔叔讲述"蛟龙探海"的传奇和意义。

刘峰站在台前，双手按在课桌上，环视着四周的一切，仿佛回到了自己的少年时代、回到了鲁西南乡镇上的小学校里。当然，今非昔比，恍若隔世。他说："同学们，大家好！站在这里，我有一种重当小学生的感觉。只是我小时候不能跟你们相比，没有这么漂亮的校园和教室，更没有包括海洋科普这么丰富多彩的活动。所以，我好羡慕你们，大家一定要珍惜啊！"

说到这里，他停了停，问道："现在，我想问问哪位同学到海边去过，看过大海呢？"

"我看过大海，我去过北戴河……"

"我也看过，暑假在青岛……"

孩子们争先恐后地举着小手，像小鸟一样叽叽喳喳地说道。

"好好，今天生活好了，许多同学在爸爸妈妈带领下去海滨城市旅游了。就是没去过的，也会在书上，电视电影里看到过。大海很大，很深，那里边潜藏着丰富的生物和矿物资源。我还想问一个问题，我们中国有多大面积啊？"

"我知道，我知道，960万平方公里……"

"是的，教科书上是这样写的，实际上，我们还有300多万平方公里的蓝色国土，那就是国家领海和专属经济区的海洋面积。在深深的海水下，有石油、天然气，锰结核矿，有种种奇特的海洋生物。我们的'蛟龙'号就是下潜到海底，去探索其中奥秘的。但是还很不够，将来还要有更多的'蛟龙'号。希望你们从小热爱海洋，好好学习，长大以后当一名海洋科学家，为建设海洋强国做出贡献，大家愿意吗？"

"愿意！我愿意！……"

天真烂漫而又充满梦想的小学生们仰起红扑扑的小脸，此起彼伏地嚷着、喊着，胸前的红领巾在微风中飘动着，宛如一朵朵小红花盛开怒放，把整个校园映照得光彩夺目。

啊！这是真正的中国"蛟龙"，正在崛起的"中国龙"！

刘峰想着，心中涌来了海浪一样的豪情……

（节选自许晨《第四极——中国"蛟龙"号挑战深海》，作家出版社 2016 年出版）

红色文艺轻骑兵（节选）

乌兰牧骑纪事

◎ 阿勒得尔图

习近平总书记给苏尼特右旗
乌兰牧骑队员们的回信

苏尼特右旗乌兰牧骑的队员们：

你们好！从来信中，我很高兴地看到了乌兰牧骑的成长与进步，感受到了你们对事业的那份热爱，对党和人民的那份深情。

乌兰牧骑是全国文艺战线的一面旗帜，第一支乌兰牧骑就诞生在你们的家乡。六十年来，一代代乌兰牧骑队员迎风雪、冒寒暑，长期在戈壁、草原上辗转跋涉，以天为幕布，以地为舞台，为广大农牧民送去了欢乐和文明，传递了党的声音和关怀。

乌兰牧骑的长盛不衰表明，人民需要艺术，艺术也需要人民。在新时代，希望你们以党的十九大精神为指引，大力弘扬乌兰牧骑的优良传统，扎根生活沃土，服务牧民群众，推动文艺创新，努力创作更多接地气、传得开、留得下的优秀作品，永远做草原上的"红色文艺轻骑兵"。

习近平

2017 年 11 月 21 日

军姿如山

响彻草原的红色序曲

蓝天，白云，绿草，红花。

流霞般的马群，白云般的羊群，山峰般的驼群。

大自然就是以这样纯情、抒情、真情的手笔勾勒着苏尼特草原初夏时节的旖旎风光。

1957 年 6 月 18 日，在灿烂的阳光下、在吹拂的夏风中，两辆胶轮马车飞扬着欢声笑语驶出苏尼特右旗政府所在地温都尔庙镇，驶向茫茫草原的深处，这就是昨天刚刚成立的内蒙古第一支乌兰牧骑——苏尼特右旗乌兰牧骑的 12 名队员以及内蒙古自治区文化局乌兰牧骑试点工作组、苏尼特右旗文化科干部组成的巡回演出队伍，破土而出的"红色嫩芽"将要接受人民的检验、时代的检验、历史的检验。

乌兰牧骑从它建立的第一天开始、从它第一次巡回演出开始，就有别于真正意义上的文艺团体，直白地说它不是真正意义上的文艺团体，它的舞台是草原、是嘎查、是蒙古包，甚至是牛羊圈，它的观众是农牧民，是最基层的人民群众。观众多则几十个、少则三五个，即使只有一个观众，乌兰牧骑同样要饱含激情地跳好每一支舞、唱好每一支歌！

"演出"是乌兰牧骑的职能之一，它还肩负着"宣传、辅导、服务"的历史使命——红色文化工作队任重而道远。内蒙古自治区文化局赋予乌兰牧骑的这四项职能，不是空穴来风，不是无本之木无源之水，而是继承并发展1946年内蒙古文工团成立之初，时任内蒙古自治运动联合会主席乌兰夫为内蒙古文工团制定的四条方针：一是执行党的文艺路线，普及第一，要做大量的启蒙工作；二是继承民族优秀的传统文化；三是发展民族新文化，培养民族文艺干部；四是文工团的性质既是演出团体，又是学校。

纵观十年前内蒙古文工团的"四条方针"和十年后乌兰牧骑的"四项职能"，何其相似。贯穿两者之间的是精神的传承、血脉的传承、优秀民族传统文化的传承，而其核心和灵魂则是中国共产党的坚强领导和毛泽东主席《在延安文艺座谈会上的讲话》提出的"文艺为工农兵服务"的发展和前进方向。

全国巡演的乌兰牧骑

一

1960年6月1日，北京。

庄严雄伟的人民大会堂，红旗飘飘，金光闪闪。

来自全国文化、卫生、教育、新闻战线的5000多名代表，迈着矫健的步伐走进人民大会堂，参加为期11天的全国文教群英会。这些代表中有两名身着蒙古族服装的年轻人格外引人注目，他们是内蒙古鄂托克旗乌兰牧骑队长查·热喜和内蒙古苏尼特右旗乌兰牧骑队员伊兰。是年热喜27岁，伊兰25岁。

全国文教群英会期间，中共中央、国务院表彰了2000多名全国先进工作者，热喜不仅受到表彰，而且在大会上做了典型发言。周恩来总理对热喜的发言印象颇深，因为这是他第一次见到来自内蒙古大草原的乌兰牧骑队员，第一次听到乌兰牧骑艰苦创业、全心全意为人民服务的先进事迹。会议间隙，周总理详细听取热喜的汇报后，称赞乌兰牧骑是草原上的一面红旗，并指示在场的中国戏剧报记者游默、毛瑞宁对热喜进行采访。游默、毛瑞宁采写的通讯《草原上的一面红旗》标题用的就是周总理对乌兰牧骑的称赞。这篇通讯的副标题是"访全国文教群英会先进工作者查·热喜同志"，这个副标题特别重要，一是说明这是在全国文教群英会期间记者对热喜的专访，二是明确热喜是全国先进工作者。遗憾的是在内蒙古文化厅和鄂托克文化局编辑的相关书籍中都没有这个至关重要的副标题，至于什么原因无从知晓。《草原上的一面红旗——访全国文教群英会先进工作者查·热喜同志》刊登在1960年6月30日出版的第12期《中国戏剧报》上，这是国家级报刊第一次报道乌兰牧骑的先进事迹，具有里程碑意义，也可以说是乌兰牧骑参加全国少数民族业余文艺观摩会演和乌兰牧骑全国巡演的前奏。

或许是受到这篇通讯的影响，1964年3月，文化部委派民族文化司的张扬、冷德智前往内蒙古对乌兰牧骑进行长达一个多月的考察和调查，内蒙古文化局社会文化处副处长庆来陪同他们在正蓝旗工作期间看到他们和乌兰牧骑队员同吃、同住、同下乡的工作状态和脚踏实地深入基层的工作作风，大为感动。

张扬、冷德智回到北京后，根据掌握的大量第一手材料撰写的翔实的调查报告以新华社内参的形式发表，引起中央领导和文化部领导的重视。斯时，文化部正在紧锣密鼓地筹备全国少数民族业

最美
奋斗者

余文艺观摩会演，张扬、冷德智建议文化部邀请内蒙古的乌兰牧骑也参加全国少数民族业余文艺观摩会演。文化部副部长周巍峙批示"同意"，并通知内蒙古文化局选派乌兰牧骑代表队届时参加会演。这就是内蒙古同时派出两个代表队参加全国少数民族业余文艺观摩会演的来龙去脉。而正是由于周总理在这次会演中看到乌兰牧骑的演出，才指示文化部和内蒙古自治区政府组织乌兰牧骑全国巡演，责成文化部通知各省市自治区认真做好接待工作。乌兰牧骑全国巡演期间，各省市自治区党政主要领导大多观看了乌兰牧骑演出，接见或宴请乌兰牧骑队员，是和周总理的亲切关怀分不开的。

二

根据周总理的指示精神和文化部的具体要求，内蒙古文化局副局长席宣政于 1964 年 11 月 17 日，同时率领内蒙古群众业余艺术代表团和内蒙古乌兰牧骑代表队前往北京参加全国少数民族群众业余艺术观摩会演。

乌兰牧骑代表队由乌国政任队长，热喜任指导员，祁·达林太任艺术指导。队员有敖日吉玛（镶黄旗）、宋正玉（翁牛特旗）、仁钦索都那木（正蓝旗）、旭仁其其格（翁牛特旗）、陶娅（翁牛特旗）、杨玉兰（杭锦旗）、乌芩花（鄂托克旗）、刘桂琴（翁牛特旗）、银花（乌审旗）、郑永顺（翁牛特旗）、马西吉尔嘎拉（乌审旗）、敖其尔呼雅嘎（正蓝旗）、其木德道尔吉（正蓝旗）、吉日木图（乌审旗）、道尔吉仁钦（达茂旗）。

现年 84 岁的乌国政回忆，这支乌兰牧骑代表队是由从全区各地乌兰牧骑抽调的优秀队员组成的。经过 7 月 27 日到 11 月 10 日长达 3 个多月的政治学习和业务培训，队员们的政治觉悟和业务水平均有大幅提高，没有汉语基础的蒙古族队员能够简单说几句汉语，同样，没有蒙古语基础的汉族队员也能用简单的蒙古语交流。培训期间的学习和生活虽然十分紧张，但想到是去北京向党中央、国务院做汇报演出，每个队员的情绪都是高昂的，精力都是充沛的，精神都是振奋的。

唱什么歌、跳什么舞、奏什么曲，都是经内蒙古文化局党组反复讨论后确定的。"进京演出，要反映牧区的新变化、牧民的新生活，但我们是乌兰牧骑，一定要有展现乌兰牧骑精神风貌的作品"，时任内蒙古文化局党组书记布赫从政治和战略高度提出这样的具体要求。

作为队长，乌国政把这当作一项光荣而艰巨的政治任务，由他作词、甘珠尔扎布作曲的合唱歌曲《义化轻骑队之歌》作为队歌获得通过被列为进京演出的第一个节目。进京之前，内蒙古文化局党组敲定的《节目单》为：

一、合唱《文化轻骑队之歌》
　　　作词：乌国政
　　　作曲：甘珠尔扎布
二、表演唱《请帖》
　　　作词：波·都格尔
　　　作曲：桑杰
　　　表演者：道尔吉仁钦、仁钦索都那木、教日吉玛
三、独舞《好社员》
　　　编舞：保德斯
　　　编曲：杜兆植

表演者：陶娅

四、独舞《顶碗舞》

编舞：宋正玉

编曲：祁·达林太

表演者：宋正玉

五、双人舞《巡逻之夜》

编曲编舞：祁·达林太

表演者：敖日吉玛、宋正玉

六、四人舞《为祖国锻炼》

编舞：阿拉善旗乌兰牧骑

编曲：普日布

表演者：旭仁其其格、陶娅、宋正玉、敖日吉玛

七、诗朗诵《枪》

作者：孙洪书

朗诵者：吉日木图、道尔吉仁钦

八、好来宝《达西是个好战士》

作词：金巴

演唱者：其木德道尔吉、敖其尔呼雅嘎

九、马头琴独奏曲《唱支山歌给党听》

作曲：朱践耳

演奏者：其木德道尔吉

十、女声独唱《党的教育好》

作词：巴达玛

作曲：拉西色楞

女声独唱《红旗一代传一代》

作曲：那春

演唱者：杨玉兰

十一、女声二重唱《人民公社好》

作曲：玛希

女声二重唱《一对红花》

作词：巴达玛

作曲：道尔吉

演唱者：旭仁其其格、敖日吉玛

十二、民乐齐奏《社员都是向阳花》

作曲：王玉喜

演奏者：其木德道尔吉、敖其尔呼雅嘎、

马西吉尔嘎拉、宋正玉

十三、合唱《五个不可忘记》

词曲：额尔登格

演唱者：全体队员

合唱《风雪之夜》

作词：程光敏

作曲：晓河

演唱者：全体队员

十四、安代舞《歌颂三面红旗》

集体创作

1964 年 11 月 26 日，全国少数民族群众业余文艺观摩会演在北京隆重开幕，内蒙古乌兰牧骑代表队参加开幕式。

时任国务院副总理陆定一在开幕式讲话中明确指出："少数民族

的革命的文化艺术，必须注意运用民族形式，这样就更能为少数民族人民所接受。各民族的文化艺术，在内容上都必须是革命的，都必须符合社会主义利益，在这个问题上必须一致，只能一致。但是，在民族形式、民族风格、民族特点这一类问题上，各民族又是各不相同的，在这个问题上，可以不一致，也不必一致。当然，在社会主义祖国里，各民族的文化又应当互相交流，互相吸收，取长补短，共同提高，使它们成为祖国各民族的共同财富。这次观摩演出，就是各民族文艺互相交流，互相学习，共同提高的大会。"乌国政说，这是他第一次听到中央领导讲话，既兴奋又紧张。

11 月 28 日晚，周恩来总理观看战士业余演出队演出后接见战士业余演出队队员，乌兰牧骑代表队队员敖日吉玛、旭仁其其格一同受到周总理接见，这是周总理第一次接见乌兰牧骑队员，值得每一个队员铭记。

12 月 10 日晚，北京民族文化宫灯火辉煌。

乌兰牧骑的 12 名队员，朝气蓬勃、神采飞扬地高唱着《文化轻骑队之歌》第一次出现在全国少数民族群众业余文艺观摩会演的舞台上，向参加观摩会演的各民族文艺工作者和首都观众进行汇报演出。他们演出的 15 个风格多样、短小精悍、具有浓厚的民族特色和地区特色的节目以及队员们在演出中所焕发出的革命热情，给观众留下了极其深刻的印象。14 日，《人民日报》在第六版以《乌兰牧骑——文艺工作者的榜样》为题，刊登达·阿拉坦巴干拍摄的一组乌兰牧骑在草原上活动的图片，并配发题为《打成一片》的文艺短评，再次称赞乌兰牧骑与人民群众同甘共苦的良好作风。

北京刮起"乌兰牧骑旋风"。

全国少数民族群众业余文艺观摩会演期间，乌兰牧骑进部队、下企业，进行各类汇报演出 24 场次，观众达 3.3 万多人次。为此，中宣部召开座谈会，中宣部副部长林默涵深切希望乌兰牧骑保持荣誉，真正成为全国文艺工作者的榜样。

12 月 27 日，党和国家领导人毛泽东、刘少奇、周恩来、朱德、邓小平、宋庆龄、董必武、乌兰夫等在人民大会堂接见参加全国少数民族群众业余文艺观摩会演的全体演员，乌兰牧骑队员一同受到接见，这是毛主席第一次、周总理第二次接见乌兰牧骑队员。

12 月 29 日，国务院副总理乌兰夫在全国少数民族群众业余文艺观摩会演闭幕式上讲话时说："内蒙古乌兰牧骑代表队这次来北京演出得到大家称赞。乌兰牧骑这个专业队伍在坚持走革命化道路，坚持劳动，同农牧民群众相结合，为农牧民群众服务方面，做了一些工作，取得了一些经验。当然，他们做得还很不够，应当继续努力。"

12 月 31 日晚，周恩来总理邀请仍在北京演出的乌兰牧骑代表队参加在人民大会堂举行的元旦联欢晚会。晚会上，周总理在内蒙古文化局党组书记布赫的陪同下，兴致勃勃地观看乌兰牧骑队员们的精彩演出并饶有兴趣地向队员们学唱蒙古族歌曲。当午夜钟声敲响的时候，周总理亲自指挥乌兰牧骑队员齐声高唱《东方红》。周总理这次接见的是乌兰牧骑全体队员，这也是乌兰牧骑的集体记忆。

正是在这次亲切接见和座谈中，周总理称赞乌兰牧骑是社会主义的新生事物。要求乌兰牧骑要走向全国，到全国各地去巡回演出，宣传毛泽东思想，把乌兰牧骑精神带到全国去。

三

乌兰牧骑载誉归来，内蒙古大草原上群情激奋，一片欢腾。

国务院副总理兼内蒙古党委第一书记、内蒙古自治区主席乌兰夫在新城宾馆亲切接见乌兰牧骑队员并同他们进行座谈。

乌兰夫对他们说，中宣部肯定了乌兰牧骑是为农牧民服务的一个很好的组织形式，乌兰牧骑解决了为什么人服务、拿什么东西服务的根本性的问题。根据周总理的指示精神，文化部已经召开乌兰牧骑全国巡回演出工作会议，各省市自治区文化行政部门都已做出相应安排。文化部在《通知》中说，到全国巡回演出，一支乌兰牧骑不够，还要再组织两支。他们是第一支，有在北京、天津、河北演出的经验，要起到表率作用，把毛泽东思想宣传到全国去，把乌兰牧骑精神带到全国去！ 1965年1月20日，内蒙古文化局就举办全区乌兰牧骑训练班和组织乌兰牧骑代表队全国巡演发出通知。

2月15日，全区19支乌兰牧骑的240多名队员在内蒙古党校集结，参加全区第四期乌兰牧骑队员训练班和全国巡演队员选拔。经过100多天的政治审查和业务培训，3支乌兰牧骑代表队于5月31日宣告成立并前往北京。6月初，3支乌兰牧骑代表队在北京各演出一场，权当热身。中宣部、文化部、国家民委有关领导分别观看演出。

巡演之前，中宣部、文化部、国家民委多次召开座谈会，反复强调组织这次巡演的目的和意义。中宣部副部长林默涵说，乌兰牧骑的主要特点是真正面向工农兵，全心全意为人民服务。你们是毛泽东思想宣传队，不要辜负党和人民的期望，用你们的行动为社会主义文化事业发展做出贡献。

6月10日，3支乌兰牧骑巡回演出队从北京出发，意气风发、斗志昂扬地向全国各地奔去。

四

乌兰牧骑全国巡演第一队

领队：席宣政（内蒙古自治区文化局副局长）

秘书：朱嘉庚（内蒙古自治区文化局党组秘书）

队长：乌国政

指导员：达·阿拉坦巴干

艺术指导：祁·达林太

队员：郑水顺、王正义、宝锁、都古尔、江布拉、道尔吉仁钦、刘桂琴、杨玉兰、乌云、乌达巴拉、敖日吉玛、李秀英、宝花、李玉珍

乌兰牧骑全国巡演第一队于 1965 年 6 月 13 日乘火车抵达福州开启华东巡演之旅。

在福建省活动的 14 天中，乌兰牧骑在福州、厦门、海军炮艇和前沿阵地慰问演出共 18 场次，观众达 2 万多人次。福建省委第一书记叶飞、书记处书记林一心、福建前线部队首长刘培善等在福州同群众一起观看首场演出。演出结束后，叶飞接见全体队员并亲切交谈。

福建省文化局抽调 300 多名基层文化干部，厦门市文化局抽调 100 多名基层文化干部跟随乌兰牧骑观摩学习。在福建省文化局举行的欢迎大会和报告会上，席宣政、乌国政分别向 2000 多名地方和部队文艺工作者、基层文化干部介绍乌兰牧骑在党的关怀下诞生成长的过程和翁牛特旗乌兰牧骑的发展历程。

6 月 22 日，厦门，海军基地。

乌兰牧骑为海军官兵演出后兴致勃勃地观看海军战士的操炮、

投弹、射击和拼刺表演，战士们高兴地把炮弹皮、子弹壳送给乌兰牧骑队员们留作纪念。

6月24日，《福建日报》在头版刊登通讯《乌兰牧骑的革命风格》，热情洋溢地报道了乌兰牧骑在福建的演出活动。其中一个细节令宋正玉终生难忘，记者用秒表把她跳《顶碗舞》时的旋转速度记录了下来——25秒旋转30圈儿。

6月30日，南昌，火车站前广场。

刚走下火车的乌兰牧骑队员便和敲锣打鼓的欢迎人群融在一起。他们挥舞红绸，跳起热情奔放的《安代舞》，迎接的人群中响起热烈的掌声。

7月1日，江西省委书记处书记白栋材、刘俊森，候补书记黄知真和群众一起在南昌市艺术剧院观看乌兰牧骑首演并接见全体队员。

乌兰牧骑巡演一队在江西省活动22天，演出20场次，观众2.5万多人次。

7月10日，乌兰牧骑巡回演出队到达革命圣地井冈山，先后在吉安、永新、宁冈、茅坪、大井、茨坪等地进行慰问演出。

在井冈山，队员们参观了毛主席当年办公、住宿的地方，参观了红军会师广场，参观了当年炮声隆隆、吓得敌军连夜遁逃的黄洋界，参观了毛主席写《中国的红色政权为什么能够存在》时所住的八角楼。红军暴动队队员邹文楷深情地讲述了井冈山艰苦卓绝的革命斗争故事。

红军宣传队队员赖大娘、郭大娘为队员们唱起《当兵就要当红军》《送郎当红军》等当年的流行歌曲。

红军时期的少先队队长邹少坦赤脚上山，砍来两根碧绿的井冈翠竹，送给乌兰牧骑做旗杆。

指导员达·阿拉坦巴干从邹少坦手里接过竹竿，激动之情难以言表。回到驻地，躺在床上依然是难以入睡，浮想联翩，感慨万千。

井冈翠竹，是一种精神，是一种象征，是一种传统。

井冈翠竹啊，你有多少故事……

在井冈山，达·阿拉坦巴干曾听当年的赤卫队员讲过，他们用翠竹制作的梭镖如雨箭般飞向敌人的阵地，令敌人胆战心寒。

在井冈山，达·阿拉坦巴干曾听当年的宣传队员讲过，他们用翠竹制作的竹板噼噼啪啪地响起来，鼓舞多少红军战士奋不顾身英勇杀敌！在井冈山革命博物馆，达·阿拉坦巴干看到毛泽东、朱德当年挑粮用的竹扁担。毛泽东、朱德等老一辈无产阶级革命家，就是用这"竹扁担"挑着中国的命运和前途，从井冈山挑到瑞金，从瑞金挑到延安，从延安挑到北京，一路挑来，挑出一个人民当家做主的新中国……

而今天，这井冈翠竹又将成为乌兰牧骑高举毛泽东文艺思想大旗的旗杆，指引我们继续向前！

从井冈山到杭州、上海、南京，直至回到呼和浩特，在半年多的时间里，达·阿拉坦巴干始终和两竿井冈翠竹形影不离，每到驻地都要先擦拭落在井冈翠竹上的些许微尘。

在内蒙古文化局办公大楼，达·阿拉坦巴干把这两竿井冈翠竹郑重地交到布赫手里，犹如完成一项历史使命。布赫满怀深情地说："好啊好啊，你们带回来的不仅仅是两竿井冈翠竹，而是井冈山的革命传统和革命老区对内蒙古的厚爱，我们一定要好好珍藏，让两竿井冈翠竹成为革命传统教育的生动教材！"

1965年12月22傍晚，一辆大轿车拉着30多名乌兰牧骑队员悄然驶进中南海，停在紫光阁前。

周恩来总理、陈毅副总理亲切地和乌兰牧骑队员进行座谈并共进晚餐。

周总理听取乌兰牧骑全国巡回演出总领队、内蒙古文化局副局长席宣政的汇报后，对乌兰牧骑全国巡演取得的成绩给予很高评价，他鼓励队员们要"永远保持劳动人民本色，永远保持谦虚谨慎、艰苦奋斗的作风"！

"总理请吃饭，不是山珍海味，怎么也得是大鱼大肉吧？"达·阿拉坦巴干在去往中南海的路上心里是这样美滋滋想的，开饭时主食居然是玉米面窝窝头和大烩菜。周总理吃得很香、陈毅副总理吃得很香，乌兰牧骑队员们吃得很香，一个日理万机的大国总理吃的就是这样的粗茶淡饭！这情形、这场景，让达·阿拉坦巴干着实感动，他酷爱摄影，巡演期间已经拍下数以万计的生动画面。现在，他想用相机记录下这一历史瞬间，想让这一瞬间成为永恒。于是，离开座位、挎上照相机、拎着镁光灯，他这些娴熟的动作无异于新华社摄影记者。或许是太"专业"，总理看到后，微笑着摆摆手，示意他不要拍了。

周总理和大家边吃边谈，谈笑风生，气氛特别热烈。这时，周总理把和蔼的目光投向正在狼吞虎咽的达·阿拉坦巴干，亲切地问道："小伙子，你是新华社的？"

达·阿拉坦巴干站起来，恭恭敬敬地回答："总理，我是内蒙古文化局的达·阿拉坦巴干，乌兰牧骑全国巡回演出一队指导员……"

周总理环视一下大家，微笑着说："你看，乌兰牧骑队员都穿蒙古袍，而你这一身中山装……误会了、误会了！"

回到驻地，同一房间的朱嘉庚揶揄达·阿拉坦巴干："你今天怎么了，打扮得像个记者，为什么不穿蒙古袍啊？若是穿着蒙古袍去，总理肯定会让你拍照的，你呀、你呀！"

达·阿拉坦巴干后悔不迭，"我想，总理是接见乌兰牧骑队员，咱们不是乌兰牧骑队员，就有点区别呗，"他使劲儿在后脑勺上捶两拳，"唉，遗憾、遗憾啊！"

周总理生前 12 次接见乌兰牧骑，12 次接见时都在场的只有达·阿拉坦巴干一人，他听到总理的教诲最多，他对总理的感情也最深。1976 年 1 月 8 日，敬爱的周恩来总理与世长辞，哀乐声中，达·阿拉坦巴干肝肠寸断，11 年前的那个"遗憾"在泪水中"显影"，总理吃窝窝头时的神态和风采又浮现在他的眼前。他在心里默默地说："总理啊总理，我当时虽然没能拍下那历史的瞬间，但那一刻却清晰地印在我的心里，谁坐在您的左边、谁坐在您的右边，我都记得清清楚楚啊！我不是画家，但我一定要找画家把当时的场景画出来，以此来表达我对您的忠心爱戴和无限思念……"

7 月 23 日，乌兰牧骑巡回演出第一队抵达杭州。

浙江省委书记吴宪，副省长冯白驹，浙江省军区副司令员何以祥等在杭州观看首场演出并接见全体队员。

乌兰牧骑巡回演出第一队在浙江活动 10 天，演出 8 场次，观众 1.3 万多人次。

新安江水电站是中国第一座自行设计、自制设备、自己施工建设的大型水力发电站，被人们誉为"长江三峡的试验田"，是社会主义制度集中力量办大事的范例，是中国水利电力事业史上的一座丰碑。

看到这矗立在桐官峡谷中的宏伟工程和逶迤东去的一江碧水，

队员们无限感慨，祖国伟大，人民伟大！

在梅家坞，队员们与全国三八红旗手、著名的双手采茶能手沈顺招和她所领导的"十姐妹采茶小组"亲切交谈。

梅家坞村四周青山环绕，拥有"不雨山长涧，无云山自阴"的自然山水风光，并盛产色绿、香郁、味醇、形美的龙井茶叶。这些来自草原的人没喝过龙井茶，没见过龙井茶，甚至没听说过龙井茶。在沈顺招的娓娓讲述中他们才知道龙井茶是何等宝贝。当沈顺招知道乌兰牧骑是周总理派来的时，脸上顿时泛起幸福的红光，她兴奋地说："周总理还来过我们的茶园呢！"

8月3日，乌兰牧骑巡回演出队抵达上海。

在上海的19天当中，乌兰牧骑在友谊影院、文化广场、上海重型机器厂、南京路上好八连、东海舰队、马桥人民公社等地共慰问演出20场次，观众达4.5万多人次。上海市委书记陈丕显观看首场演出并两次和队员们亲切座谈。

上海市委宣传部、市文化局组织30多个剧团的演员和区、县文化工作者100多人轮流随乌兰牧骑活动。为使更多的文艺工作者和群众了解乌兰牧骑，上海电视台、上海广播电台先后四次转播乌兰牧骑演出实况，上海各大报刊连续发表71篇文章介绍乌兰牧骑经验，上海音乐书店在演出地点设立了售书摊，几天内就售出《乌兰牧骑之歌》1万多册。

在上海重型机器厂，队员们参观我国自行设计、制造的万吨水压机时特别激动，就在万吨水压机车间为工人们表演节目。道尔吉仁钦现场创作并表演好来宝《歌唱万吨水压机》，他所表现出来的带有草原特色的艺术令工人老大哥乐不可支。

在访问南京路上好八连时，队员们参观了好八连的荣誉室，并和好八连战士座谈、联欢。好八连的战士把一本《毛泽东选集》、两双草鞋、一叠报纸糊的信封和一个自编的草凳送给乌兰牧骑队员留作纪念。

8月25日，乌兰牧骑巡回演出第一队抵达南京。

江苏省委书记彭冲、江苏省副省长欧阳惠林、南京市委书记刘中、南京市市长岳维藩、南京军区政治部主任刘跃宗等观看首场演出并和全体队员座谈。

乌兰牧骑巡回演出第一队在江苏活动10天，演出7场次，观众达2万多人次。

队员们大都来自牧区，没有农耕经历，也不熟悉农村生活。在南京化肥厂参观时他们围住全国劳动模范杨传华问这问那，并和杨传华一起参加化肥运送劳动。在和杨传华的接触中，队员们了解到建造化肥厂的意义和化肥对农业生产的作用，队员们当即编出快板《一吨化肥万斤粮》。

9月6日，乌兰牧骑巡回演出第一队抵达合肥。

乌兰牧骑巡回演出第一队在安徽省活动21天，演出16场次，观众达2.1万多人次。

安徽省委第一书记李葆华、南京军区副司令员王平在合肥两次观看演出并同队员们亲切交谈。

在安徽期间，安徽省委宣传部、文化局组织省直属文艺单位、合肥市文艺单位、文艺工作者和各地文艺骨干共2400多人观摩学习11天。由于受到乌兰牧骑精神的感召，十几名文艺工作者随同乌兰牧骑进入大别山，慰问革命老区人民。

在金寨县休养的红军老战士特意为乌兰牧骑巡回演出队介绍当年的斗争史实，并且把珍藏多年的红军识字课本，鄂豫皖苏区纸币送给乌兰牧骑队员留作纪念。老红军还送给乌兰牧骑巡回演出队两根竹竿，勉励他们用大别山的竹竿作旗杆，高举红旗，奋勇前进。

9月28日，乌兰牧骑巡回演出第一队抵达济南。

山东省、济南市党政负责人白如冰、粟再温、李予易等在济南珍珠泉礼堂观看首次演出并与队员们亲切地交谈。

乌兰牧骑巡回演出一队在山东活动17天，演出15场次，观众达2万多人次。在演出中，除原有节目外，还增加了刚向山东省歌舞团学习的歌舞节目《三个老汉看庄稼》等，受到观众的热烈欢迎。

11月12日，乌兰牧骑巡回演出第一队抵达太原。

乌兰牧骑巡回演出第一队在山西活动5天，演出8场次，观众达1.5万多人次。山西省委书记处书记、山西省副省长武光汤观看首场演出并同乌兰牧骑队员合影留念。

山西省文水县云周西村，刘胡兰烈士家乡。

队员们怀着缅怀先烈、致敬英雄的心情参观刘胡兰烈士陵园，聆听刘胡兰、石三槐等七烈士生平和斗争事迹。为烈士扫墓，敬献花圈和挽联。

演出结束后，刘胡兰烈士的妹妹、五好民兵、神枪手刘芳兰领着队员参观刘胡兰烈士故居。

11月21日，乌兰牧骑巡回演出第一队抵达西安。

中共中央西北局第一书记刘澜涛，中共中央西北局书记处书记、中共陕西省委第一书记霍士廉，中共中央西北局书记处书记王甫等观看首次演出并同全体队员亲切交谈。

乌兰牧骑巡回演出第一队在陕西活动19天，演出15场次，观众达2万多人次。

在陕西期间，乌兰牧骑巡回演出第一队专程到革命圣地延安进行慰问演出，队员们满怀景仰之情参观毛主席曾经工作和生活过的枣园王家坪、杨家岭、凤凰山等地，访问革命老人、老赤卫队队员和贫下中农社员，并请他们讲毛主席在延安时的故事。

在张思德墓前，队员们重温《为人民服务》，立志按毛主席的要求做一个有益于人民的人。

朱嘉庚最为活跃也最为激动：在来延安的火车上，他激情澎湃地写出歌词《草原儿女爱延安》，立即由祁·达林太谱曲，杨玉兰领着几个姐妹在车厢里开始排练，这一切都源于对延安的向往和热爱。

女声小合唱《草原儿女爱延安》在宝塔山下、延河水边唱响，延安人民报以热烈的掌声。

五

乌兰牧骑巡回演出第二队

领队：宝音达来

秘书：唐荣臻

队长：热喜

指导员：于淑珍

队员：达日玛、乌嫩齐、拉西敖斯尔、于千、桑布、嘎达、塔娜、王玉英、孟玉花、索德、海棠、登梅、牧兰、旭仁其其格

1965年6月11日，乌兰牧骑巡回演出第二队抵达武汉。

湖北省委常委、副省长张旺午，省委常委、宣传部部长曾惇，副省长韩宁夫、李明灏、陶述曾等在武昌洪山大礼堂观看首场演出。

武汉军区司令员陈再道观看乌兰牧骑演出后兴奋地说："我们要向你们学习，你们已经非常毛泽东思想化了。"

乌兰牧骑巡回演出第二队在湖北活动12天，演出12场次，观

众达 3 万多人次。

在武汉期间，乌兰牧骑巡回演出第二队观摩了湖北省歌舞团演出的音乐舞蹈史诗《东方红》、楚剧《军队的女儿》，并辅导省市文艺团体部分演员学习了乌兰牧骑的优秀节目《顶碗舞》《巡逻之夜》《为祖国锻炼》《草原民兵》等。同时也向湖北省民间歌舞团演员蒋桂英学习了湖北民间舞蹈《莲香》和歌剧《洪湖赤卫队》选段。

在武汉期间，乌兰牧骑巡回演出第二队参观了长江大桥、武汉钢铁公司、武昌造船厂、施洋烈士墓、民族学院、艺术学院、武汉大学，还访问了全国工业劳动模范李凤恩，全国人大代表、湖北省党代表、武汉杂技团演员夏菊花。

乌兰牧骑所到之处，都受到各界群众的热烈欢迎。在武钢，工会副主席张风光亲自陪同乌兰牧骑队员参观炼铁车间、炼钢车间、初轧厂和烧结翻车机。在短短的一天之内，队员们在高炉上、在翻车机旁、在炼钢厂前、在二号高炉大修第一战役总结表彰大会上、在工人剧院里共演出 6 场，观众达 3000 多人。他们演唱了刚刚学会的湖北民歌《割早稻》《绣荷包》《幸福歌》，跳起安代舞《民族团结赞》。工人以《团结就是力量》《毛主席的战士最听党的话》等嘹亮的歌声答谢乌兰牧骑队员。

6 月 24 日，乌兰牧骑巡回演出第二队抵达广州。

6 月 25 日，广东省委书记处书记林李明、区梦觉、李坚真、刘田夫和 5000 多名群众代表在中山纪念堂观看乌兰牧骑首场演出。能容纳 1200 名演员的硕大舞台上只有 12 名乌兰牧骑队员，没有节目的还要下场，显得有点冷清和空旷。他们急中生智，有节目的继续表演，没有节目的随便拿上一件道具坐在舞台上助阵，就像在大草原上似的。

北方人唱南音，队员们到广州后刚刚学会的南音《歌唱农村新面貌》，真是被他们唱得北腔南调，观众笑得前仰后合，在热烈的掌声中队员们几次返场，把演出推向高潮。

乌兰牧骑巡回演出第二队在广东省活动 14 天，演出 12 场次，观众达 4 万多人次。

6 月 29 日，中南局第一书记陶铸，广东省省长陈郁，广东省委书记处书记刘建勋、王首道、李一氓、金明等在从化温泉接见巡回演出队的全体成员。在一个小时的交谈中，陶铸多次称赞乌兰牧骑真正做到了为工农兵服务、为社会主义服务。

陶铸曾经在内蒙古通辽工作过，对那里很有感情。在交谈中他亲切地问道："你们当中有没有哲盟人啊？"

海棠、牧兰、登梅是库伦旗人，拉西敖斯尔是扎鲁特旗人。

陶铸说："好啊，这么多哲盟人！库伦、鲁北、奈曼我都去过，咱们是老乡啊！"

7 月 1 日，乌兰牧骑巡回演出队应邀出席中南区戏剧观摩演出大会开幕式。中南局书记处书记吴芝圃在讲话中说："全国闻名的乌兰牧骑来到广州，他们出色的工作为我们树立了榜样。他们忠诚地为牧民和农民兄弟服务。他们的演出充满了时代的革命气息，给了我们很大的启发。我们特别请他们为我们的大会演出，希望我们中南地区的戏剧工作者好好向他们学习。"

还有一位老乡。

7 月 2 日，乌兰牧骑队员乘坐客车前往温泉疗养院为中南局机关党委扩大会议演出。祁宝金在百花园宾馆找到拉西敖斯尔，自报家门："我是科左中旗舍伯吐公社希伯花村人，16 岁那年被日本鬼子抓去当劳工。逃出虎口后参加八路军，后来南下来到广州。20 多年了，一直没有回过家乡，今天在这儿见到蒙古族同胞，我太高兴了！"

7月9日，乌兰牧骑巡回演出第二队抵达长沙。

湖南省委第一书记张平化，第二书记王延春，书记处书记周礼、李瑞山、万达，候补书记苏钢，省委常委郭森及各地市委书记等观看7月10日首场演出。张平化高度评价乌兰牧骑精神和乌兰牧骑的节目，号召全省文艺工作者向乌兰牧骑学习。

乌兰牧骑巡回演出第二队在湖南活动13天，演出11场次，观众达5.7万多人次。

在长沙期间，队员们既认真学习《浏阳河》《补锅》等湖南民歌和地方戏，又积极辅导湘西土家族苗族自治州歌舞团和江华瑶族自治县歌舞团学习《草原民兵》《巡逻之夜》《为祖国锻炼》等节目，文化交流进行得有声有色。

7月15日，长沙特大暴雨。

征得有关部门的同意，乌兰牧骑巡回演出第二队立即赶到受灾严重的春华公社春华大队进行慰问演出。在这次慰问活动中，队员们捐献现金43元、全国粮票205斤。达日玛、拉西敖斯尔等将自己头上戴的草帽送给当地农民，旭仁其其格把自己刚从北京买的新凉鞋送给一位女社员。队员们说："这些东西虽然不值什么钱，却能代表我们的一颗心呀！"

乌兰牧骑队员们一进春华村，就四处散开。海棠、登梅、旭仁其其格为五保户老人清洗被褥和衣服，索德、牧兰、孟玉花帮助军烈属挑水、扫院子，桑布、达日玛为老人、学生理发，乌嫩齐、于千、拉西敖斯尔帮助农民割蒲草、和泥、抹墙；嘎达、于淑珍、唐荣臻为受灾家庭的学生发放铅笔和作业本……

整个村子到处都是乌兰牧骑队员忙碌的身影，一身泥水、一身汗水……

7月23日，乌兰牧骑巡回演出第二队抵达南宁。

到达南宁的第二天，广西壮族自治区党委书记伍晋南到驻地看望乌兰牧骑队员。晚上，他和1000多名群众一起观看首场演出。

乌兰牧骑巡回演出第二队在广西活动15天，演出18场次，观众达3万多人次。

7月27日，乌兰牧骑巡回演出第二队在祖国南大门友谊关为边防战士和当地群众演出5场。当听说有7名战士因站岗而没看上演出时，热喜一声令下，队伍向金鸡山进发。边防官兵一再劝阻，那里山崖陡峭怪石峥嵘，风疾路险。热喜很是动情地说："他们在为祖国和人民站岗，我们去为他们演出，不管克服多少困难，也是值得的呀！"

两名边防战士做向导，经过1个多小时汗流浃背的艰苦攀登，队伍最终登上海拔1400多米的金鸡山主峰。乌嫩齐的手风琴、于千的扬琴都是"大家伙"，平时并不觉得有多重，但要把它们背上山，就觉得它们重得像一辆坦克。他们喘气就像拉风箱，脸色红得快要滴血。

山顶上连块儿能跳舞的平地都没有。热喜说："舞不能跳就多唱两首歌，不能亏着边防战士啊！"

乌兰牧骑的行动让记者感动。《南方日报》《广西日报》都在重要版面和头条位置热情报道了乌兰牧骑的事迹。

8月6日，乌兰牧骑巡回演出第二队抵达昆明。

8月7日，云南省副省长张冲、刘披云前往驻地看望乌兰牧骑队员。云南省委书记处书记、云南省省长周兴，省委书记处书记、副省长刘明辉，省委书记处候补书记、副省长吴作民以及云南省15

个民族的文化工作者代表在昆明市艺术剧场观看首场演出。

8月18日，云南省委第一书记阎红彦接见乌兰牧骑巡回演出第二队全体队员并发表热情洋溢的讲话，高度赞扬乌兰牧骑精神。

乌兰牧骑巡回演出第二队在云南活动14天，演出8场次，观众达2万多人次。

在云南期间，乌兰牧骑走进撒尼人聚居的五棵树村，和当地少数民族群众联欢。一同前来的迪庆州宣传队藏族队员拉姆在乌嫩齐、于千的伴奏下放声高唱《毛主席的光辉》《在北京的金山上》等人们耳熟能详的歌曲，闻讯赶来的哈尼族、傈僳族、独龙族、怒族、拉祜族、纳西族群众和乌兰牧骑队员手拉着手，边唱边跳《阿哩哩献给毛主席》，联欢从傍晚持续到日出。依依惜别之际，撒尼民间艺人把亲手制作的大三弦送给乌兰牧骑留作纪念。

在昆明期间，云南省接待办邀请乌兰牧骑队员们教他们学跳、学唱《巡逻之夜》《草原民兵》《为祖国锻炼》《内蒙古是个好地方》等舞蹈和歌曲。

石林颂

风光无限好哟

二十多个民族

称兄道弟的好地方哟

送走皎洁的月亮

迎来冉冉升起的太阳

各族人民把手言欢

歌颂伟大的共产党

…………

在石林，昆明军区政治部副主任于成德听到拉西敖斯尔即兴创作并演唱的好来宝《石林颂》后感慨万千，他说，早就知道蒙古民族能歌善舞，而像拉西敖斯尔这样的即兴演唱如果不是亲眼看到那是很难相信的。

8月20日，乌兰牧骑巡回演出第二队抵达贵阳。

8月21日，贵州省委第一书记贾启允，书记处书记吴肃，贵州军区政委石新安，贵州省副省长戴晓东，贵阳市委第一书记张二樵等在贵阳市红花岗剧院观看首次演出并接见全体队员。

乌兰牧骑巡回演出第二队在贵州省活动13天，演出10场次，观众达2万多人次。

8月30日，乌兰牧骑走进革命历史名城遵义。

在"遵义会议"纪念馆参观时，宝音达来特意和讲解员说，他们是从内蒙古来的乌兰牧骑，队员们大都是蒙古族，不太懂汉语。请讲解员讲的时候慢一点儿、细一点儿，让他们能更为深刻地领会遵义会议的伟大意义。

热喜说，这是宝音达来"失踪"5天后第一次出现，队员们看到"久违"的领队真是喜出望外。原来，有天晚上肩上扛着道具箱的宝音达来脚下一滑摔倒在地，不仅磕掉两颗门牙，还有几颗牙松动了，起来时脸上青一块儿紫一块儿的，嘴角还流着血。热喜"命令"他住院治疗，为不影响队员们的情绪，消息始终被封锁着。

9月3日，乌兰牧骑巡回演出第二队抵达重庆。

9月4日，重庆市委第一书记任白戈等党政军领导在人民礼堂观看首场演出。演出结束后，任白戈和乌兰牧骑队员共进晚餐，边吃边谈，气氛非常热烈。

乌兰牧骑巡回演出第二队在重庆演出7场，观众达1.8万多人次。

9月9日，乌兰牧骑参观白公馆、渣滓洞、红岩村等地，接受革命传统教育。在渣滓洞，看到江姐等革命先烈和敌人英勇斗争的故事，队员们眼含泪花地唱起："红岩上红梅开……"

9月11日，乌兰牧骑巡回演出第二队抵达成都。

9月12日晚，西南局书记处书记、四川省委书记处书记、四川省省长李大章，西南局宣传部部长刘文珍，四川省委书记处书记杜心源等在晋江戏剧中心观看首场演出并接见全体队员。李大章说，乌兰牧骑是文艺界的一面红旗，西南地区的文艺工作者必须好好向乌兰牧骑学习。

乌兰牧骑巡回演出第二队在成都演出8场次，观众达2.3万多人次。

在成都演出期间，正值西南地区举办话剧地方戏观摩演出大会。

乌兰牧骑应邀为大会演出，各代表团、观摩团的3000多名文艺工作者睹乌兰牧骑风采。乌兰牧骑也趁机向四川省歌舞团、重庆市歌舞团的文艺工作者学习《社员都是向阳花》《毛主席来四川》《盼红军》等舞蹈和歌曲。

9月14日，乌兰牧骑在成都部队为1700多名官兵演出，成都军区政委郭林祥、副司令员何正文一同观看。战旗歌舞团把一幅写着"大旗高举烛天红，轻骑驰骋舞东风，新我耳目长我志，携手并肩攀高峰"的大条幅赠送给乌兰牧骑。

9月20日，乌兰牧骑巡回演出第二队抵达洛阳。

洛阳市组织16个县的农村文化队队员和25个剧团的演员共500多人观看首场演出。

在洛阳期间，为满足乌兰牧骑队员学习豫剧的要求，洛阳市文化局安排著名豫剧演员、洛阳市豫剧团副团长马金凤到住地，教唱豫剧选段。旭仁其其格、索德、牧兰、塔娜还利用午休时间，为洛阳农机学院业余文工团的姑娘们教授舞蹈《巡逻之夜》。

9月25日，乌兰牧骑巡回演出第二队抵达郑州。

9月26日晚，河南省委第二书记、省长文敏生，副省长李庆章等在郑州戏院观看首场演出并接见了全体队员。

乌兰牧骑巡回演出第二队在河南演出13场次，观众达4.5万多人次。

10月1日，郑州全城张灯结彩，红旗飘飘。

河南省庆祝中华人民共和国十六周年大会在人民广场举行，应文敏生邀请，乌兰牧骑巡回演出第二队全体队员身着鲜艳的民族服装，兴高采烈地走上观礼台，与河南人民一道，共祝祖国华诞。

10月2日，郑州市郊须水公社西岗大队迎来一群"不速之客"。乌兰牧骑队员们在报纸上看到河南省委发出关于抗旱种麦的紧急号召，于是决定利用国庆假期参加义务劳动。在西岗大队，队员们和社员一道整地、打畦，午休时为群众唱歌跳舞。大队书记李玉生拧着旱烟袋说："这帮小伙姑娘，唱歌跳舞是能手，还能扑下身子干农活儿，真是咱庄稼人的贴心人哪！"临走，李玉生把一把金光闪闪的麦薹和一顶还没编完的草帽作为礼物送给乌兰牧骑队员。

10月10日，毛泽东、周恩来、朱德、邓小平、董必武、彭真等党和国家领导人在人民大会堂亲切接见中南地区、西北地区戏剧观摩大会代表和刚从河南来到北京参加国庆十六周年演出活动的内蒙古乌兰牧骑巡回演出第二队的全体人员。当毛主席鼓着掌来到乌兰牧骑队员跟前的时候，周总理介绍说："这就是由十几个人组成一个队的内蒙古乌兰牧骑。"毛主席连连称好，频频招手致意。

乌兰牧骑队员们激动万分，热泪盈眶。

10月24日，在北京休整16天的乌兰牧骑巡回演出第二队抵达长春。

10月25日，吉林省委书记处书记富振声，吉林省委书记处候补书记、副省长于克，吉林省委书记处候补书记、长春市委第一书记宋洁函等在长春市工人文化宫观看首场演出。

乌兰牧骑队员们巡回演出第二队在吉林演出8场次，观众达1.5万多人次。

乌兰牧骑到达长春时，长春地区戏剧观摩会即将闭幕。为互相交流学习，吉林省文化局把长春地区戏剧观摩会延长3天。

乌兰牧骑队员们观摩了吉林省二人转实验队、吉林市群众艺术馆农村文化队的歌舞节目，还学习了吉林新民歌《踩格子谣》。

11月1日，参观小丰满水电厂时，登梅悲伤的泪水夺眶而出。她大哥被日本鬼子抓劳工来修小丰满水电厂并惨死在这里，听到这个故事队员们义愤填膺、怒火中烧，痛斥日本帝国主义的侵略罪行。

11月3日，乌兰牧骑巡回演出第二队抵达哈尔滨。

11月4日晚，国防部副部长许光达，黑龙江省委第一书记欧阳钦，省委第二书记、省长李范五，哈尔滨市委第一书记任仲夷等在哈尔滨工人文化宫观看首场演出。欧阳钦在接见队员时说："你们的演出把辩证法、政治和艺术结合得很好，有独特的风格。"

这晚有一位特殊观众，她就是著名战斗英雄黄继光的母亲。黄妈妈刚从朝鲜访问回来，老人虽然年过七旬，但面色红润，身子骨特别硬朗。演出结束时，牧兰、旭仁其其格搀扶黄妈妈走上舞台。黄妈妈和每一个队员握手后，从黄继光的弟弟黄继恕的军挎包里掏出一个又红又大的苹果递给热喜："这是金日成主席送给我的礼物，你们冰天雪地地来演出，不容易啊！这颗苹果送给你们，是我黄妈妈的一点儿心意……"

可敬的黄妈妈，比金子还要珍贵的礼物，让每一个队员都感动得热泪盈眶。

苹果的故事还在继续……

乌兰牧骑巡回演出第二队在黑龙江活动 15 天，演出 14 场次，观众达 2 万多人次。

乌兰牧骑在哈尔滨期间，石油部副部长徐今强正陪同中央经委第一副主任陶鲁笳前往大庆。徐今强向黑龙江省委提出，希望乌兰牧骑能到大庆为石油工人演出。

11 月 14 日，乌兰牧骑巡回演出第二队抵达大庆。

乌兰牧骑所有队员都知道大庆油田的故事，都知道"铁人"王进喜的故事。

在那台著名的井机旁，牧兰每唱一首歌，石油工人就热烈地鼓掌一次。当唱到第 7 首时，王进喜站起来，朝着沸腾的人群一再摆手："工人兄弟们，不要再鼓掌了！再鼓下去，这个蒙古族姑娘就要累倒在这井台上了……"

王进喜向乌兰牧骑赠送一套《大庆会战画册》，当时大庆油田还处于半神秘状态，《大庆会战画册》也自然披着神秘色彩。王进喜半开玩笑地说："中央领导以外，你们是第一个得到这套画册的！"

离开大庆前夕，徐今强再次和乌兰牧骑队员座谈，他说："你们的一专多能让我很受启发。不仅文艺工作者需要学习，我们工人也需要学习。一个工人多掌握几样技术，有很重要的意义。"

11 月 20 日，乌兰牧骑巡回演出第二队抵达沈阳。

11 月 21 日，东北局第一书记宋任穷，辽宁省委第二书记、省长黄欧东，辽宁省委书记李荒，副省长王堃骋等在东北局戏院观看首场演出并接见全体队员。

在鞍山炼铁厂，热喜代表乌兰牧骑把黄妈妈赠送的苹果转赠给老英雄孟泰。

孟泰是中华人民共和国成立后第一代全国劳动模范，是 20 世纪 50 年代誉满全国的钢铁战线老英雄，时任炼铁厂副厂长。

乌兰牧骑巡回演出第二队在辽宁活动 26 天，演出 13 场次，观众达 2.5 万多人次。

12 月 1 日，宋任穷出席东北局召开的乌兰牧骑艺术交流座谈会。宋任穷在讲话时高度赞扬乌兰牧骑全心全意为人民服务的精神，号召东北地区的文艺工作者向乌兰牧骑学习。

沈阳音乐学院院长李劫夫和草原、乌兰牧骑有着深厚的感情。《草原上的鲜花》就是他为乌兰牧骑创作的歌曲，乌兰牧骑来到沈阳音乐学院时，沈阳音乐学院师生为乌兰牧骑激情演唱了这首李劫夫献给乌兰牧骑的"情歌"。

草原上的鲜花

——献给乌兰牧骑

劫夫　词曲

金色的草原有一枝鲜花

根深叶茂美丽芬芳人人都爱她

在那狂风暴雨中她娇姿挺秀

在那飞雪严霜下她不褪光华

她给草原增添了奇异的光彩

好像那天空上升起美丽的朝霞

农牧民见了心欢畅

改天换地雄心大

要问鲜花是哪个

她就是"乌兰牧骑""乌兰牧骑"

草原的鲜花为什么这样美

是草原的主人勤劳的人民亲手栽培了她

草原的鲜花为什么这样红

是毛泽东的雨露滋润了她

草原的鲜花为什么开不败

是共产党不落的太阳日夜照耀着她

鲜花飘香千万里

缤纷烂漫动百家

借助草原春风暖

喜看那大江南北长城内外开遍这鲜红的花

六

乌兰牧骑巡回演出第三队

领队：伊德新

秘书：朝格柱

队长：普日布

指导员：毕力格图

队员：慧秀英、巴达荣贵、张荣、贡其格、丁哈尔、满达、那仁朝克图、其木格、冯金英、陶娅、那仁、金花、巴达玛

1966 年 6 月 12 日，乌兰牧骑巡回演出第三队抵达银川。

宁夏回族自治区党委第一书记杨静仁、书记处书记马玉槐等在银市观看首场演出。

乌兰牧骑巡回演出第三队在宁夏活动 10 天，演出 16 场次，观众达 2.2 万多人次。

队员们高亢的歌声，富有民族和地区特点的生活语言，形象地描绘出乌兰牧骑深入农村牧区向广大人民群众进行宣传和服务活动的动人情景，受到各族群众的热烈欢迎。

乌兰牧骑在宁夏期间，还参观了宁夏毛纺厂和银川市良田公社盈南大队。队员们不顾炎热的天气，把富有草原气息的民族歌舞送到宁夏各族兄弟的家门口，在受到当地工人和农民欢迎的同时，还感动了在场的当地文艺工作者。

6 月 23 日，乌兰牧骑巡回演出第三队抵达兰州。

6 月 24 日上午，甘肃省文艺界在兰州市铁路工人文化宫举行欢迎乌兰牧骑示范演出开幕式。开幕式后，巡回演出队做了到兰州后的首次示范演出。他们演出的舞蹈、歌曲（齐唱、小合唱、独唱）、说唱、民乐小合奏、独奏、快板等十八个节目大部分由自己创作。演出富有强烈的革命气息，浓郁的民族特色，展现乌兰牧骑精湛的表演艺术和具有战斗精神的舞台作风。

乌兰牧骑巡回演出第三队在甘肃活动 18 天，演出 13 场次，观众达 2 万多人次。在演出期间，不断收到观众热情赞扬和亲切问候的信件。

乌兰牧骑在兰州期间，中共甘肃省委第一书记汪锋、书记处书记胡继宗，甘肃省副省长杨一木、王国瑞、赵文献以及驻兰州部队首长张达志、冼恒汉等分别观看乌兰牧骑演出，并接见全体队员。

甘肃省为学好乌兰牧骑的经验，组织全省各专区（州）、各县文化馆长和专业剧团以及农村文化工作队 280 多人观摩学习。

乌兰牧骑全国巡回演出第三队领队伊德新、队长普日布分别介绍了内蒙古乌兰牧骑的诞生和发展过程及阿拉善旗乌兰牧骑的情况。甘肃省文化局副局长霍仰山代表全省文艺界对乌兰牧骑成功的演出和生动的经验介绍表示感谢，要求全省文艺界认真讨论、学习报纸上发表的有关乌兰牧骑的文章和报告，要用乌兰牧骑的先进经验对照自己，找出差距，迎头赶上，使乌兰牧骑的经验在甘肃生根、开花、结果。

7 月 10 日，乌兰牧骑巡回演出第三队抵达西宁。

中共青海省委第一书记杨植霖，省委第二书记、省长王昭当晚在西宁观看首场示范演出。7 月 11 日下午，杨植霖、王昭等再次接见乌兰牧骑队员并进行座谈。杨植霖说："乌兰牧骑的经验非常适合青海地区，学习乌兰牧骑对于促进青海的文化工作具有重要的现实意义。"

乌兰牧骑巡回演出第三队在青海活动 15 天，演出 12 场，观众达 2 万多人次。

在青海期间，乌兰牧骑到青海毛纺织厂、海南藏族自治州共和县倒淌河乡、湟源县、青海湖渔场等地进行参观访问，为那里的工人、农民、牧民、渔民和驻军官兵进行慰问演出。

8 月 20 日，乌兰牧骑巡回演出第三队抵达拉萨。

乌兰牧骑巡回演出第三队这次赴藏，是作为中央代表团第五分团的演出单位，去参加西藏自治区成立庆祝活动的。

乌兰牧骑巡回演出第三队于 8 月 8 日从北京出发，历经 13 天的长途跋涉，跨越昆仑山脉和海拔 5000 多米的唐古拉山，赶到拉萨。

乌兰牧骑巡回演出第三队在西藏活动20天，演出13场次，观众达2万多人次。

西藏自治区党委第一书记张国华，西藏自治区主席阿沛·阿旺晋美等接见全体队员并合影留念。参加西藏自治区成立庆祝活动的中央代表团成员、内蒙古党委书记处书记毕力格巴特尔，中央代表团成员、共青团中央书记处候补书记张德华等到住地看望乌兰牧骑队员。

乌兰牧骑巡回演出第三队为西藏自治区首届人民代表大会第一次会议全体代表的演出赢得了热烈掌声。

乌兰牧骑巡回演出队在拉萨观看了西藏自治区文艺团体、部队文艺团体300多人参加演出的大型音乐舞蹈史诗《百万农奴向太阳》和拉萨话剧团演出的话剧《普布扎西》。他们还向西藏文艺工作者学习《我的家乡好》《金色的北京城)《祝毛主席万寿无疆》《想念毛主席》《逛新城》等表演唱和独唱歌曲。

作为中央代表团第五分团的演出单位，乌兰牧骑巡回演出队又同一个电影队一起，前往海拔4000多米的阿里地区慰问演出20多天。

在青海巡回演出结束后，乌兰牧骑全国巡回演出第三队被文化部调回北京集训。回到北京，队长普日布才知道，西藏自治区即将成立，中央代表团将率领中国京剧院、中央民族歌舞团、北京人民艺术剧院、重庆杂技团、内蒙古乌兰牧骑三队等艺术团体到拉萨参加庆祝活动。"进藏的队伍好威武啊！"尽管65年过去了，回忆进藏时的情景，翁牛特旗乌兰牧骑老队员陶娅还是激动不已，她说："前面是军车开道，中间是演员们乘坐的大客车，后面是拉着各种装备的大卡车，浩浩荡荡，犹如长龙蜿蜒在青藏高原上。"

西藏自治区成立庆典活动结束后，这支来自内蒙古大草原的文艺轻骑兵又意气风发、斗志昂扬地向海拔更高、氧气更稀、人口更少的阿里地区挺进。他们不仅要宣传乌兰牧骑精神，更重要的是为阿里地区的藏族同胞送去党中央、国务院的巨大关怀和亲切问候。

阿里地区是青藏高原北部羌塘高原核心地带，是喜马拉雅山脉、冈底斯山脉等山脉相聚的地方，被称为"万山之祖"，也是雅鲁藏布江、印度河、恒河的发源地，故又被称为"百川之源"。境内最高峰普兰县的纳木那尼峰海拔7694米，最低处札达县的朗钦藏布河谷，海拔2800米，最大相对高差4894米，地区行政公署驻地噶尔县狮泉河镇。"海拔最低处比我们最高处还要高出许多。"陶娅如是说。

长途颠簸跋涉和强烈的高原反应使演出难度骤然增加，但向藏族同胞传递党中央的关怀和声音又是每个队员强大的精神动力，克服一切困难、发挥最好水平，是所有队员的共同心愿。

由于极度缺氧，队员都要在节目的间隙到后台吸氧。而在阿里的首场演出陶娅的节目安排得过于紧凑，她忙得手脚不停闲，一次氧也没顾上吸。演出结束后，阿里地区机关食堂的师傅们把夜餐送到后台。"是高压锅煮的热面条，热面条好像就在眼前似的，"陶娅说，"我刚吃两口，就觉得天旋地转、恶心想吐，急忙撂下碗筷往外走，在门外站岗的解放军战士问：'谁？''我是……'还没说出名字，就软软地倒下去了。"

陶娅是在医院的病床上醒过来的，她睁开眼睛后看到的是身穿白大褂的大夫、普日布队长，还有十几个战友。大夫长呼一口气，轻声对普日布说："小姑娘脱离危险了！"陶娅慢慢坐起来，环视一下大家，不好意思地笑了！

普日布俯下身，用慈父般的口吻对陶娅说："你的休克是因为没有及时吸氧导致的，记住，以后不管演出多紧张，都必须及时吸氧，我得把你们一个不少地带回大草原啊！"

阿里演出结束后，乌兰牧骑全国巡回演出第三队要去中国、尼泊尔边境慰问解放军战士。在前往哨卡的途中路过一座庄严肃穆的烈士陵园，一向爱开玩笑的普日布对陶娅说："如果哪天没能抢救过来，你也只好躺在这儿了。"

陶娅心悸得很！她说："听到普队长的话，头皮都怵怵的……"

陶娅没有成为烈士，但莫力达瓦达斡尔族自治旗乌兰牧骑队员冯金英却悄悄地写好了遗书，她是独唱演员，由于严重缺氧，唱上一两句鼻子就喷血，随时都有倒下去的危险。"即便如此，"冯金英说，"我每次都是坚持把歌儿唱完唱好，这是毛主席交给我的任务啊！"

那个年代，成为乌兰牧骑队员是每个热血青年的青春梦想，而一旦成为乌兰牧骑队员，就意味着将有更多的付出、奉献，甚至是某种割舍和牺牲。

1960 年 8 月 1 日，17 岁的花季少女金花成为乌审旗乌兰牧骑的第一代队员，她的队长热希中乃来乌兰牧骑前是图克公社一个生产大队的党支部书记。

乌审旗乌兰牧骑的 18 个人没有一个是"科班出身"，组建后的第一个任务是"练嗓子"。什么是练嗓子、怎么练嗓子，对于金花们来说都是云里雾里，但他们每天早晨 5 点起床在院子里扯着嗓子喊上半个小时，凭的就是一腔热血和一腔激情。

20 世纪 60 年代，乌审旗只有一条东西走向的大街，而且还是土路。大街东、西两头的电线杆子上各挂一个高音喇叭，西头的那个高音喇叭正好在乌兰牧骑院子的外面，近水楼台，每天早七点、晚七点金花都准时来到电线杆子底下听高音喇叭放"每周一歌"，《歌唱祖国》《我的祖国》《洪湖水浪打浪》《九九艳阳天》等歌曲她都是在电线杆子底下学会的。若干年后，已经成为著名歌唱家的金花不无感慨地说："高音喇叭是我的第一个声乐老师。"

1964年9月，乌兰牧骑第一次进京演出时的12名队员中的吉日木图、玛希吉日嘎拉、阿拉坦其其格都是乌审旗乌兰牧骑队员，斯时已是乌审旗乌兰牧骑"金嗓子"的金花如果不是身怀六甲，肯定也在其中。当听到阿拉坦其其格讲述周恩来总理等党和国家领导人观看乌兰牧骑演出并接见乌兰牧骑演员的情景时，金花羡慕不已也懊恼不已，夜深人静，她轻轻抚摸着隆起的肚子："小东西，是你让我失去了这样千载难逢的机会……"

周总理指示，内蒙古乌兰牧骑要到全国去巡回演出，用这一新的文艺形式宣传毛泽东思想。

1965年2月，全区35支乌兰牧骑的240多名队员齐聚内蒙古党校接受培训，和以往培训不同，这次培训是挑选参加全国巡演的队员，意义非同一般。

正因为这样的特殊意义，金花"残忍"地将刚刚出生81天的儿子留给父母，含着泪水北上呼和浩特……

白天学习紧张，似乎什么都可以忘却。但晚上，金花那思念儿子的伟大母爱犹如脱缰的野马，再也控制不住了，泪水在流、奶水在流，她仿佛听到千里之外儿子的啼哭，她恨不得生出雄鹰般的翅膀瞬间飞到儿子身边。然而，这些都是不现实不可能的，唯有任泪水流成长河……

乌兰牧骑队员的基本要求是"一专多能"。素有"金嗓子"之称的金花"一专"独唱是没有问题的，而"多能"还必须提高。她要跟鄂托克旗乌兰牧骑队员乌日古木勒学习弹三弦，后来成为三弦演奏家的乌日古木勒告诉金花，三弦演奏，贵在坚持、熟能生巧……

从此，每天早晨5点，金花就坐在体育场旁的沙坑边上，一个小时一个小时地练，一支曲子一支曲子地弹，一天、两天，一个月、两个月，一直坚持到培训结束。

1965年5月27日，240多名经过两个多月培训的乌兰牧骑队员齐聚内蒙古党校礼堂，等待宣布参加全国巡回演出队员的名单，那一刻庄严而神圣。"似乎都能听到彼此心跳的声音。"金花说。

内蒙古文化局副局长席宣政身着笔挺的蓝色中山装，站在主席台上神情庄重地宣布："乌兰牧骑全国巡回演出第一队队长乌国政，队员……"

席宣政宣读的第一队名单里没有金花，她的心悬起来了。

"第二队队长热喜，队员……"

第二队名单里还是没有金花，她的心悬到嗓子眼儿了。

金花说，她甚至都不敢听第三队的名单了，然而她的名字却出现在第三队的名单里，那一刻她的心都要跳出来了！

"在拉萨活动的23天里，我和冯金英向西藏歌舞团的雍西、常留柱等老师学习《北京的金山上》《毛主席的光辉》《翻身农奴把歌唱》《逛新城》等藏语歌曲。"金花说，"这些歌曲后来在阿里地区演出时派上了大用场，拉近了我们和藏族同胞的距离，加深了我们和藏族同胞的感情。"喜马拉雅山脉、冈底斯山脉耸入云端，终年积雪，山腰云雾缭绕，山下河水清澈、绿草如茵、牛羊成群，好一派恬静的田园风光。

金花回忆，在这一望无际的草原上有一排房子，那是驻藏干部的宿舍。他们演出结束后天已向晚，藏民们在房前燃起火堆，男人、女人，长者、孩童，无一例外地拉起手围着火堆又唱又跳，从日落跳到日出，熊熊烈火映照着一张张紫铜色的脸庞。

"歌的唱法、舞的节奏都很独特，"金花说，"后来我们才知道，这是表演流传在阿里地区的藏戏。"

乌兰牧骑在演出，也在学习。演出没有止境，学习同样也没有止境。

10月25日，乌兰牧骑巡回演出第三队抵达乌鲁木齐。

新疆维吾尔自治区党委第一书记王恩茂，第二书记、自治区主席赛福鼎·艾则孜，书记处书记昌剑人、李栓等观看首场演出并同乌兰牧骑队员合影留念。

乌兰牧骑巡回演出第三队在新疆活动35天，演出22场，观众达2万多人次。

乌兰牧骑巡回演出队在新疆期间，先后到喀什专区、石河子市、哈密市等地进行参观演出和艺术交流。

12月10日，乌兰牧骑巡回演出第一队、第三队，完成在福建、江西、浙江、上海、江苏、安徽、山东、山西、陕西、宁夏、甘肃、青海、西藏、新疆14省市区的演出任务，返回北京开始工作总结，准备向党中央国务院进行汇报演出。

12月16日，乌兰牧骑巡回演出第二队完成在湖北、广东、湖南、广西、云南、贵州、四川、河南、吉林、黑龙江、辽宁等11个省区的演出任务，返回北京开始工作总结，准备向党中央国务院进行汇报演出。

12月18日，周恩来总理、陈毅副总理、周巍峙副部长等在北京人民大会堂山东厅接见全国巡回演出的乌兰牧骑全体队员并同队员们进行联欢。联欢中，周总理边看演出边和乌兰牧骑队员交谈，鼓励队员们好好学习业务技能，全心全意地为广大工农牧民群众服务。联欢临近结束，周总理健步走到乐队前，带领大家高唱《在北京的金山上》，会场充满热烈、欢快、祥和的气氛。

12月22日下午，周总理邀请乌兰牧骑巡回演出队、新疆和田文工团、中国大学生七人演出小组到中南海赴宴。

在紫光阁，周恩来、朱德、邓小平、李富春、陈毅、李先念、陆定一等党和国家领导人亲切接见乌兰牧骑巡回演出队、新疆和田文工团、中国大学生七人演出小组成员并合影留念。

共进晚餐时，周总理边吃边和大家交谈。他鼓励乌兰牧骑队员要认真学习毛主席《在延安文艺座谈会上的讲话》。

周总理问："内蒙古现在不是光骑马吧？火车、汽车还有吧？"

队员们答："有。"

周总理说："我建议，你们还得骑马，做一个名副其实的牧骑。把马骑上，把帐篷驮上，比较好。到了城市，不要忘了乡村，不要忘了牧区，不要忘了过去，不要忘了骑马。"

晚饭后是联欢。

周总理指挥大家高唱《东方红》。

在联欢中，乌兰牧骑队员杨玉兰唱了一支在去延安途中创作的新歌《草原儿女爱延安》，周总理听得非常入神，似乎回到了当年延安的峥嵘岁月。周总理要学这首歌，杨玉兰等人围在周总理身边，一句一句地教唱。两三遍后，周总理说："你们来听，我试唱一下。"

周总理和着优美的旋律饱含深情地唱完《草原儿女爱延安》。朱德、陈毅、李先念和队员们为周总理鼓掌喝彩！

军姿如山

219

12月26日，乌兰牧骑巡回演出队前往中南海演出。

12月30日，中宣部召开乌兰牧骑巡回演出汇报会，中宣部副部长林默涵讲话。

12月31日晚，周总理邀请乌兰牧骑巡回演出队参加在北京饭店举行的迎新年联欢活动。新年钟声敲响的时刻，周总理精神饱满地出现在乌兰牧骑队员面前。周总理朗声说道："同志们！让我们一起迎接1966年的第一天吧！"

周总理神采奕奕地指挥大家高唱《东方红》《歌唱祖国》。

周总理是刚刚接待完外宾，在陈毅、贺龙两位副总理的陪同下来到北京饭店的。

1966年1月14日，演出历时7个半月，总行程达10万多公里，演出600多场次、观众近100万人次的乌兰牧骑巡回演出队，回到呼和浩特。

内蒙古自治区党委宣传部部长潮洛濛，呼和浩特市委书记、代市长陈炳宇及文化艺术界代表，内蒙古艺术学校师生1000多人到车站迎接。

1月15日，内蒙古自治区党委第一书记、自治区主席乌兰夫，书记处书记毕力格巴特尔，自治区副主席吉雅泰、沈新发等在新城宾馆接见乌兰牧骑巡回演出队全体队员。

乌兰夫对全国巡演的成功表示热烈祝贺！他勉励乌兰牧骑要进一步贯彻执行毛泽东文艺思想，保持乌兰牧骑这面鲜艳的红旗永不褪色，要全心全意为工农兵服务，为牧区、为牧民服务。

当天晚上，乌兰夫、孔飞、王逸伦、刘景平、吉雅泰、沈新发、潮洛濛等自治区党政军领导在乌兰恰特观看乌兰牧骑巡回演出队的汇报演出。

汇报演出的 16 个节目都是从三个队在全国巡演期间创编、学习的 69 个新节目中选出来的。朱嘉庚还保留着当时的节目单，历经半个世纪的风雨，节目单有些泛黄，也因此显得弥足珍贵。

乌兰牧骑汇报演出节目单

《请你喝一杯酥油茶》（青海）

《三个老头看庄稼》（山东）

《补锅》（湖南）

《果之歌》《解放军》（新疆）

《花鼓灯》《卖椰子的姑娘》（安徽）

《阿哩哩献给毛主席》（云南）

《浏阳河》（湖南）

《毛主席和咱心连心》（陕西）

《人民公社好》（上海）

《我的家乡好》（西藏）

《社员都是向阳花》（四川）

《前线民兵》（福建）

《草原儿女爱延安》（自编）

《祝贺歌》（自编）

抚摸节目单，朱嘉庚思绪万千、心潮起伏。他说，这些节目有着鲜明的时代烙印，真实地反映了那个时代全国各族人民热爱党、热爱毛主席、热爱社会主义的思想感情，真实地再现了全国各族人民建设社会主义的革命干劲，真实地表现了各个地区和各个民族的精神风貌和民族特点，富有革命精神和生活气息。

1 月 20 日，农历除夕。

内蒙古党委办公厅、内蒙古军区政治部联合举办春节联欢晚会，为凯旋的乌兰牧骑全国巡回演出队接风洗尘，把盏庆功！

内蒙古党委第一书记、自治区主席乌兰夫坐在乌兰牧骑队员中间，亲切而又慈祥。他说："离家大半年，没喝过奶茶、没吃过手把肉吧？对喝奶茶、吃手把肉长大的你们来说，这也是严峻的考验啊！你们克服了饮食上的困难，经受住了考验，你们是好样的，你们是内蒙古人民的好孩子！"

"今天，自治区党委为你们准备了奶茶、手把肉，还有烤全羊！尽情地喝吧，尽情地吃吧！"

掌声雷动，歌声响彻！

"那天的烤全羊真香！"占日木图咂咂嘴，仿佛刚吃过似的，"那天，乌老始终陪着我们，高兴地看着我们吃肉、看着我们喝茶，满脸都是笑容。乌老的音容笑貌，我至今都清晰地记着！"

乌老的音容笑貌，我们至今都清晰地记着！

尾　声

2017 年，内蒙古自治区成立 70 周年。

2017 年，乌兰牧骑建立 60 周年。

2015 年初，孟玉珍就超前谋划在这两个重要时间节点上做点什么。孟玉珍曾是乌兰牧骑队员，现在是锡林郭勒乌兰牧骑团长，她有着浓得化不开的"乌兰牧骑情结"。

1980 年 4 月，清水芙蓉般的少女孟玉珍走进太仆寺旗乌兰牧骑。她在学校虽然是文艺宣传队的骨干，但毕竟没有接受过任何专业训练，是一颗率性生长、自然舒展的"小草"。而到乌兰牧骑上的第一堂课就是严格得近乎残酷的专业训练，宿舍是场地、床头是把杆，废寝忘食地强化训练，使得孟玉珍能唱歌、能跳舞、能和老队员并肩到农村、到牧区演出了。

1982 年 5 月，孟玉珍第一次参加锡林郭勒盟乌兰牧骑会演，十几支队伍依次登台，三弦、四胡、马头琴，长调、呼麦、潮尔道，那阵势和气派让孟玉珍领略到了乌兰牧骑的风采和神韵，理解了乌兰牧骑的责任和使命，看到了乌兰牧骑辽阔的天空和漫长发展的道路。

贡宝拉格苏木是太仆寺旗唯一的牧区，每到夏季，碧绿的草原上金莲花、马兰花、芍药花、地椒花争奇斗艳，竞相绽放，错落有致地连缀成香气弥漫的一片花海。

孟玉珍每年都要到贡宝拉格苏木为牧民演出和服务。擀毡技艺是一项非物质文化遗产，这一技艺与人们的日常生活渐行渐远的时候，孟玉珍有幸多次在贡宝拉格草原上见证弹毛、铺毛、喷水、喷油、撒豆面、卷毡、捆毡簾、擀簾子、解簾子、压边、洗毡、整形、晒毡等 13 道工序，还有那悠悠地飘向天边的擀毡调……

艺术源于生活也源于劳动，孟玉珍就是在这样扑下身子深入生活中获取灵感，源源不断地创作出 50 多部作品，《贡宝拉格，我的家乡》《擀毡舞》《欢乐的女性》这些频频摘得奖项的作品，就是贡宝拉格给予她的"馈赠"。

孟玉珍曾一度离开过乌兰牧骑，在乌兰牧骑最为低谷的时候，太仆寺旗旗委、旗政府又把她派回乌兰牧骑出任队长，"重整河山待后生"。2003 年，她经"一推双考"被调至锡林郭勒盟民族歌舞团任党支部书记、副团长，2005 年任团长。2014 年 7 月，锡林郭勒盟民族歌舞团加挂锡林郭勒乌兰牧骑牌子，她又兼任团长。孟玉珍说："我和乌兰牧骑的缘分太深、太重了！"

乌兰牧骑是社会主义文艺战线的一面旗帜，"乌兰牧骑之花"已经开遍内蒙古大草原。波澜壮阔的 60 年风雨历程，乌兰牧骑有众多可歌可泣的生动故事！乌兰牧骑有众多可圈可点的风云人物！

乌兰牧骑是一首诗，乌兰牧骑是一幅画，乌兰牧骑是一支歌。这诗、这画、这歌，如飞溅着雪白浪花的滚滚波涛在孟玉珍的心中汹涌起来、激越起来、奔腾起来，全方位、多角度、立体化地把乌兰牧骑展现在舞台上的构想渐次清晰而又明朗，好似喷薄而出的巨浪，好似新雨洗过的天空。

2015 年 11 月 25 日，舞剧《我的乌兰牧骑》正式立项。

2016 年 3 月，锡林郭勒大草原冰雪尚未融化，寒风仍然凛冽，《我的乌兰牧骑》主创团队"迎风雪、冒严寒"，走进西乌珠穆沁旗、阿巴嘎旗、苏尼特左旗、苏尼特右旗等地进行艺术采风。12 月初，全剧进入排练阶段。

锡林郭勒乌兰牧骑经过《草原记忆》100 多场次的历练，已经成为一支敢打敢拼、能打能拼、会打会拼的"文艺铁军"，在《我的乌兰牧骑》中，他们用激情和热情再次诠释"我们特别能战斗"。

斯琴巴特尔的故事令人忍俊不禁而又意味深长。

1984 年，13 岁的斯琴巴特尔凭借一支竹笛吹出的马嘶和鸟鸣，走进镶黄旗乌兰牧骑，从此便遭遇上"凶神恶煞"般的队长苏和道尔吉。起初，斯琴巴特尔还是很投入的，本来就是牧民的孩子，以乌兰牧骑队员的身份回到牧区，他就觉得很自豪，总是一副得意扬扬的样子。几年后翅膀硬了就想飞，锡林郭勒盟民族歌舞团团长朝格吉勒图也发现了斯琴巴特尔的艺术潜能，爱才如渴，答应把他调到盟歌舞团，可以先上班后办手续。

斯琴巴特尔高兴地与镶黄旗乌兰牧骑不辞而别，还有那尊"凶神"。

苏和道尔吉发现斯琴巴特尔"潜逃"后大发雷霆，一个电话打到文化处艺术科，冲着老朋友哈斯科长大喊大叫："我说老哈啊，我们队有个小兵被朝格吉勒图给'挖'到盟歌舞团去了，这怎么行！你先去骂一顿，然后让那个臭小子赶紧滚回来！"

哈斯对老朋友极端负责任，他没有找朝格吉勒图，而是直接走进排练厅，怒声吼道："谁是黄旗来的巴特尔？"

斯琴巴特尔战战兢兢地走到哈斯面前，哈斯的手指头都快要戳到斯琴巴特尔的鼻子尖儿了："你个臭小子，马上给我滚回黄旗去！"说罢，拂袖而去，身后一片唏嘘。

"盟歌舞团虽好，但不是你的歌舞团，"苏和道尔吉面对"追剿"回来的斯琴巴特尔声色俱厉地喊道，"你的天、你的地就在乌兰牧骑。擅自离岗，扣发半年工资！"

不仅如此，还要扣发斯琴巴特尔女朋友三个月工资，他嗫嚅着争辩，苏和道尔吉又甩给他一梭子"子弹"："你往盟里跑，没有她的支持吗？"

斯琴巴特尔是人才，苏和道尔吉因为爱惜人才不得以使出这样令人难以接受的"招数"，也是他的性格使然。

1991 年 8 月，第九届全区乌兰牧骑会演将在呼和浩特举行，各地乌兰牧骑都在忙于"备战"。

苏和道尔吉找到斯琴巴特尔和蔼地问道:"还想去盟歌舞团吗?"

"不敢想,怕扣发工资",斯琴巴特尔对工资被扣仍然耿耿于怀。

苏和道尔吉说话少有的温和:"年轻人要有理想要有抱负,该想还得想啊!"

斯琴巴特尔狐疑地望着老队长,不知道他"葫芦里装的是什么药"。

苏和道尔吉接着说:"8月份,自治区要举行乌兰牧骑会演,我现在有点儿坐不住,我就想把那'十佳乌兰牧骑'的牌子拿来,可怎么拿呢?"苏和道尔吉拍拍斯琴巴特尔的肩膀,"就得靠你,靠你们这些年轻人啊!"

斯琴巴特尔精神抖擞,竹笛一横,清泉般的《喜悦》飞珠溅玉,犹如高山流水,令人心旷神怡,思绪飞扬,在征服观众的同时也征服了评委。

苏和道尔吉捧回"十佳乌兰牧骑"奖牌。

斯琴巴特尔荣获乐器表演金奖。

无独有偶,若干年后,斯琴巴特尔在《我的乌兰牧骑》中饰演的钢普日布就是乌兰牧骑的老队长,这个角色的成功,在某种程度上还取决于他和苏和道尔吉的恩恩怨怨。他说:"在理解、掌握、揣摹人物心态时,想得最多的就是老队长,我在老队长身上找到诸多灵感。"

《我的乌兰牧骑》首演时,斯琴巴特尔虔诚地给苏和道尔吉打电话:"老队长,来看看吧!看看学生演得像不像你啊!"

2016年11月18日,这个日子刀刻斧镂般地烙在乌日嘎的心里。

总导演金美花"海选"主要演员的工作接近尾声，排练大厅里，导演和几十个演员席地而坐，每人端着一个饭盒。

乌日嘎正狼吞虎咽地吃着，金美花笑眯眯地蹲在他面前："你演那日苏吧。"

"什么？"乌日嘎有点不相信自己的耳朵。

"导演组决定，让你演那日苏。"金美花很严肃，从她的表情上乌日嘎看出，这是真的了。

站在舞台上的演员要对得起观众的审美意识。从那一刻起，105公斤的乌日嘎决定减肥，每天只吃一顿早饭。然而，减肥是痛苦得不能再痛苦的事情，整天饥肠辘辘，还要参与大运动量的排练，一折腾就是十几个小时，眩晕、虚脱的现象时有发生。乌日嘎说，他最"恨"的就是每天来送快餐的人，每每闻到饭菜的香味，食欲就会像脱缰的野马一样疯狂起来，吃还是不吃，坚持还是放弃，那真是一种较量。每当想要放弃的时候，乌日嘎的眼前如幻觉般地出现黑压压的观众，他们交头接耳地在议论："台上的那个胖子跳得还挺欢！"

这个场景虽然是虚构出来的，但却如一道长城，把乌日嘎的食欲挡在城墙之外。春节后，金美花从北京回来，在乌日嘎身边走过都没理睬，因为她根本就没认出乌日嘎来。

从接戏到演出，五个月乌日嘎减掉 25 公斤。

2017 年 5 月 3 日，《我的乌兰牧骑》在歌舞团剧场举行首场演出，那日苏的舞姿和歌声都赢得观众的热烈掌声。坐在孟玉珍身旁的是乌日嘎的同学阿木古郎，他对孟玉珍说："孟团，那日苏跳得好，唱得也好，这个演员是你们从北京请来的吧？"

"什么？"孟玉珍略显惊讶，"你不认识了，他是乌日嘎呀！"

"什么？"这回轮到阿木古郎惊讶了，"乌日嘎？这小子精干得我真的没认出来！"

爱敏那的父亲哈斯巴根和母亲萨仁高娃都是西乌珠穆沁旗乌兰牧骑队员，他是在乌兰牧骑大院里长大的，是真正意义上的"乌兰牧骑的孩子"。

因为生在"乌兰牧骑之家"，爱敏那对乌兰牧骑有着更深层次的理解。在他一两岁的时候父母经常到牧区演出，走多长时间他就多长时间被寄养在姥姥家。几个月后妈妈回来时，他居然奶声奶气地叫"二姨"。因为妈妈的形象在他记忆中已经淡忘。被儿子忘记，妈妈心里也特别难过，她含着泪说："我是'二姨'，那妈妈是谁呀？"一经提醒，他立刻恢复意识，扑进妈妈的怀抱，甚是委屈地喊着："妈妈，妈妈。"

将门虎子，在父母的熏陶下，爱敏那6岁时就能拉四胡，就能打扬琴，就能跳蒙古舞《蓝色的故乡》。凭着这样的天赋，少年爱敏那走进锡林郭勒盟民族艺术学校，成为"舞蹈妈妈"达古拉的学生。2004年，17岁的爱敏那成为锡林郭勒盟民族歌舞团的舞蹈演员，凭借实力，在第四届全国少数民族会演中捧回最佳新人奖。

这次在《我的乌兰牧骑》中饰演乌兰牧骑队员，他觉得是从父辈的肩上接过担子，跳的舞、唱的歌、讲的故事就是父辈当年的生活和经历。

桑萨尔的眼泪能在你的心上打出颤音。

女主角萨仁高娃的担子压在桑萨尔这个"90后"舞蹈演员肩上

时，她感到恐惧。因为萨仁高娃有芭蕾的舞段，让一个民族舞的演员去跳芭蕾舞，无疑是"赶鸭子上架"，但没有比她更合适的演员，孟玉珍死活都要把这只"鸭子"赶"上架"，"丑小鸭"是可以变成"白天鹅"的。

桑萨尔的楷模和榜样就是孟玉珍，老乌兰牧骑队员都是"一专多能"，自己饰演的是乌兰牧骑队员，同样也要"一专多能"。

别无选择，穿上足尖鞋，练！一分多钟的舞段桑萨尔每天不知要练多少遍，足尖鞋被殷红殷红的鲜血染透。磨破的脚趾疼得钻心，睡梦中都能哭出声来。

桑萨尔几次想打退堂鼓，甚至想找孟玉珍"撂担子"去。

"别去、别去呀，去还不是挨骂的份儿，"桑萨尔说，"哈斯哥、珠兰姐他们劝我别去撞枪口，我只好流着泪、忍着痛继续跳，跳啊、跳啊……

桑萨尔磨破脚尖的付出换来的是专业人士的认可和称赞，"土芭蕾"媲美"洋芭蕾"，"丑小鸭"变成"白天鹅"。桑萨尔怯怯地说："其实，支撑我的是乌兰牧骑精神！"

格日勒的姥爷贡其格、姥姥娜仁其木格都是第一批乌兰牧骑队员。姥爷曾当过正蓝旗乌兰牧骑队长，姥姥曾陪周恩来总理跳过舞。这对"乌兰牧骑伉俪"还都参加过乌兰牧骑的全国巡演。在《我的乌兰牧骑》排创过程中，两位年逾古稀的老人多次给格日勒讲述当年的故事，这些对格日勒演好《我的乌兰牧骑》的每一个细节都大有裨益。

贡其格已经双目失明多年，平时很少外出活动。《我的乌兰牧骑》首演那天，他在娜仁其木格的搀扶下，悄然来到剧场，眼睛看不见了，耳朵还能听。他全神贯注地听完全剧，唯恐漏掉一句台词和一个音符，娜仁其木格的解说使他对全剧的了解更加透彻。

格日勒谢幕时，突然看到姥爷、姥姥坐在观众席上，他一个箭步跳下舞台飞似的蹿到两位老人面前。

贡其格紧紧地把格日勒抱在怀里，任凭老泪纵横，哽咽地说："你们把我带回了这样当年的岁月，舞台上的你就是当年的我啊！乌兰牧骑精神，就是应该薪火相传啊！"

祖孙两代乌兰牧骑队员的深情拥抱，定格成美好而又永恒的瞬间。

《我的乌兰牧骑》经历了风雨，也见到了彩虹。

《我的乌兰牧骑》入选 2018 年度国家舞台艺术精品创作扶持工程重点扶持剧目（十大精品工程）和 2018 年度全国舞台艺术重点创作剧目。

《我的乌兰牧骑》向所有新老队员交上了一份精彩的答卷，向内蒙古各族人民交上了一份精彩的答卷。

入选"十大精品工程"是内蒙古自治区文艺团体和文艺工作者多少年梦寐以求的愿望。《我的乌兰牧骑》实现了零的突破，对内蒙古文艺团体和文艺工作者是鼓舞、是激励、是鞭策。

我的乌兰牧骑，我们的乌兰牧骑！

内蒙古的乌兰牧骑，中国的乌兰牧骑！

永远的乌兰牧骑！

（节选自阿勒得尔图《红色文艺轻骑兵——乌兰牧骑纪事》，内蒙古人民出版社 2020 年出版）

永不褪色

"南京路上好八连"纪实

◎ 杨绣丽

兵无常势，水无常形。能因敌变化而取胜者，谓之神。故五行无常胜，四时无常位，日有短长，月有死生。万物皆处于流变状态，强军梦路上的雄壮转身，也是军人魂魄的再一次熔铸。

2011 年 3 月，上级一纸命令，"南京路上好八连"成为驻沪部队首批特种作战分队，这些巡逻放哨的哨兵，将磨砺成为城市作战的特战尖刀。

在团队比武中，许多连队主官放话：谁在对抗中赢八连，年底优先评"优秀士兵"！

这是时代赋予八连的崭新使命。八连，已成为一把硬邦邦的"尖刀"，一支战无不胜、奋斗在前的特战先锋队。

驻沪部队首批特种作战分队

八连进驻上海时，从野战部队转型为城市警备部队，有的战士发牢骚，但是他们拒腐蚀，永不沾，抵制住了十里洋场、"香风毒雾"的诱惑。1963 年，八连获得国防部命名，他们又马上把部队拉到安徽磨盘山锤炼，全体官兵在红旗下宣誓：宁愿脱掉一层皮，宁愿掉下几斤肉，也要练好硬功夫……今天，从步兵连队转型为特战连队，有的连队质疑，八连除了"艰苦奋斗"之外，打仗训练行吗？

我们行。他们共同作出的回答必然是肯定，不容置疑。

当然，也有人觉得连队只要政治上强，军事上弱一点没关系，声誉不会受到影响，为什么要冒风险转轨特战任务？也有人担心连队是传统步兵，对特种训练存有畏惧之心。

军人的字典里，没有"认输"一词。对于八连的战士来说，"南京路上好八连"是他们圆梦的开始，也是荣誉的起点，在八连当过兵，不仅仅是一段经历，也成为一种勋章般的存在。就像八连把南京路当作母亲路的情怀一样，在八连度过军旅生涯，也有了一种近似于重生的感觉，他们不容许这个悠久的荣誉毁在自己手上。这种荣誉感，构成了八连坚不可摧的灵魂——无论遇上任何困难，必须攻坚拔寨，迎来胜利，这才无愧于心。

从普通连队转向特种作战连队，一切从零开始，特战专业的课目成为八连前进道路上的拦路虎，个个都是难啃的"硬骨头"。这些挂着纯朴笑容巡逻站岗、拎着剃头箱、修鞋箱服务市民的战士，要变成攀岩走壁、身手不凡的特种兵，这个"转型"是个巨大考验，这是一项"不可能完成的任务"吗？

连长刘金江急了："能打仗、打胜仗，靠什么？就要靠战斗力，既要政治过硬，又要训练有素，'转型'特战就是提高战斗力的有效途径，困难再大也要克服！"

务求必胜的军令状，递到了团党委手中！

刘金江1980年出生，山东临沂人，从山东理工大学毕业时，南京军区来招人，当时毕业生有四千多人，报名的很多，但选拔名额只有一人。刘金江上高中时就有当兵的理想，在选拔中脱颖而出，2004年分配到上海警备区，担任六连的排长，后来又到工程学院进修一年。刘金江在部队里感受如鱼得水，但多少有些心在曹营心在汉，担任六连的排长，却想着到八连去，八连，那是一个梦想的所在。他小学时就听说过八连的故事，但那时一直不知道八连在什么地方，现在近在咫尺，目标已进入"准心"。在六连两年后，刘金江分配到团司令部又做了两年参谋，还到南京陆军指挥学院完成了半年学习。2009 年 6 月，担任六连的连长，在负责世博安保上贡献突出。一年后，终于来到八连，担任了连长。世博会结束了，部队转变非常大，人员有大的调整，支部班子换了，驻地换了，来到了大场营地，最大的调整，训练任务变了，原来八连是摩步连队，现在开始向特种兵转变，没有教材，没有精通特战专业的骨干，这又是八连训练上比较困难的一年……

"要当标兵连队，军事训练必须过硬。"连长是军事训练的标杆，白天，刘金江带着连队干部骨干前往兄弟单位"取经"，虚心学习特战课目的训练技巧；晚上，加班加点研究特战理论，编写出一部集训练方案、训练计划于一体《特种课目教案汇编》，全连干部"苦"字当头练硬功，始终学在前、练在前，刘金江"头开瓶"一天开了20 多次，被玻璃扎破了，仍咬牙训练；指导员闫永祥为了将难点课目"主绳上"练好，手上的水泡破了长、长了破，连队干部的身上到处是青一块紫一块。就这样，用了一个月，连队支部成员率先掌握了特战课目的基本动作要领，能为官兵进行示范演示了。年底，警备区组织观摩活动，警备区所有首长都来参加，时任上海市市长韩正来了两次，刘金江感觉压力很大，但是八连出色地完成了任务。

连队的特种训练，包括四个方面，一个是摩托车特级驾驶训练，一个是攀登，一个是特种射击队，还有一个是硬气功。除了练好擒拿格斗、硬气功等特战基本功，八连精练特种射击、夜间捕俘等一

军姿如山

招制敌的特战本领，将连队拉到山上、放到海里、置于岛中，在生疏地形锻炼孤岛生存、战斗攀岩、高空滑降的过硬素质和顽强意志。

从步兵训练到特种训练，并非人人都能适应，训练是最辛苦的，伤痛也需要忍耐。班长左辉感触颇深："原本是步兵专业的'老把式'，可一下子成了特种训练的门外汉。"为了尽快掌握专业技能，整整一年时间，无论天寒地冻、刮风下雨，他和战友每天早上坚持提前半小时起床，进行硬气功和散打基础训练。

一位退休的八连老兵给连队写来的信件，被一再提起："亲爱的战友，在服役期间，吃苦的甜头我们往往还不能马上体会到，但如果把眼光放长远一点，今天的吃苦，就像银行'存款'一样，一笔一笔地存下来，吃过的苦积累到一定程度，若干年后，就会得到一笔丰厚的'利息'，有没有这笔'存款'，人生是大不一样的。"

经历了种种困难苦痛，左辉的各项成绩在连队名列前茅，成为警备区训练标兵，全连16个特战课目，他在15项中名列前三名。"一招过硬不算硬，招招过硬才真硬。"左辉为了弥补摩托车特种驾驶这一弱项，请战友把自己训练的全过程拍摄下来，放到电脑上反复观看，一招一式改进，3个月的反复练习，他在比武中夺得摩托车特种驾驶第一名。

"一人强不算强，人人强才算强。"在左辉影响下，整个连队自我加压，展开"集团冲锋"，一般的连队早上跑5公里，八连要跑上10公里；一般的连队海训时游5公里，八连就翻倍游10公里，许多战士累得只想睡觉。他们咬着牙、铆着劲，冲在特战训练的最前沿。每天，早起半小时，晚睡半小时，人人素质过硬争当尖兵，每天坚持100个俯卧撑、100个仰卧起坐、100个千斤棒等"六个100"，每周坚持组织一次特种作战演练……有的战士一天练"头开瓶"20多次，经常倒在遍地煤渣的操场上；一个简单的向前扑倒的动作，有的战士反复练上几百遍，练到手都抬不起来；个别战士自感基础不够，每天多练一小时增强训练强度；还有的报名参加难度系数较高的滑降队，站在离地十几米高的攀登楼顶，完成了一整套攀爬、跳窗训练。无限的辛苦，没一声抱怨。

四班战士范有德有恐高症，平时上楼总是靠着墙走，就连从宿舍楼上朝下看脚都打颤。每次基础攀登训练，他就神色紧张，爬到离地面3米高时就不敢往上爬了。数次拖连队的后腿，范有德把心一横，对班长说："帮我把眼睛蒙上，你指挥我向上攀登。"4米、5米、7米……经过一个月的蒙眼训练，范有德克服了恐高症，登上了10米的标准高度，攀登成绩冲上连队的前列。

"90后"战士金宣宇，自小爱好文艺，入伍分到八连时，随身带着两支萨克斯，手里拿一支，背上背一支。在新战友座谈会上，他坦言："我的人生理想就是考军艺。"

然而，不到一周他就泄气了。由于体重超标，他连上高低床都吃力，在训练场上，更是洋相百出，5公里越野拖"尾巴"，单杠一个也不上去。"这样的身体素质，哪能考上军校！"金宣宇开始怀疑自己入错了门。

"艰苦奋斗是八连的根，只要肯奋斗，就没有迈不过去的坎。"闫永祥一边鼓励，一边为他量身订制"瘦身、强能、达标"三步走计划；刘金江每天早晨跑步时，把他带在身旁，循序渐进，由慢到快，帮他增强体能。时隔半年，金宣宇瘦了25公斤；一年后，他的训练成绩全部合格，被评为优秀士兵，还如愿考取了军艺。

彭勇是有着10年兵龄的特种专业训练骨干，团里将他调入八连，主要负责"硬气功"的训练，他带领官兵展开了高难度的训练。

"手劈砖、头开瓶、背断棍等，都是硬气功的基本功，若是动作要领掌握不好，就要吃苦头了。"比如，砖头没碎、手掌劈肿了，玻璃瓶砸开了、额头也流血了……可是轻伤不下火线，还得反复训练，直到掌握技巧和要领。

彭勇说："难归难，苦归苦，掌握了科学训练方法和完备的安全措施，是可以成功的。"

不畏艰苦，方能自我超越。2011年6月，八连转换为特战分队刚过去3个月。训练场上，一阵急促的哨音响起，反恐突击车、轻型摩托车风驰电掣，特战分队、侦察分队轮番上场。擒拿格斗，头顶瓶碎、手起砖断、背砸棍折，眨眼间完成，顿时掌起雷动。

"连队的战士都这么厉害吗？"前来参观的大学生意犹未尽，围住刘金江发问。

"这是特战分队的基本功，人人都会。"刘金江充满自信。

"真的吗？"大学生们将信将疑。

"你们可以随便点。"

这是一场特殊的"考核"，大学生们一连点了7名战士上阵，结果每个人都是头顶瓶碎、手起砖断、背砸棍折……精彩的展示，让大学生们彻底折服了。

一次反恐演练，"恐怖分子"挟持"人质"逃窜至居民楼，负隅顽抗，八连的战士火速抵达事发地域，展开合围。"砰、砰、砰"三声枪响后，队员破窗而入，然而，迎接他们的不是凶残的"暴徒"，而是一场精心设计的战斗意志训练。8名队员被锁在一个不足10平方米的房间里，屋内被扔进催泪瓦斯、硫黄烟，呛得大家头昏脑涨、咳嗽不止。3分钟后，战士出现眩晕、呕吐，他们还是以超强的毅力撑到了最后，一举创下了6分50秒的团该项课目新纪录。

这是一支"拉得出、用得上、打得赢"的特种作战力量，他们高标准实现了从"霓虹哨兵"到"特战尖兵"的跨越。不到一年时间，特种专业训练，八连人人达到优良，参加警备区比武竞赛，次次第一，全团16项特战课目比武竞赛纪录，有12项为八连官兵创造和保持……

"这是一支特殊的连队。"上海警备区副政委张维平说，"好八连比起不少红军连队组建晚，历史并不算长，也没有创造过惊天动地的业绩，但就是这样一个连队，人们都能记住它，奥秘在哪？因为它在平凡中创造了不平凡，时时事事处处体现了人民军队的本色，它的名字是人民叫响的。"

7月，八连数十名官兵进驻金山城市沙滩，在该海域担负世游赛舟艇保障任务。

组委会安排官兵和运动员一起入住五星级大酒店，八连婉言谢绝，住进了离赛场10公里外的某野外训练基地，住进没有空调、没有淋浴的砖房，早出晚归，风雨无阻，每天他们提前三个半小时第一批到达，最后一批离开，并自备早中晚餐的饭菜和干粮，从未到大酒店吃过组委会安排的一顿饭。"不管到哪里，不管执行什么任务，我们不能丢掉艰苦奋斗精神！"

八班长张鹏和女友约定，此次任务后拍婚纱照、办婚事，临走前，女友叮嘱他："不许晒黑，不然就等你变白了再办婚事！"平时战友们都跟他开玩笑，劝他注意"保养"，等一上了船，张鹏总是冲锋在前，当女友再次打来电话，让他不许晒黑时，张鹏笑着说："黑皮肤加白婚纱，那才叫黑白配嘛。"

此时是上海最热的高温天气，官兵在船上一待就是数个小时，因怕上厕所多影响工作，大家不敢多喝水，战士嘴唇干裂，晒得脱皮。烈日炎炎之下，刘金江顶着酷暑，站在海水中指挥调度，长时间的水中浸泡，他的脚掌也开裂腐烂了……

六年了，刘金江没有回老家看望过一次父母，都是父母过来，他把一点一滴的时间都放在了部队，他个人荣获过二等功，他任连长期间，八连分别立过集体一等功、集体二等功，连队还被授予"五四"奖章。

"军事好，如霹雳。"这是赞誉，也是军人能打仗、打胜仗的使命所系！如今，团比武中，许多连队主官放话：谁在对抗中赢八连，年底优先评"优秀士兵"！

这种满足感，平常人难以体验。

八连，已成为一把硬邦邦的"尖刀"，一支响当当的特战先锋队。

宣示军队永恒的坚守

左辉大学毕业后，放弃了到学校当教师，偷偷跑到镇武装部报名参了军。他怀揣美好的"自我设计"来到部队，哪知未能如愿，被分到整天站岗放哨、摸爬滚打的八连。不仅从班长手里接过钢枪，他还接过了一只补鞋箱："这只补鞋箱已经在连队传了31代，现在，你就是补鞋箱的第32位传人了！"左辉怎么也想象不到，梦想很性感，现实很骨感。

"部队没鞋穿吗？现在谁还需要补鞋啊，我去给谁补鞋啊？"

左辉困惑了。他认为自己走错了门，几次想调动，甚至打起了"退堂鼓"。

连队干部了解后，安排他当连史馆解说员，前辈们舍弃名利、艰苦奋斗的故事，对左辉触动很大，自己可不能像"童阿男"那样只想着自己的事走歧路啊。

晚上躺在床上，左辉眼前再一次浮现出1998年8月7日的情景。那一天，全世界的目光都聚集在江西九江的长江堤坝上，肆虐的洪水撕开堤坝已经五天了，数万军民封堵决口的激战已进入白热化。距离九江城不远的湖口县一中临时搭建的校舍里，左辉和同学们围在一台电视机前，当数百名解放军跳进咆哮的激流，手挽手搭成人墙堵住决口时，整个校舍沸腾了。当时，左辉只有13岁，正在上初二，他从心底涌现出一股对军人的崇敬之情。

回想起几十万军民誓死保卫九江的情景，左辉主动调整了自己的人生坐标，刻苦训练，第二年当上了班长。

2008年，当兵三年了，左辉还从未回过家，得知外公身体较差、妹妹即将高考，左辉准备申请休假，这时连队接到了奥运安保任务，受命抽调左辉和四名战友加入团防化救援组。防化专业集训期间，正值酷暑，防化服一穿到身上，只觉得无法深呼吸。左辉和战友每天早上身着密不透风的防化服、背着18公斤重的气瓶，坚持3公里全副武装速跑训练。每次训练结束，从防化服中倾倒出来的汗水，足有半瓶矿泉水那么多。

累死不弯腰，冻死迎风站。"奥运快到了，训练必须完成，再苦再累，我们都是连队派过来的，不能辜负连队对我们的期望。"累得不行了，左辉就和战友们相互打气鼓劲。

防化专业最危险的课目是毒气侦察，为了将自己练成合格的防化尖兵，左辉主动要求"以身试毒"，先后三进施毒区进行毒剂识别，每次都以优秀成绩过关。一个月的刻苦训练，左辉和连队其他四名战友从"门外汉"变成了"专业通"，顺利入选防化救援组，左辉还担任了防化救援组组长，出色执行奥运安保任务，荣立三等功。

一天深夜，暴雨如注。正在连部值班的左辉突然接到一位独居老人打来的电话，说自己突发重病，请"好八连"救救他。左辉迅速向值班副连长刘电生汇报，安排好值班交接，按照老人说的地址迅速赶到，背起老人就往医院赶，老人得到及时救治转危为安。

团攀登课目训练试点，八连主动要求担负任务，到静安消防中队借"梯"攀登。这天，连队来到消防中队训练场，五层楼高的攀登楼，让从未练过攀登科目的官兵紧张起来。消防兵从消除恐高心理入手，以敏捷的身手传授攀爬技能，让八连迅速掌握了训练技巧和班排战术的协同，攀登时间大大缩短。左辉经过半个月的训练，攀爬20多米高楼，18秒便到达楼顶，让消防中队的教员们都赞叹不已。

这群"80后""90后"，已经汇入军人这个集体的行列。同样是"80后"的黄森说："要说'80后''90后'和以前的有什么不同，那就是个性鲜明，脑子想的事多，民主意识特别强。他们年龄不大，可学历高、见识多，学习、训练善动脑子，而且不怕苦，部队的传统更没丢。"

当然，八连靠艰苦奋斗、"两个务必"起家，以"拒腐蚀、永不沾"闻名，以全心全意为人民服务受到爱戴。这些传统，要让这些如今生活优越、从小受宠的新一代产生亲近感，并非易事。

"一方面，传统并非静止不动，而是不断发展的，千万不能死抱着过去不放；另一方面，现在的士兵个性虽强，但人人内心都有集体归属感和荣誉感。"黄森深有感触。"新三年旧三年，缝缝补补又三年"不提了，生活上的吃苦向训练上的刻苦延伸，从"苦身子"向"苦脑子"延伸。训练场成了实践艰苦奋斗精神的主战场，而在平时学习上，养成甘吃学习之苦、钻研之苦、创新之苦的精神。不论是谁，进了八连这个集体，都迅速"脱胎换骨"，被这个集体的气质感染，做到自己可能过去从不曾做到的事。

作为改革开放后成长起来的一代人，"80后""90后"亲眼见证了中国走上崛起之路，他们毫无疑问必将成为国家的生力军；同时，他们个人的砥砺之路，也在延展着这个民族的期望。从八连的"80后""90后"身上，我们感受更多的欣慰和希望……

2010年底，老兵又要退伍了，连队只有几个选改士官的名额，不少战士家长托人、找关系，想方设法让自己的孩子留在部队。

战士边少杰的父亲和爷爷一起赶到连队，逼着他在连队干部面前表态留队。"关系已经给你找好了，你说想留下，就能留下。"父亲悄悄地说，边少杰却不吱声。

"八连这支部队多好啊，家里人都想你留下来。"爷爷也在一旁劝道。

边少杰还是不吱声。父亲和爷爷说了半天，边少杰沉默良久，最后坚毅地说道："八连的兵不走后门，否则我宁可不穿这身军装。"

边少杰其实一直想要留在连队，退伍摸底调查时，边少杰已经向连首长表过态了，可是考虑到自己的能力素质，和其他优秀的战友相比还存在差距，如果通过走关系留下来，也是一件丢脸的事啊。边少杰含泪离开了部队。

在八连这个大熔炉里，练的是精兵、出的是精品，官兵在生活上有激情，在工作上讲奋斗，理想和信念特别坚定。从八连这个大熔炉出来，他们信念如钢，本色依然。

转眼，左辉在八连已经 5 年了。这年年底，左辉再次面临走与留的两难选择。黄森找他谈话，考虑到连队训练转型，需要一个既熟悉情况、又懂管理的"老大哥"，想让他留下来。

左辉很为难，几年来，母亲一直想念他，催他回家。在上海工作的女友已经辞职回了老家，等他回去结婚。半年前他跟母亲和女友说好了退伍，在老家的工作也已找好，现在离退役不到一个月的时候变卦，左辉碰上了两难选择。黄森几次半夜查铺，发现左辉还没睡着……

左辉没有提干机会了，未婚妻都已辞职回了老家，组织上要留他，黄森从情感上也不好受。

辗转反侧一个星期，左辉想通了，选择留在部队："我是个党员，要讲党性。我是八连的战士，要服从组织的需要。"吸引他留下的，是八连崭新的事业，是八连那股艰苦奋斗、蓬勃向上的精气神……

当兵 7 年，他带出了 8 名一级"神枪手"、21 名训练骨干和 40 名训练标兵。

"武艺练不精，枉为八连兵；人人都过硬，八连才能过得硬。"左辉把训练场作为践行使命的主战场。八连训练内容转换为特战专业后，连队成立了摩托车特技驾驶小组，左辉第一个报名，成为连队第一批掌握特技翘边斗、180 度大调头、隐蔽驾驶等技能的骨干。

一次反恐演练，警备区指挥中心的大屏幕上，一名"神兵"破窗而入，举枪射击，"恐怖分子"应声倒地，"人质"被成功解救。在场的军地领导纷纷称赞："好八连"的兵果然名不虚传！这名神兵就是左辉。

在他的军旅生涯中，他不知道田子坊、也没去过新天地，但他在南京路上给无数上海市民理过发、修过鞋，他和战友一起，守卫着这座城市，他说：这是军人对这座城市的承诺。

有一些人活着，只对自己的人生负责。有一些人活着，把国家利益放在至高的位置，时代的使命在他们的生命中打下深深的烙印，绿色军营有他们勇毅的担当，他们沿着这烙印的召唤前行，人生价值交织在国家利益的壮丽画卷之中，他们个人的境遇因为和国家需要交织在一起而变得异常的精彩。

2011年初，为适应连队训练任务转换，无论天寒地冻、刮风下雨，左辉都提前半小时起床训练，多次手掌劈肿、额头流血、后背淤青，仍然咬牙坚持，争当"攀登第一爬，倒功第一摔"……漫漫强军梦的路上，一路无悔追寻。

2013年，左辉获得了全军"百名好班长新闻人物"，上海市拥军优属基金会副理事长许俊文作为颁奖嘉宾，为他颁奖，颁奖词如此写道："都说军营是座大熔炉，你这块钢，让我们测出了炉火的温度。无论南京路上的霓虹如何变幻，好八连的本色，宣示了我们这支军队永恒的坚守。"

谁英雄谁好汉，海训场上比比看

2013年7月，夜幕降临，炎热依然。

警备区军事考核比武现场，建制连对抗比武精彩上演。

现任连长周文杰身披伪装，小声地对全连官兵进行着战前动员："这次比武对抗，在实战背景下展开，不再像往常一样单纯在米数、秒数、环数上进行较量，战斗将在深夜打响，全面检验我们'走、打、吃、住、藏'能力，大家一定要提高警惕……"

潜伏、疏散隐蔽、构工伪装、宿营……长夜漫漫，蚊虫和闷热挑战着官兵的生理极限，但没有一人暴露目标。

"嘟嘟嘟！"子夜时分，在伸手不见五指的情况下，总攻打响了，八连官兵如一只只下山猛虎，在夜色中突击。

周文杰1986年出生，江苏宜兴人，高考落榜后入伍，2006年考上解放军国际关系学院，学习特种作战指挥专业。八连向特种训练任务转型后，周文杰作为训练骨干调入，历任排长、副连长，2013年5月31日，接替刘金江担任连长。

周文杰为人谦虚，对人常说起刘金江对他的帮助。其实他本身军事素质过硬，对自己要求严格，遇到任何事情总是冲在前面，从不叫苦叫累。

2011年9月，外三灶，团里组织攀登考核。为鼓舞全连士气，重感冒刚好的周文杰，主动要求第一个出场。虽然身体还比较虚弱，周文杰的身手依旧敏捷，动作依旧利索，三下五除二地爬到了绳子顶端，所有人都不禁发出赞叹。转瞬间，他又以"壁虎下"的方式顺绳子下落，眼看就快着陆，他突然停顿了一下，表情异常痛苦，显然由于感冒的影响，今天的状态不算最好，但他还是咬牙坚持。下来后，大家才发现周文杰满裤腿都是血，掀开裤腿一看，一道伤口正血流不止。伤疤就像是军人的勋章，伴随军人无畏的军旅生涯。回到连队后，战士们都问他："排长，一次小考核你怎么这么拼命啊？"周文杰正色道："能来八连是我的荣幸，我必须尽最大的力气，做好每一件事。"

人在与自己气场相合的环境里，往往如鱼得水。周文杰节约，他有两件背心从高中穿到现在。迷彩服上打着很多补丁，也还穿着。这在别的连队，在别的地方，可能会让人觉得格格不入，显得异类，在艰苦奋斗至上的八连，周文杰真正是得其所哉。

作为从新时代成长起来的军人，周文杰的艰苦注入了时代的元素，对八连来说，他是个外来户，他自己也想不到，有一天会做到八连的主官。他一直在思索，连队的那根接力棒，交到自己手里，应该怎么传下去？这是一个重大的考题，也是一次重大的考验。军人必须全面过硬，不仅思想过硬，军事过硬，还应该成就一段自豪的军旅生活。这是周文杰的追求。

军人，不应该向享乐主义靠拢。这是周文杰的信念。八连要苦有所值，乐在其中，苦有所乐。把上级赋予的荣誉，发挥出最大的价值。天气转凉时，战士们早上出完操回来要洗澡，周文杰就提议，天凉了，就不洗澡了，节约用水。在节约用电方面，连队宿舍不装空调，只开电风扇，锤炼战士的意志。

八连不应该沉浸在功劳簿里，否则就不会有进步，这是周文杰的观点。他认为八连官兵要有正确的婚恋观，不允许打着恋爱的旗号乱搞关系；军事过硬方面，通过战斗训练、特种训练，要比其他连队的战士具备更高的体能、战斗素质，攀岩的时候，十米高的楼房，八连人从高处头朝下滑下，无一人畏惧；全面素质方面，不能像有些连队战士入伍后只负责一个岗位，或者看管一个仓库，八连的战士要求一专多能，会制作 DVD 的，会出黑板报的，八连就让他们自己去做，让他们有成就感。

"练就能打胜仗硬功夫，才是合格八连兵。"周文杰告诉大家，服务人民需要志愿精神，保家卫国需要钢铁战士，既要让人民感到温暖，更要让人民感到安全。

攀登课目是世界特种兵的通用训练课目，还是副连长时，周文杰就成为连队"攀登王"，曾创下全团最快纪录。2012年3月，他看到国外有特种兵10秒之内完成攀登，内心受到强烈刺激："外国人能做到的，我们同样能做到。"

必须打胜"冲顶之战"，周文杰心里给自己下了一道死命令。

没有苦难磨砺的过去，难有拼搏开拓的未来。为提高攀登速度，他背着30公斤的背囊登上滑下反复练习，那次攀登受伤，伤口还未完全愈合，他又出现在攀登训练场，9个多月的磨砺，周文杰一举创造了9秒58的攀登新纪录。

"越是困难，越要昂扬进取；越是艰苦，越要不懈奋斗。"周文杰慷慨激昂。提升战斗力，没有捷径可走，要想在未来战场上多一些胜算、少一些牺牲，就要在今天的训练场上抛洒更多的汗水，付出更多的努力，接受更多的考验。

刚参加完警备区的军事比武，八连又来到了海训场。

"谁英雄谁好汉，海训场上比比看。"激情的口号喊得震天响。

上午8点30分，武装泅渡训练展开了。官兵们每人背着4枚手榴弹、7斤多重的枪和一壶水，纷纷奔向那蔚蓝的大海，展现汹涌的激情。

小比武、小竞赛，使训练热情势如波涛，一波还未平息，一波又已涌起；一轮又一轮近乎残酷的挑战和考验，使整个海训场充满了浓烈的战斗氛围。

平时训练心软，战时就会心痛。蓝天、碧海、阳光、沙滩，不再充满温情和浪漫，有的只是激情和血性。班长左辉笑道，海训一天要喝下五六公斤海水，整个海训下来，要脱去几层皮……战高温、斗酷暑，全连从连长、指导员到新兵，一个个晒得黝黑发亮，一笑一口明晃晃的白牙，越发显得精神干练、英姿飒爽。

这就是海训场，它通过对官兵们生理、心理以及意志、作风的锤炼和考验，来催生强大的战斗力，来磨砺出军中利剑。

这就是海训场，无数的战士顶着如火的骄阳，踩着滚烫的海沙，跃进波涛汹涌的大海，练意志、练战术、练技能，在高强度的训练下脱胎换骨。

这就是海训场，无数的战士跟时间赛跑、与体能对抗、和气候比拼，一笔一画谱写出一幅在风浪中"成长"的军旅画卷。

这天，3000米武装泅渡摸底考核展开了，随着值班员的哨音响起，全连迅速集合，分成三路纵队，跃跃欲试。周文杰一声令下，官兵们一个个像离弦之箭，奋勇向前。海浪汹涌湍急，浪头一个接一个。官兵们如水上蛟龙，随着浪头起伏……"三条长龙"渐游渐远，最后变成波峰浪谷中若隐若现的一个个黑点。

3000米武装泅渡，一小时完成。周文杰非常高兴，这个速度超出了预期目标！

周文杰上任刚4个月，上海警备区"军营开放日"在八连所在团试点。训练场的武器装备展示区，不少带着孩子的市民，与霸气威猛的猛士突击车和指挥车，作战机器人、95枪族、12.7毫米重机枪等装备零距离接触，纷纷拍照留念。9时45分，表演开始，八连特战小组从天而降，破窗而入，"秒杀"恐怖分子，解救"人质"；随即又展示了摩托车特技驾驶、擒拿格斗，以及头开瓶、背断棍、手劈砖等硬气功，前来参观的3000多市民，不时发出阵阵惊呼声。

强国的梦想在军人中间代代相传，强军的梦想在军人身上日渐呈现。

为祖国和人民守护安宁，是军人的无上荣耀。作为中国军队中的一个英模连队，八连人时刻锤炼本领、时刻准备打仗，他们的坚韧执着让人民放心！

这就是八连人，他们在逆境中勇于吃苦、敢闯敢拼，在风险中展现军威，不断地实现着军旅人生的飞跃！

这就是八连人，他们聚集未来战场，超越城市的钢铁丛林，他们就是梦想的方阵，他们就是城市的忠实捍卫者！

这就是八连人，一个个强大的战斗单元，以顽强和坚韧赋予城市闪亮的底色，以艰苦和奋斗赋予军旗永不褪色的本色！

这就是八连人，一群令人起敬、令敌震惊的血性军人，他们就像是一颗颗出膛的炮弹，在履行使命的征途上，以饱满的战斗激情，呼啸向前⋯⋯

雷锋又复活了，雷锋又复活了

黄浦江上的晨光早早降临，城市在鸟鸣和江涛中苏醒。

南京路上，凌晨6时，补鞋机、磨刀石、理发推和缝纫机就响起来了。

又是一个为民服务日，战士们像往常一样起了个大早，像出席盛大仪式一样，穿上整洁的军服、锃亮的皮鞋，临出门前，再一次仔细检查军容风纪，然后扛上补鞋箱、理发箱和缝纫机，迅速赶赴为民服务的母亲路。"为人民，几十年"，这道风景线坚守在南京路上已有几十年了，他们打赢了一场为人民服务的持久战。

1990年，为民服务日，一个雨天，补鞋箱第17代传人张伟标一身泥一身水挤上公共汽车，湿漉漉的箱子不小心碰着了一位姑娘的裙摆，立即响起一阵骂声："下雨天给谁补鞋呀？死样子。"张伟标觉得鼻子发酸……

曾几何时，在一些人眼中，雷锋精神是傻瓜的标签，冷笑与嘲讽，环绕在这些为民服务的战士身边。那一年初夏的一天，服务点补鞋摊前，补鞋机在张伟标手上"突突"地响着，突然，斜刺里飞出一个怪兮兮的声音："师傅，这只鞋给补一补。"

一位衣着考究、戴玳瑁眼镜的青年，把一团黑乎乎的东西用竹竿挑到面前，立即散发出一股刺鼻的臭味，这是捉弄还是挑衅？有人在一旁大声喊："不要理他，那是从垃圾筒里捡来的破烂！"

1992年的一个为民服务日，卢成斌和战友来到南京路，听见有人在旁边说风凉话："哟，当兵的也来赚钞票啦。"

卢成斌笑笑："我们是来尽义务的。"

"戆大，这年头，谁还尽义务。"

卢成斌1990年入伍前，在镇上开了个理发店，每月能挣三四百元，在那时已经是高收入了，听说部队长出息，才报名参了军。在新兵连，干部问谁会理发，他装着没听见。有一次看战友们理发，理的人咬牙切齿，被理的人龇牙咧嘴，头发理得坑坑洼洼，狗啃似的，实在看不过去了，卢成斌拿起了理发推子。分到好八连，重操"旧业"，成了连队理发箱的新一代传人。一次，卢成斌正在服务点给人理发，正好碰上有电视台来采访，卢成斌觉得不好意思，又有人在旁边喊："假正经，做给人看看的。"

误解与嘲讽，击不倒八连的战士。卢成斌记得第一次上南京路时，有对年轻夫妻带着个小女孩路过，那位父亲理完发，小女孩也执意要剪头发，卢成斌给她剪好，她站起来，从母亲包里抓起一把奶糖，往卢成斌手里塞，边下的群众都劝他：这是孩子的心意，你就尝尝吧。实在拗不过，卢成斌拿了三颗，放在理发箱里，糖分给战友，糖纸要回来，一直珍藏着。

去南京路理发多了，与群众产生了深厚的感情。有一次卢成斌有事没参加服务，第二次再去时，有个老奶奶说："上次你没来，真怕你病了。现在你来了，我们就放心了。"

1992年2月，有位阿姨找到服务点，请卢成斌到家里给老人理发。当时，等候理发的人排成长队，卢成斌就请这位妇女留下地址。中午，人们吃饭的时间，他拎着理发箱，乘了两站车，又穿街走弄，找到门上。原来女主人的老奶奶瘫痪在床，头发很久没剪了，卢成斌和女主人把老奶奶抬到躺椅上，弓着身子给理了发，洗了头。忙完，早过了午饭时间，女主人留他吃饭，他撒谎说："我已经吃过了。"其实，他饥肠辘辘，早唱开"空城计"了。女主人感慨道，为给奶奶理发，花钱请人没有肯上门的，解放军不要钱却上门了。女主人的父亲是个哑巴，直朝卢成斌竖大拇指。此后，他估摸着老奶奶该理发了，就趁着节假日过去给老奶奶理发。

战士蔡波出生在山东老区，从小由奶奶一手带大。奶奶年轻时针线活特别棒，缝制的拥军鞋方圆几十里闻名。小时候，奶奶常给他讲做军鞋支前的故事，入伍临行前，奶奶拿出来一只精心缝制的针线包，说部队上兴这个，要他好好带着。1991年，蔡波分配到"南京路上好八连"，成为补鞋箱19代传人。这天，连队组织老兵"赠宝"仪式，会议室里新老兵相对而坐。18代传人副班长李峰把补鞋箱抱起来，含泪端到蔡波面前。正当他准备把自己成为补鞋箱传人的消息告诉奶奶时，收到大哥的来信说奶奶已经去世几个月了。捧着奶奶留下来的针钱包，像是捧着生命的一部分，蔡波决定让奶奶的针线包在自己的手中继续"发光发热"。一次，他在服务点埋头补鞋，两个外国人来到面前，男的抱着一个大背囊，原来是背带坏了，蔡波接过来补好。老外掏出一张美元递过来，蔡波摆摆手，又接着干活去了。那两位老外觉得很惊讶，摊开双手摇摇头，背起背囊走了……

岁月如梭，转眼已是2006年。新兵蒋海龙怀着当特种兵的梦想来到部队，然而，新兵下到八连后，让蒋海龙没想到的是，连队把他编入为民服务班，让他当理发箱传人，他怎么也想不通："我是来当兵的，不是来侍候人的！"整整半个月，小蒋愣是没进理发室半步。

"理发箱"的第31代传人龚广森是蒋海龙的"师傅"，没有急着要求连队换人，主动和蒋海龙拉家常："在八连，想当'优秀士兵'说容易也容易，说难也难。为民服务是我们连队的'金字招牌'，现在连队让你当理发箱的传人你都不愿干，怎么能当'优秀士兵'呢？"

学理发对于左撇子的蒋海龙来说，比别人更困难，认识到理发箱的重要后，他凭着一股韧劲，在4个月后走上了南京路。6月20日，一位中年人来到蒋海龙的服务点上："你是'南京路上好八连'的吗？"得到肯定答复后，中年人排到队伍后面。轮到他时，中年人说："理平头！"一阵剪、推、刮之后，一个标准的"板寸"出来了。中年人对着镜子满意地说："20年前我在南海舰队当兵就听说过'好八连'，今日一见，果然名不虚传！"蒋海龙的"手艺"传开了，每月为民服务日，理发点排满了长长的队伍，八连理发箱的第32代传人，成了南京路上的"名剪"。

2011年，7月的一个午后。

"小伙子，我家一台缝纫机坏了，能不能过去帮我看看？"正忙于缝补一双脱线皮鞋的战士张文涛，闻言抬起头，一位满头银发的老奶奶正一脸期待地望着他。

受人员和时间限制，八连都是在为民服务点提供服务，倘若拒绝老奶奶，必然会伤了老人的热情。望着慈祥的老人，张文涛说道："您先在一旁休息，我这边忙完了就跟您过去瞧瞧！"

在老人家里，张文涛见到了那台历史味道浓郁的"蝴蝶牌"缝纫机。过去上海人结婚流行缝纫机、自行车、手表这"三大件"，这台缝纫机就是老人当年的嫁妆，因时日长久，已生故障多年，部分轴承已生锈，零件接口处满是灰尘，试着旋动缝纫机转轮只觉无比生硬。但老人一直舍不得丢，看到八连官兵在为过往群众热情服务，老人心头这才萌生一丝希望。张文涛先给各个轴承上了油，又仔细用毛刷将灰尘刷干净，更换了一些生锈损坏的零部件，转眼，半个多钟头过去了。房间里虽有空调，但他全身仍被汗水湿透。"您现在试试看！"老人轻踩脚踏，只见缝纫机又发出轻快的嗒嗒声。

张文涛新兵下连那会，被分到连队"为民服务班"，拜上等兵赵剑为师。一天早上，到南京路时已经有许多人在排队了，一上午的时间，每个人都没有停过手中的活，汗水湿透了全身，拥挤的人群将补鞋的专用胶碰倒了，一下子都撒到了师父赵剑的双手上，这补鞋的专用胶粘力十分强，弄到手上火辣辣的疼，而且事后很难清洗，每次都必须用小刀一点点去除，赵剑不小心把手弄伤了，鲜血直流。排队的群众看见后，都说不用再补鞋了，准备离开。赵剑简单地包扎了一下，叫回大家："这点伤算什么，八连人不会因为一点疼痛放弃自己的任务。"鲜血染红了绷带，染红了鞋子，可是没有人嫌弃。张文涛成了补鞋箱第 36 代传人，补鞋时，长时间埋首弯腰，大家笑侃他为"骆驼祥子"，手掌上则满是被 502 胶水腐蚀的死皮……

"小悦悦""假摔门"等事件一次次拷问人们的公德心。"遇到困难还能不能帮？"面对此类疑问，八连官兵给出了有力回答。

2011 年 7 月，班长曹俊和张文涛在南京路为民服务返回时，见到路边站满了人。走近一看，原来是一位老太太倒在地上，老人面色苍白，呼吸急促，四周挤满了围观的人，却没有一人走上前帮助。曹俊和张文涛见状，二话不说，走上前扶起老人，并将老人背起准备送往医院。"小伙子，当心骗子，你不要惹火上身！"一位中年人拉住他们。

"别人有难，该出手时就出手，哪有那么多讲究！"曹俊和张文涛撂下句话，背着老人向医院跑去。

"幸好抢救及时，再晚一点就危险了。"医生的话让曹俊松了口气。

"小伙子，万一老人抢救不过来，人家讹你怎么办？"面对围观群众的疑问，两人答道："我们是八连的战士，为群众解忧帮困是我们的天职！"

2011 年重阳节，一大早，闫永祥带着几名战士来到敬老院，不仅带来重阳糕，还从居委会借来轮椅，推着老阿婆到街上走走看看。南京路上的高楼大厦，川流不息的人流，商场里琳琅满目的商品，老人们一路上笑得嘴都合不拢。逛完南京路，在前往淮海路的地铁站台时，碰到了一些由子女推着逛街的老人。敬老院的孤老和那些老人们开心地交流着，走过的一名中年男子，不禁感叹起来："雷锋又复活了！雷锋又复活了！"

人这辈子不一定要有多大成就，但多多少少要有点成就感。人生的价值无须别人证明，但没有成就感至少是一件很遗憾的事情。不管怎样，你总得有一样能拿得出手的东西，在某个方面总得有点过人之处，这样才能找到成就感。找到成就感不是为了向别人证明什么，而是让自己活得更自信、更有尊严。

这是八连人的奋斗哲学，这是满满的正能量，这是营造美丽中国的那一抹晴朗。我想，这无疑源自八连数十年来对"两个务必"的坚持，在漫长的砺刃之路，面对巨大的荣誉，始终谦虚谨慎；面对物欲的诱惑，始终艰苦奋斗，做到不变质，不变色。八连身上承载的艰苦奋斗、为民服务、对党忠诚、爱国主义、敢打硬仗、敢于胜利等精神内涵，是中国军人的精神闪光点，也是推动中国梦的强力引擎。一个正在努力实现民族复兴、国家富强、人民幸福的中国，需要这种精神，需要它如同东方阳光势如千钧的重量一般，更深地激起人们心灵深处的震撼和崇高的激情，从而构成红色江山坚不可摧的堡垒。

没有八连，我肯定活不到今天

胡红根生于 1958 年，父亲是建筑工人，有两个姐姐、两个弟弟。长期以来，只有年迈的母亲和一个聋哑的弟弟照顾他的生活。1976 年，八连战士走进他的家，从此，他的生活中多了一茬又一茬亲人！

"我从上小学到现在，八连照顾我 37 年。一开始我叫他们叔叔，现在他们叫我叔叔。"胡红根沉思片刻，难忘的往事又涌现在眼前。

那时，为了方便胡红根的生活，八连出钱奔波了一个多月，找工厂为他设计了一辆绿色轮椅车，搬来水泥和沙子，在他家楼前的阶梯上，专门为他修了一道斜坡，方便轮椅进出。

每周，八连的战士两次来到蕾瓜弄，忙着给他家打扫卫生，战士王秋成骑三轮车带着他去兜风，还带他看了外滩、龙华烈士陵园、城隍庙，度过了一个又一个快乐的日子。

1990 年，胡红根在电台上听到一则新闻：上海专门成立了一个攻克截瘫病的医疗小组……那个消息紧紧地揪住了他的心，他想要站起来，他想要在大地上奔走。他冒雨摇着轮椅来到八连，副指导员许方勇听到这个消息，急忙与医疗小组的专家们联系，约好了门诊时间。连队自发组织了"帮助胡红根站起来"的捐款活动，把钱送到他的手中。

门诊那天，下着大雨，轮椅不好走了，许方勇拦了一辆出租车，把胡红根送到医院。专家们仔细地检查以后，遗憾地摇了摇头，许方勇看见胡红根难过的神情……

来年初夏，上海残联组织专家，在复兴公园举办残疾人康复的义务咨询。那天一大早，八连战士王利铭、裘洪平推着胡红根，来到咨询台前，教授们仔细地会诊后，告诉他：先去拍片，检查一下脑部神经，如果没有什么问题，可以手术治疗。胡红根怦然心动，八连也都希望着奇迹发生。

他们开始四处帮胡红根联系检查，为他自发捐款，推着他去医院检查，天公不作美，又一次下起了暴雨，许方勇急急地跑到附近海军驻地求援，找了辆车把胡红根送到医院。拍片要 1200 元，胡红根愣住了，战士也愣住了。医生们得知真情后，给他出了个主意：去街道开张无工作的证明，再加残疾人的证明，费用可减免一半。战士们把胡红根送回家，忙着去街道，去残联，把手续办好，赶到医院时，拍片的结果出来了，胡红根的瘫痪无法医治，胡红根觉得自己的心凉透了。

"你没能站起来，也不应该倒下去。"同样难受的战士们纷纷鼓励。看着老母亲积劳成疾，看着八连官兵一次又一次的帮助，胡红根下决心活下去……

时间在流逝。"1992 年时，我想办一个书报亭，在生活上自立，又是八连的战士跑断腿，帮我办理了相关手续！"胡红根说。

连首长指示战士卢成斌去办，卢成斌拿着胡红根的户口簿和街道证明，找到工商所，一开始工商所表示不容易办，卢成斌详细介绍了胡红根的情况，工商所给了他一张表格，让他去找区公安局，申请设点的地方。跑到公安局，才知道还要学历证明、残疾证明、街道证明、文化局证明……

胡红根的小学毕业证书早丢了，卢成斌用轮椅推着他，去他原来就读的小学补办。然后找到文化局办好了报刊经营许可证明，还和战友背着胡红根在医院楼上楼下地跑，找办公室，找接诊室，找专科医生检查，找院里盖章，再找街道民政科办设点证明，找区民政局、公安局……公章盖了十来个，再到工商所去，跑了五六次没有见到所长，后来有一次去，看见工商所的所长正在扫地，卢成斌抢过扫把扫地，请所长先看看手续全不全。工商所的所长问：胡红根是什么人。卢成斌把情况说了一遍。

"你们这些军人，真是热心人啊，你帮他的忙，我们也要帮他的忙。你放心，只要能办，我们一定给办。"后来，因为设点的地段要造地铁，书报亭没有办成。

这一年4月25日，"南京路上好八连"命名纪念日，胡红根在上海人民广播电台点了一首《奉献》，感谢八连十多年来对他的关怀照顾之情。"长路奉献给远方，白鸽奉献给蓝天，江河奉献给海洋，我拿什么奉献给你，我的朋友……"听着，听着，胡红根已热泪盈眶！

一年又一年，一个又一个片段：2003年，胡红根的弟弟肠溃疡出血，八连的战士听说了，过来帮着照顾。2008年，胡红根的妈妈过世了，家里吃的油盐酱醋，全由八连给他送来。

2009年，八连被国务院表彰为"全国扶残助残先进集体"。7月3日，连长张道广作为连队代表，赴京参加了第四次全国自强模范暨扶残助残先进集体和个人表彰大会，受到胡锦涛等党和国家领导人的亲切接见。

2010年，胡红根病了，教导员黄森把他送去医院，一开始胡红根以为吊吊针就好了，谁知道肩椎压迫神经，第一天医药费就用了1000多元，在第一人民医院住了十多天，后来转到中心医院住了三个礼拜。每天上午，还有战士过来陪他吊针，下午，战士又过来给他洗澡。

2010年，世博会时，胡红根病了，恰逢连队官兵到安检口执勤去了，连部只剩下赵占峰一人值日，上午8点多，连部的电话响了，胡红根声音微弱地说："快不行了，浑身发麻……"接到电话后，连队派副连长、司务长、赵占峰三人当即把老胡送到医院，医生说是神经性脑梗死发作。胡红根得知病情后闷闷不乐，心情沉重。为了使老胡重新燃起对生活的希望和信心，全连官兵又自发捐款，雷德亮把连队为他父亲去世捐的 19000 元钱转捐给了胡红根，赵占峰每周两次到胡红根家照顾他……

胡红根上下床困难，连队为他做了张可以起降的床铺；上厕所麻烦，战士们搬来凳子和痰盂，特制了一个马桶。为了提高他的生活质量，连队给他的厨房安装了脱排油烟机，还添置了洗衣机、淋浴器。他想学英语，官兵们送去收音机和广播课本。他想多出门看看，官兵们陪他登东方明珠，游黄浦江……

每年 4 月 30 日，连队五一加餐。这一天，战士们会早早地把胡红根接到连队，因为这天也是胡红根的生日，全连一起给他唱响了生日快乐歌!

每一年，胡红根会克服生活的艰难，在建军节时给连队送去西瓜。

老兵退伍时，胡红根都会赶过去送行。退伍战士排着整齐的队伍，胡红根像检阅仪仗队一样坐着轮椅车从他们面前驶过，给每位战士一张照片，作为纪念。

如今，几乎每一周，他都会开着崭新的红色电动轮椅车，跋涉一小时去八连串门。他的这辆"出行专车"价值 8000 多元，也是八连送的，他还曾驾着这车畅游世博园区。

38 年来，八连就是胡红根的家，一茬茬的官兵就是他的亲人，他已经成为八连最老的"老兵"。岁月更替，年复一年，爱的激流，从未中断。

那天采访时，一位江苏籍的新兵武兆年正照顾胡红根，我问他什么感受，他说，我妈可能觉得比较心疼，但我确实得到了锻炼，学会了做事情，学会了细心地帮助人……

"我觉得自己是个幸福的人，自己虽然瘫痪了，但是比我弟弟还要幸运……"胡红根顿了一顿，动情地说，"没有好八连官兵，我肯定活不到今天！"

叔叔，我爸爸病倒了，我上不了学了

远方除了远，并非一无所有。远方有磨难，也有温暖。

"叔叔，这些纸鹤是我亲手折的，我把它送给您，感谢您过年时来我们家帮助我们渡过难关……"拿着从沂蒙山寄来的信件和纸鹤，指导员江成玖眼眶湿润了。

2005 年除夕夜，八连官兵正在收看春节联欢晚会，江成玖突然接到连队司务长孙明女友从安徽合肥打来的电话，询问孙明在哪。原来，此刻的孙明正坐在沂蒙山区沂水县龙家圈乡一个叫杜依梅的小女孩家。杜依梅的母亲两年前双手不慎卷进打谷机，落下终身残疾；祸不单行，这年临近春节，父亲又一病不起，家里唯一的经济来源也断了，杜依梅再次面临辍学危险，当孙明千里迢迢送来 1000 元钱和一大包药时，一家人泪流满面……

沂蒙山区，这是一片神圣的红色故土。在抗日战争和解放战争时期，八百里沂蒙人前仆后继，十万英烈血洒疆场，百万人民拥军支前，在这里，乡乡有红嫂，村村有烈士，唱响了一曲民族英雄史诗："最后一口饭，做军粮；最后一块布，做军装；最后一个儿子，送战场……"

正是这种精神，铸就了民族的新生。陈毅曾经感叹："我就是躺在棺材里，也忘不了沂蒙山人。他们用小米供养了革命，用小车把革命推过了长江！"

人们对美好生活的向往，是军人奋斗的方向。1992年，首都北京的15家新闻单位联合发出"百万爱心行动，救助百万名失学儿童"的倡议，八连官兵通过共青团沂水县委牵线，跟沂水县48名儿童结对，汇款单从上海飞向沂蒙山区，开始了长达30多年的爱心助学之旅，资助学生达1000多人次。

"在我最失望的时候，在我最无助的时候，是你们这些叔叔向我伸出了援助之手，在这里，我真诚地向你们表示衷心的感谢……"一位五年级学生张研的心声令人心酸。

"我要听老师的话，努力学习，将来像叔叔们一样，做一个对社会有用的人……"孤儿李兴隆由爷爷代笔的信件让官兵们感到几许宽慰。

2003年，八连收到杜依梅小朋友从沂蒙山区寄来的一封求助信，立即召开干部骨干会，孙明主动和杜依梅结成对子，第二天利用外出采购的机会，把自己刚拿到的630元工资中600元寄给小依梅，并寄信告诉她安心学习，不要担心学费。

"叔叔，我爸爸病倒了，我上不了学了。"这天，正准备休假过年的孙明接到了杜依梅打来的电话。

在火车站候车大厅，孙明思来想去一个小时，耳中不时响起杜依梅电话中的哭泣声，他改签了回家探亲的车票，在药店买了一大袋药品，揣着准备给女友买礼物的1000元钱，坐上了开往沂蒙山区的火车。

"世上事，贵有恒"，爱心资助跑过了30多年的接力赛。老区人民也像当年拥军支前一样，将一双双绣着"鱼水情深"等字句的鞋垫寄到八连……

一批批流水似的学子，一批批流水似的士兵，之间有不变的对于人民的忠诚。

"将最真挚的祝福送给你们，愿'好八连'的叔叔们在工作中尽显佳绩，卓尔不凡！"一封带着浓浓祝福的感谢信，从安徽滁州市南礁区大柳镇寄到了八连。

2007 年 9 月，八连在安徽三界进行野战化训练，得知驻地滁州中学的金希莹因母亲不幸罹患脑瘤，先后辗转广州、上海、江苏等地求医，跑遍了大半个中国，花光了家里仅有的积蓄，几乎变卖了所有家当，最终还是没能挽留住母亲的生命。此时，金希莹已经升上高一，负债累累的家庭无力再承担她的学费，她面临辍学的困境……连队决定开展"重上磨盘山，重走前辈路"暨爱心助学活动，大家纷纷掏出自己微薄的津贴，献上一份爱心，与金希莹结成互帮对子，承诺每年为她提供 1000 元资助，帮助她完成学业。

八连官兵到金希莹家中帮助农忙时，看到真正的"家徒四壁"，没有一件像样的电器，床铺用木板临时搭成，只有墙上破旧的相框里，还在承载着一家三口幸福的笑脸……八连的资助，使金希莹从阴霾的家庭阴影中走了出来，重新拾回了自己的"大学梦"。

战士王利铭出生于安徽山区，从小就对贫困生活有深刻体验。到了部队，除了发的军装外，他连一件像样的内衣也没有，平日省吃俭用，每月只花几块钱，简朴到了极点。当连队组织向失学儿童捐款时，一些领导和战友都劝他不必参加捐款了，王利铭总是说："在部队吃穿和学习都不用花钱，每月还下发几十元的津贴费，对于老区儿童来说，这几十元可能比我们拥有几千元还要珍贵，所以我一定要贡献自己的力量。"

"我们将一直把助学的传统传承下去，让八连的精神扎根孩子们心中。"2013年3月4日上午，副连长李旭来到柴山小学，将3000元助学金发放到15名贫困孩子手中。

三年级学生于佳慧拿到200元助学金后，激动地说："我一定要好好学习，不辜负解放军叔叔们的期望，用优异的成绩回报你们、回报社会。"她的母亲离家出走，父亲长期在外打工，只能在家和爷爷奶奶相依为命。但是她以感恩的心态面对生活，生活便充满阳光。这是来自军人的一份阳光，让大爱之树常青。

爸爸说不要浪费一粒米……

合肥，古称"庐州""庐阳"，被誉为"江南唇齿，中原之喉"。八连有数任连长和指导员出自安徽，更见得徽地之人杰地灵。2013年11月，我们驱车来到合肥，采访安徽籍的数位八连人戴大喜、俞昌盛等。中午休息间歇，闻知下榻之处离包公园只有几分钟路程，便直奔而去。包公园位于城南包河之畔，有包公墓及一座白墙青瓦的三合古园包公祠，祠旁为廉泉亭，亭内廉泉古井是包公生前所挖，据悉亭为明时修建，留存至今。登上园内九层清风阁上俯瞰，只见公园内嘉木葱茏，波光潋滟，别具一番滤净凡尘的徽风古韵。

下午访谈时，似乎包公河畔的气息飘到了此处，似乎廉泉井的泉水流到了此处，戴大喜开门见山，谈到他对金钱的看法："对钱的问题怎么看？现在是钱多好还是钱少好？我觉得，钱对国家与对个人来说，意义不一样。对国家来说，钱越多越好；对一个家庭或个人来说，没有钱是不能过日子的，但挣了钱还要看用在什么地方，如果吃喝嫖赌，那钱就是罪恶，如果一个人把几千万、几个亿留给子女，反而给子女带来祸害……所以说到八连艰苦奋斗、为人民服务的精神，归根到底也是一个怎么看待钱的问题，其实质就是保持人民子弟兵的本色！"

一个人的成就，不是以金钱作为衡量，而是一生中你善待过多少人，有多少人敬重你。生意人的账簿，记录收入与支出，两数相减，便是盈利。人生的账簿，记录爱与被爱，两数相加，就是成就。

而俞昌盛的回忆里多是难忘的细节，有一些无奈，有一些可惜，又有一些悲壮。俞昌盛1964年入伍到八连，干部对战士关心无微不至，真枪实弹地打磨，练得很累，身体抵抗力弱了些，有一次自己发烧咳嗽了，排长把他送到医院去！1977年，组织决定俞昌盛从连长任上转业，他感觉自己心上闪过的只有霹雳："当时让我转业的时候，简直是五雷轰顶。我以为部队是要培养我的，给了我很多机会，结果才干了两年连长，就不能干下去了，我觉得很惭愧，没有给八连做过什么事情……我现在常常想，如果让我在部队干到1979年，干到对越自卫反击战的时候，那时把我送到战场上，那我还能为国家做点事，就算在战场上战死，我也无怨无悔！"

也许生命需要看远，只有更上一层楼，才能穷尽千里目；也许生命需要看透，阅透人情冷暖，才知平凡更真；也许生命更需要看淡，平和、宁静、坦然，离尘嚣远一点，离自然近一点，淡泊就在其中……然而，生命有太多的难以看淡、难以看透，因为关怀到极致，因为沉醉于止境，因为舍弃并不是生命的本质，因为有一些错过是永远的遗憾。人生中，谁没有过这样的时刻？

俞昌盛感怀是这样的一些细节和故事：中国的军营里，干部爱护自己的兵就像爱护自己的亲兄弟，有一次投弹训练，俞昌盛手中的手榴弹滑掉了，就掉在不远处，连长马上扑上去，把他整个人压在身下，手榴弹在不远处炸了，俞昌盛吓出了一身冷汗，但是连长没有批评他，也没有责怪他！

这一年，连队拉到苏州七子山训练，俞昌盛此时担任连队副连长。七子山在姑苏城外七里处，山并不高，海拔只有 300 米左右，上有七个土墩，传说乃春秋战国时期吴越王七个儿子之冢，山脚下是成片成片的墓地，实乃荒山野岭。晚上七点钟，连队搞反围剿训练，分给战士一张地图和一个指南针，规定不得询问当地老百姓，按照地图和指南针寻找目标，在每个目标中有一个任务，只有找对了第一个目标，才知道下一个任务，找错一个地方，就找不到自己的目标了，结果很多战士当天都回不来，有的战士饿极了，便抓蛇烧着吃。山脚下的墓地里，磷火在闪耀，飘浮如尘……

八连磨砺的不仅是人的本色，更是为人冶炼出高度的智慧，把人生经营得简单而丰盈，在人生的抉择中往往能够"道法自然，臻于至善"。

采访结束时，主人安排前往合肥滨湖新区参观渡江战役纪念馆。雄伟的胜利塔，还在远处就钻入视野，据介绍塔高 99 米，九九八十一，象征着从"八一"走向长久的胜利。若有机会从空中俯瞰，胜利塔就像一颗五角星，镶嵌在大地之上。邓小平、刘伯承、陈毅、粟裕和谭震林组成的渡江战役总前委群像，全铜铸制，身材伟岸，英姿飒爽，闪耀出决胜千里的气度。巨大的纪念馆屹立在巢湖之滨，犹如两艘雄伟战舰，行驶在浩瀚的长江上。建筑以 49 度角向前倾斜，象征 1949 年渡江战役胜利。进入大厅，《胜利之师》浮雕据说是目前国内最大浮雕，大气磅礴，蔚为壮观。长近 50 米的半景画馆和 4D 电影，以声光电效果展现横渡长江惊心动魄的场面，令人宛若置身于渡江战役之中，似乎炮火正在燃烧，顿时一片惊涛骇浪……

时间也有如波涛，冲刷着人世，而有一些东西就像悬崖，矗立于时间之岸。八连出来的人，永远不变的是那一股艰苦奋斗的精神，我想起一个故事，有位脱下军装的老八连人常对两个女儿回忆起八连，回忆那时的荣耀与艰辛，奋斗与磨砺。在这些细节的背后，一股艰苦奋斗的精神脉流，在无声中默默传承，一盏价值巨大的灯塔，闪耀在前路，照亮人生。

有一次，调皮的小女儿从桌上捡起一粒喂鸟的小米，竟然送进了嘴里。

大女儿很生气，问道："你怎么吃喂鸟的小米？"

"这不是一粒米嘛？爸爸说不要浪费一粒米……"

今天我们必须逆袭成功

初夏，"砺刃—2013"海上狙击行动火热上演，这是我军总参谋部第一次组织全军特种部队海上比武竞赛。来自全军的特战精兵，汇集于海南某海域，高手如云，波涛如怒，啸傲蓝海。无数个日日夜夜的淬火铸剑，砺刃考验，磨砺出一柄柄无畏的利刃，在此完成一次巅峰对决。

一路残酷砥刃，一路艰辛备尝。八连副连长李旭走过了从替补到主力的历程。现在，他作为军区海上狙击行动组组长带队参赛，眺望眼前的大海，风云翻涌，气息浓烈有如硝烟。海鸥似乎也嗅到异常的气息，远飞匿迹。

李旭是革命老区山东沂蒙人，这名外表粗犷的山东大汉，膀大腰圆，身高肩阔，说起话来声若洪钟，生来就有一股不服输的劲头。初到八连时，为了练肌肉力量，李旭每天晚上都要把杠铃、哑铃从头到尾练一遍，别人练半小时，他就练一小时；自己弹跳力不好，他把杠铃加重到200斤，背着杠铃绕着操场跑步，和战友们一起比着练、比着训。参加团里的运动会，他一人就报名400米接力跑、扛轮胎、搬弹药箱等5个项目，以四个亚军近100分的成绩，帮助八连以710分的总成绩夺得第一名，李旭自己也成为全团屈指可数的"得分王"。

2008年6月，当时还是一班长的李旭，以步兵身份参加了军区特种兵"猎人"集训。那次集训对象主要是侦察兵，将进行车辆特种驾驶、攀登、特种射击、战场救护等侦察兵训练课目，一直以来，团里都是从侦察分队挑选精兵强将参加。4月中旬，团里挑选集训骨干的消息传来，李旭和几位训练尖子找到连长张道广："凭什么不给我们一次机会，让我们去试试？"

八连向团党委提出了参加"猎人"选拔的请求，得到批准后，选出李旭参加团里选拔。15公里武装越野、特种射击、应用攀登……激烈的角逐中，李旭一路过关斩将，入选上海警备区参加军区"猎人"集训的9人代表组。

猎人集训的每一个课目都充满危险，在李旭眼里，越有"不要命"的拼劲，越能咬下硬骨头。水中逃生是猎人集训中的一个高难度高风险课目，一天凌晨，教官把捆绑住手脚的队员扔进两米深的水中，让他们想办法挣脱绳索逃生。凌晨的池水冰冷刺骨，下水后不到5分钟，一些战友难以忍受，中途放弃。李旭全身麻木，呛水不止，在沉沉浮浮中咬着牙、憋着劲坚持，在踩水的过程中试着解脱绳索的束缚，20分钟后，李旭成功逃生，是这批学员完成此项训练课目的第一人。

潜水训练又是"猎人"集训中一个巨大的挑战，国外特种兵曾创下下潜45米的纪录，国内极限是40米。起初，李旭只能下潜10米左右。这天，集训队开展12米潜水训练，教官一再叮嘱：千万不要硬撑，自我感觉不好的可以免训。李旭却第一个站出来："我先上！"10米、11米，水下的压强越来越大，挤得耳膜剧痛，头像要炸裂，眼珠往外鼓。李旭一点儿一点儿往下潜，到达12米时，教官示意李旭立即上浮，他却打了一个"继续向下"的手势，直到13.5米才停。

"不要命了！"待他浮出水面，教官厉声呵斥。

他却笑笑："训练不玩命，战时要丢命。"

此后的训练中，李旭不断尝试增加下潜深度，在急速增加的水压下，胸闷异常难受，有时甚至口腔出血。即便如此，李旭如一把闪光的尖刀，又一次超越了自己的极限，照亮深邃的水花。

特种射击是李旭的强项，他不满足于此，在40摄氏度的高温下，一次又一次练习出枪动作，并把固定靶改为移动靶，最终刷新了特种兵1.8秒内出枪到射击3发3中的纪录，练就了一枪毙命的特种技能。4个月后，李旭把名字刻在了象征荣誉与尊严的"猎人"勋章上。

八连转换为特种连队后，李旭作为全连唯一一名军区"猎人"，处处冲在前面，率先引领。在一次实兵对抗演习中，"蓝军"派出的一支狙击小分队，让"红军"接连损失 10 多人。"红军"指挥员叫来李旭："你带两个人给我干掉这几个家伙！"李旭带着狙击手选择一条臭水沟作为潜伏地点。时值盛夏，沟里臭气熏天。李旭静静地趴在水沟里，任蚊虫叮咬、蚂蟥爬身，从午后一直潜伏到傍晚，这时"蓝军"狙击手小分队钻了出来，李旭和两名狙击手瞅准机会，果断击发。4 声枪响，4 个"蓝军"狙击手应声倒地。钉子拔除，战局随即扭转，"红军"大获全胜。演习结束，大家才发现，李旭三人的手脚因蚊虫叮咬和臭水浸泡，已肿得有如面团。

"无论环境如何艰苦，形势如何艰险，军人都要做一颗上膛的子弹，随时准备脱膛而出。"这是李旭经常挂在嘴边的一句话，战友都说李旭训练"就像玩命一样"，一点星火，顿成燎原，全连脱胎换骨，实现了步兵分队向特种分队的艰辛转身。

2013 年 3 月，李旭正在山东老家休假，突然接到返营命令。第二天，他直奔军区组织的"猛士"特种兵集训营。这次集训是为了选拔队员参加全军特种兵大比武，有血性的军人，浑身血液都会为之沸腾。李旭既期待又担心，自己毕竟不是特种兵出身，前进道路上，等待着自己的无疑只有考验。

来到基地后，李旭被分到海上狙击行动组。

第二天，马不停蹄进行了选拔考核，器械、负重越野、抓绳上等项目，李旭轻易完成，但 26 米软梯攀爬时，还没爬到 10 米，他已气喘吁吁、四肢酸痛，好不容易拿下软梯，成绩定格在 2 分 20 秒，离第一名的 50 秒落后了一分多钟。

李旭擦一擦手上的血迹，再次奔到软梯前，向上攀爬。只有突破自己的极限，才能迎来荣耀。世界上最可怕的词叫执着，执着的人改变命运，所以说执着永远是人生最无敌的装备。

考核组中有人劝他，30多人只能留7个，这么残酷的选拔，淘汰很正常："再说你都提干了，何必再受这个罪呢？"李旭却说："我是八连的干部，如果我被淘汰了，那就对不起八连。"

李旭一遍遍练习，训练过后，反复观看录像改进动作。1个月后，攀爬软梯达到了42秒。层层淘汰，留下来7人小组，李旭虽然艰难突出重围，却只是一名替补，未能成为主力。

5月中旬，7人小组转场海南，李旭作为替补队员，除了为主力队员做好后勤保障，每天依然坚持"魔鬼"式训练。

山不转水转，机遇总是垂青有准备的人。

比武的日子临近，划舟水平滞步不前，带队领导和教练组私下打探，南京军区代表队的划舟成绩落后兄弟代表队近2分钟。

此次全军海上狙击行动大比武，包括海上渗透和海上狙击项目，渗透讲究的是划舟渗透，进行水下破障、实施突然袭击；海上狙击讲究战斗划舟、船艇攀爬，然后完全精准的狙击点杀，一击致命。

"划舟成绩不提高，射击再好也白搭。"带队领导和教练组反复试验，行动组的划舟成绩提高不明显。5月27日下午，7名队员、带队领导和教练围坐一起，经开会研究决定，优化人员配备，让力量优势明显的李旭担当主力，并担任组长。

现代战争中，往往没独胆英雄，没有冷兵器时代所向披靡的战神，有的只是长期团队协作凝成的战斗力。荣辱与共、生死相依，队友就是最可靠、最强大的武器，相互掩护、携手共进，所以，只有把队友之间的组合优势发挥到极致，才有可能凯旋，才有可能打造成为最尖锐的军中王牌。

人员的优化，立竿见影，随后进行的 2000 米划舟渗透，成绩快了 1 分多钟，但跟其他队还有差距，队员们士气依然低落。

"比武就是打仗，我们改变不了敌人，只能提高自己。"训练之余，李旭和队友们琢磨开了，终于大家发现了问题的症结所在。正所谓失之毫厘、差之千里，原来海上风浪大，控制方向远比使用力量更为重要。

距离比武只有 8 天了，代表队决定变阵，因为军人毕竟不是专业运动员，专业的两边划舟方式不适合他们，行动组决定改用船头一人、左右各两人的划船方式，让前面的队员控制方向，后面的队员专注划舟。这一阵法中船头位置的舵手，不仅要控制好方向，还要一直双膝跪着划桨，李旭主动把这个战位揽了下来。

临战变阵，乃兵家大忌，但是勇者无畏，换阵当天，代表队划出了优异成绩。此后的 8 天里，南京军区代表队每天划出 12 公里以上，李旭跪在船头，用力划桨，胸膛在橡皮舟铁圈上磕碰出道道血口，李旭每次要跪上一个多小时，浑然不知腿脚全麻、血染上衣。

军人不惜死，军人拼意志，军人就必须对自己狠一点，军人这个名字的背后，往往就意味着千锤百炼，意味着常人看不到的汗水、泪水，甚至是血水。长时间的水上浸泡，李旭受伤的左手食指受到感染，肿得比大拇指还粗，一碰就撕心裂肺般的疼痛。李旭用纱布一裹，咬着牙上舟训练。训练归来，再解开纱布，用消过毒的匕首在手指上划一道口子，用力往外挤出脓血。三天里，手指划了三道口子，丝毫不见好转，带队领导把李旭送到医院，利用中午休息时间打点滴。李旭常常趁军医不注意，悄悄调快吊水速度，希望快点回到训练场。一个月的突击训练，李旭身上不知被划了多少道伤口，背上不知晒脱了多少层皮，连橡皮舟都划坏了 2 艘……这一切，无非就是为了胜利，胜利是军人的最高荣誉，胜利是对军人流血流汗的最好奖赏。

"南京军区第一个出场！"主裁正宣布第二个比武项目的次序。想起昨天屈居第二的 2000 米划舟渗透，李旭对 4 名队员坚定地说："今天我们必须逆袭成功！"

誓言一出，所有队员血脉偾张。

剑拔弩张之处，寒芒点点。

海滩上，李旭打开仪器：风向西南，四级风，浪高 2 米。

李旭虽然块头大，其实心细如发。2007 年 2 月，中央军委委员、总政治部主任李继耐上将来八连视察，李旭回答问题简明扼要，被李继耐称赞道："你这个班长很称职，我给你打 100 分！"凭着几个月来在海上的搏击经验，李旭开始布置战术："今天风向西南，我们如果直线划，出港到海面后，橡皮舟肯定要往西偏，这时再逆风往东修正，将非常困难。"

在柔软的沙子间，李旭画出了一条设想中的路线："我们出发时先斜着往东划，出了海港，风力将自动为我们修正，这样既省力又节约时间。"

狭路相逢，唯有出奇制胜。

"砰！"发令枪一响，李旭带领 4 名队员抬舟、下水、划桨，手臂上青筋膨胀，橡皮舟如离弦之箭，朝着远处海面上的目标舰艇划去，上舰后，他们将进行海上狙击……

"转弯桨频，加大力量！"李旭在前面指挥。

"力量！"后边的队员跟着喊道。

海面上风浪很大，橡皮舟却如同李旭事先设想的一样，在队友一致的划桨动作中，在风力的协助下，如有神助一般，快速抵达舰艇!

"迅速上舰!"李旭指挥队员将厚重装具吊上舰。

"3号报告!我们已到达指定地域,准备射击!"一上舰,李旭立即向考核组报告。观察员迅速测出风速、风力、温度、湿度、目标距离,狙击手迅速组装、上弹,调整射击诸元。

12个待狙击的目标,散布在100米到600米距离之间的海面和岸滩上。海上狙击,舰艇就是射击场,它在波涛汹涌的茫茫大海之上颠簸,海上的目标,在水中起伏不定,岸滩上的目标,时隐时现,因此射击难度极高,被国外同行称为"最难完成的战斗射击课目",全世界组织开展此项目训练的国家屈指可数。

"别着急,调整好再打,一颗子弹消灭一个目标。"

"嘭嘭嘭!"枪声在海风的吹拂下,显得细脆而清亮。

离规定的射击完成时间还有2分多钟,就剩下最远的一个600米胸环靶了,狙击手正在瞄准,突然李旭和观察员发出指令:"停!停!风向改变!"

再次测量,修正。1分钟后,狙击手击发。

"3号报告!我们已完成全部行动!"

最后,综合2000米划舟渗透第二名和海上狙击行动两项射击第一名的成绩,南京军区代表队技压群雄,获得了此次海上狙击行动总分第一名。这是一次从替补到冠军的精彩逆袭,这是一次见证"召之即来,来之能战,战之必胜"的军威展现。

"鹰击长空,鱼翔浅底,万类霜天竞自由。怅寥廓,问苍茫天地,谁主沉浮?"在近代以来100多年的民族危难中,中国人一直在追寻着这个答案。历史最终告诉我们,在苍茫天地之间,决定国家命运的中流砥柱,缺不了这样一群充满血性、始终艰苦奋斗的人民解放军军人！

"军事好，如霹雳。""军民团结如一人，试看天下谁能敌！"在壮阔的砺刃之路上，只要祖国一声召唤，他们就会发出一阵阵令敌胆寒的霹雳！向前，向前，向前，我们的队伍向太阳……

中国幸甚，民族幸甚，人民幸甚。

60 多了，艰苦奋斗的精神之光依然闪耀在我们的视野，闪耀在民族崛起的地平线上，它没有变小，也没有变弱，只是换了一种形式，汇成中华民族强大的精神图腾，汇成"万岁连"永恒不变的魅力！汇成一面"南京路上好八连"永不褪色的旗帜！

成绩公布那一刻，李旭和所有队员激动得失声痛哭！